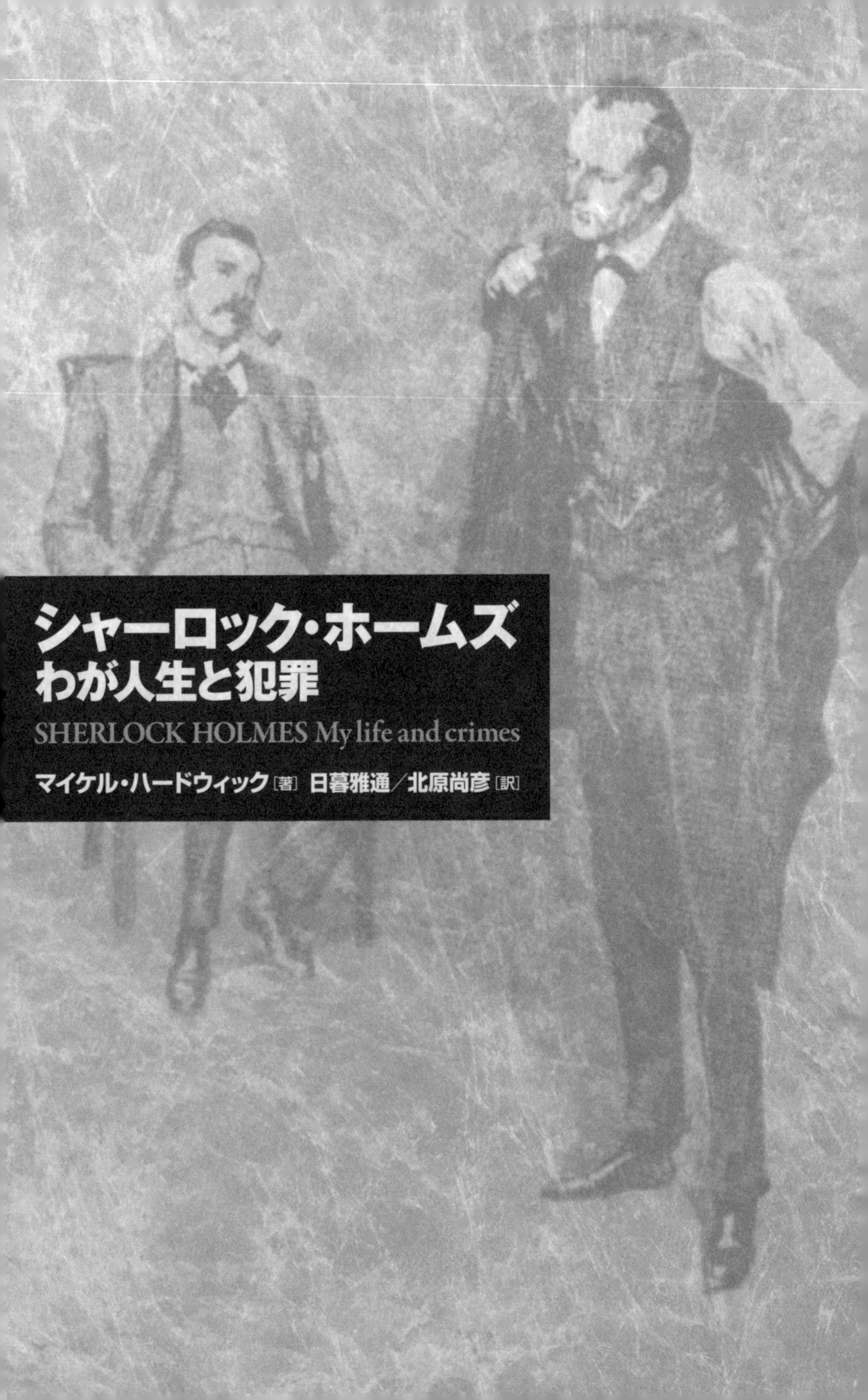

シャーロック・ホームズ わが人生と犯罪

SHERLOCK HOLMES My life and crimes

マイケル・ハードウィック〔著〕 日暮雅通／北原尚彦〔訳〕

シャーロック・ホームズ

わが人生と犯罪

目　次

プロローグ　1
ベイカー街の同居人　9
諮問探偵の誕生　24
見習い時代　37
思い出の通り　56
ディオゲネス・クラブからの呼び出し　80
モリアーティとの会見　89
天才の過去　99
大陸への逃亡　112
英国館《エングリッツシャー・ホフ》の晩餐　121
ライヘンバッハの滝の決闘　131
モリアーティ最後のチャンス　153

工科大学《テヒニッシェ・ホッホシューレ》の講座　164
最も精巧な銃　174
厭わしきロシア人　182
音楽の夕べ　194
警察本部　206
任務の終わり　220
〝ロンドン第二の危険人物〟　234
〝ユリーカ！〟　250
理論のゆくえ　262
海軍の祭典　271
ミュンヘン再訪　289
死と復活　305
解　説　318
訳者あとがき　322

謝　辞

サー・アーサー・コナン・ドイルの創造したキャラクターの使用を許可してくれたデイム・ジーン・コナン・ドイルに、技術的側面に関する助言と指導をしてくれた（多少の逸脱はお許し願ったが）トロントのマッギル大学医療物理学科長モンターギュ・コーヘン博士と同僚のハラルド・リムル博士に、文学上の困難を切り抜ける手助けをしてくれたデイヴィッド・ロバーツに、そして、すばらしい意気込みで立派な編集作業を行なってくれたレインバード出版社のリズ・ブレアに、感謝の意を表する。

図　版

AKB Berlin 168, 186 ; Ann Ronan Picture Library 156, 158, 245, 277 ; Archiv Gerstenberg 192 ; BBC Hulton Picture Library 15, 20, 85, 104, 258 ; The City and Hackney Health Authority 12 ; Greater London Council Photograph Library 57, 87, 256 ; The Illustrated London News Picture Library 247 ; John Topham Picture Library 108 ; Mansell 34, 157, 243, 310 ; Mary Evans Picture Library 41, 199 ; The Museum of London 57, 61 (*left and right*), 66, 69, 110 ; National Railway Museum 117 ; Peter Newark's Western Americana 29, 43 ; Popperfoto 32, 57, 123, 133, 140, 154, 166, 221, 232, 158, 307 ; The Stanley Mackenzie Collection 5, 313 ; Syndication International 26 ; Trustees of the British Museum 176 ; Weymouth Public Library 273, 275.

プロローグ

夜もふけた時間帯というものには、人生の晩年と同じように、もともと黙想にふけりやすい人間を内向的にさせるような何かがあるようだ。妻や使用人が——どちらかを持てるほど幸運ならばの話だが——自室に下がったあと、ひとり残った男は、なれ親しんだ身のまわりの品に囲まれてくつろいだ気分になる。彼はしばしのあいだ、自分だけの世界を楽しむことができるのだ。

唯一のあかりである読書灯は、彼にとって暗闇の中に浮かぶオアシスといえる。あたりの静寂を破るものは、それまで気づかなかったカチカチと時をきざむ時計の音と、暖炉の火床で薪の燃えかすが落ちる音しかない。

それは彼にとって、一種の就寝儀式といえる。読みかけの本は、しおりをはさんで閉じておいた。夕方からときおり吸いつづけてきたパイプは、テーブルの上に置いてある。そこから静かに立ちのぼる煙の芳香が、香《こう》のように渦を巻いて鼻孔へ入っていき、男に催眠効果をもたらしている。寝酒のグラスに残るのは、ちょうど最後のひと口分だけ。ぐいっとあおるには物足りない量だ——隣に並んだデキャンターが、ウィンクして男を誘惑している。

瞑想の習慣をもつ者にとって、あらゆる要素がすべて最高の影響力を発揮するのは、まさにこのようなときである。夜明けにふと目を覚まし、思い出される過去の恐怖にさらなる眠りを妨げられるときとは、正反対だ。自己に厳格な男であったり、階上にいる家人の非難を恐れたりするのでなければ、それはじつに調和のとれた一瞬といえる。彼はグラスをふたたび満たし（炭酸は多すぎないほうがいい）、椅子に深く腰をおろしてその抱擁を受ける。いつしか忘我の境におちいると、見開いた眼はもはや何も映さず、耳は何も聞かず、思考はぼんやりとした記憶の中をただよい、一日の、一年の、一生の出来事や印象をひろいだしていくのだ。

私について多少ご存知の読者なら、思考を集中させる黙想は私が仕事でつねに使ってきた方法だということに、気づいているだろう。私のいわゆる〝パイプ三服分の問題《スリー・パイプ・プロブレム》〟は、今では決まり文句のようになっているが、そうした言葉が生まれたのは、旧友ワトスン博士が、私のかつての経歴である諮問探偵に関する記事を潤色するため、細部にわたる描写を行なったからであった。

これから私が語るのは、建設的な思考の産物ではない。むしろ瞑想にふけりながら、〝英国人の城〟(1)の中で就寝前にパイプとグラスを手にくつろぐ老紳士たちのように、自分自身をふり返ってみようと思うのだ。そんな習慣など、私にはまったくなかったわけだが。

イギリス海峡からの風が、テューダー朝ふうのレンガの煙突をときおり吹き抜ける。この心地よい住居は、サセックス丘陵《ダウンズ》の傾斜地のひだに隠されたまま、何世紀も経過したものだ(2)。海峡の風は、狂ったような激しいものでもなければ、ワトスンの言う「子供のむせび声のような音」(3)と鳴動をくりかえす強い風でもない。それは絶え間ないささやき声であり、蒔が燃える甘い香りを室内にそっと吹き込むだけのものだ（影たちにもうしばらくダンスをさせておくため、小さなトネリコの薪をもう一本だけくべることにしよう)。

　私は今、太い梁のある居間にひとりでいる。朝になればマーサがやってきて、私にむりやり朝食を食べさせ、ちらかった本や床にばらまかれた煙草の灰のことで小言を言うだろう。彼女はぶつぶつとぼやき、無駄話をつづけるが、私は聞きもしない。お互いに承知のうえの日常行為だからだ。

　マーサはさらに一時間ばかり、せかせかと動き回る。私の見るところでは不必要な動きだが、彼女の主張にうち勝つのは無理なことだ。そして彼女は、私のつましい昼食の用意をして、かたわらに置いてくれる。私はたまたま思い出したように食べることもあるが、そうでないときは外に出てカモメたちに投げてやることにしている。というのも、彼女は私が病人か子供でもあるかのようにあつかっていて、〝安静に寝かせる〟ため夕方になるとまた戻ってくるのだが、そのときに昼食が手つかずのままでいるのを発見されたくないからだ。そんなことになれば、彼女は二度と私のために料理をしてくれないだろう。私としては、煙草のほかにグラス何杯かの琥珀色をした液体があれば十分なのだが。

　ここには、足元で息をつく犬もいない。善意の人々が〝伴侶として〟飼ったらどうかと勧めてくれることもあるが、私には、自分がまめに世話をしたり好意の気持ちを示したりするはずがないとわかっている。猫はもともと私にむいていないし、彼らのほうとても同じことだ。彼らはいつも、私をうさんくさげに見るだけなのである。

　いずれにせよ、私は伴侶を必要としない。ワトスンとともにベイカー街で過ごした日々は、彼の親切心が邪魔になることもあったが、快適なものだった。彼がいないあいだに感じた寂しさから、ほかのだれかと住処を共有してもやはり同じことになるだろうということがわかる。だからマーサのような——彼女は横柄な年寄りの夫といっしょに、自転車で十分ほどのところに住んでいる——人間の世話を受ける以外、ひとりでいたほうがいいのだ。ときどき、私を訪ねて人がやってくることもある。私は喜んで彼らを迎え、一時間ほどを陽気に過ごすが、立ち去ってくれればまた喜ぶことになる。用件が長びけば、いらいらするだけなのだ。

もし結婚していたとしても、おそらく相手に先立たれていたはずで、それは私にとって、最もつらいことになったろう。妻を亡くしてもうまく次の相手を見つける積極的なワトスンに、私はいつも驚かされたものだ。相手の女性たちは、そのたびにより若く、よりかわいらしく、よりやかましくなっていくのであった。

とはいえ、異性問題という分野において機会がなかったわけではない。相手に依存しやすい犬や、自尊心の強い猫に対するのと同様、ちゃんとした申し出をしなかったというだけのことだと、私は考えている。妻になった女性は、私が悪い意味で絶え間ない刺激を与える存在であることはもとより、期待はずれのつまらぬ人物であるということを知るだろう。「結婚してみて初めて男の品性を悟るという女性の立場が、いかにおぞましいものかを彼女に説いてやった……」(4)という私の言葉にも、それは表われている。

そのほかにも、愛情とは均衡のとれた精神のバランスを崩す危険性を持った感情だ、という私の発言がよく引用されるが、これはたんなる皮肉なコメントではなく、現実に効果のあるものだった。冷厳な理性に全面的に依存する私の能力を、ほんのわずかでも危険にさらすわけにはいかないのだ、と私は心から信じていたのである。「女性の心は感情も理性も含めて、男性にとって理解しがたい謎だ」

かつてなじみの場所であった、ベイカー街221Ｂの居間の暖炉。目を閉じれば、今でもすべてのものを思い出せる。パイプ煙草の葉をつめこんだペルシャ・スリッパ、葉巻を入れた石炭入れ、パガニーニの肖像画の横の本箱の上に置かれたストラディヴァリウス、暖炉の手前左側に置かれた来客用の籐の椅子、その他あらゆるものが。

(5)とワトスンに言ったこともあるが、彼がほんの少しでもそう思ったことはないようだ。
もう一杯だけ飲むことにしよう。一杯だけだ。それを飲み終えるまでに、パイプも軽く一服。いま灰皿にある煙草は、もう燃えつきてしまう。

なぜパイプは夜の最後の相手としてうってつけなのか。ひょっとすると、何時間かの喫煙の後に、ある理想的な体温係数に到達するのだろうか? これは調べてみる価値がある――私の煙草に関する本が再版されるときの、補足資料のために。

私がいま腰をおろしているのは、この私、シャーロック・ホームズにとっての世界の中心である。その世界がつづくかぎり、私のすべてはここにある。私は何の所有権も主張しない、たんなる借家人だ。この古めかしい家、備え付けの家具、装飾品、絵画……どれも譲渡できぬ〝私のもの〟などではない。私以前の人間がみなそうであったように、私も自分が生きているあいだだけの保管者にすぎないのだ。これらを大切に維持し、後世の者に託せるようにするのは私の仕事であり義務であるが、私の所有物と言っていい肉体は、滅びるさだめにある。この頭脳に関しては、徹底的に研究しようとする者たちもいよう。だが博物館の貯蔵瓶の中で最期を迎えるようなことになってはならないし、私の死以前に移植しようなどという試みも、いっさい拒絶する。まったく意味のないことなのだ。

薪の燃えかすや火の消えた煙草の葉、空になったグラスのように、最後に残るものは何か? 幻影と記憶、そして容認すべき運命である。(全能の神は――もしそんなものが存在するならばだが――どんな相手にも天国の入場料は同じ、という条件のもとで、私を受け入れてくれるだろうか?)

幻影と記憶。ワトスンは、あの巧みなペンで大衆の要求にこたえ、私の経歴を詳細かつ派手に語ってくれた——もちろんそれは彼の知るかぎりの内容であって、国家機密保護法というものが存在することはたしかである。私は彼の記事が雑誌に現われるたびに読んだが、単行本になってからは、手つかずのまま書棚にしまってきたのだった。

明日になったらその何冊かを手にとって、この長い時間の経過が何を呼び起こすかを見てみるつもりだ。あれこれと回想されることがあれば、奮起してそれらを書き留めることもよかろう。ほかに何もすることのない人間にとっては、しばらくのあいだの仕事になる。

だが今は、眠りにつくことだ！

（1）「英国人の家は彼らの城である」ということわざがある。
（2）「ダウンズ」はイングランド南東部を東西に走る草地の丘陵地帯で、ノース・ダウンズとサウス・ダウンズの二列がある。サウス・ダウンズまたはサセックス・ダウンズはハンプシャー州中央部からサセックス州東部にかけての地域で、ホームズはここで隠退生活を送った。〈最後の挨拶〉その他を参照。
（3）〈五つのオレンジの種〉（《冒険》所収）からの引用。
（4）〈高名の依頼人〉（《事件簿》所収）からの引用。

（5）同じく〈高名の依頼人〉。

ベイカー街の同居人

世評に言う偶然の一致の長い腕が――私の経験では、物語作家がくりだす術策と同じで、きわめて短いものだが――すでに伸ばされていたのかもしれない。ひさびさに私が目をとめたワトスンの物語の書き出しは、はからずも今の私と同様、過去をふり返るかたちのものだった。
「わが友シャーロック・ホームズの手法を学んできたこの八年間における、七十件以上におよぶ事件のノートにざっと目を通してみると……」(1)

その記述の不正確なこと！　ノートが目の前にあってさえ、ワトスンはめったに正確さを追求しようとしない。彼が漠然とした記述ですませてしまう日付を確認するために備忘録をひっぱり出そうにも、リューマチのせいでこのひじ掛け椅子を立つのがつらい。マーサに頼んで、あの窓の下から私の手に届く棚の上へと移してもらおうかと思ったことも何度かある。だが今ではめったに備忘録を見ることもないし、彼女が〝かたづける〟という名目のもとに捨ててしまうことも考えられるのだ。フッカー(2)は正しかった。「変革は不自由さを伴わずになされることはない。たとえ悪いことから良いことへの変革であっても」。私としては、周囲のものが何年ものあいだそのままでありつづけるほうが好みなのである。

「こういったさまざまな事件の中でも、サリー州ストーク・モーランの有名なロイロット家にかかわる事件ほど、奇怪な様相を呈したものは思い出せない」(3)

ここでワトスンが一八八三年のつもりでいるのならば、なぜそう書けないのだろう。彼はそうするかわりに、こう続けているのだ。「この事件が起きたのは私がホームズとつきあいはじめてまだまもないころで、ふたりはベイカー街に共同で部屋を借り、独身生活を送っていた」(4)

私たちが初めて出会ったのは、一八八一年一月の初日のことである。私はその日、新年の休みでバーツ（セント・バーソロミュー病院）の化学研究室から人が出払っているのを利用して、ある実験を行なっていた。精神集中の邪魔をされてふりむくと、あの根気強い手術助手のスタンフォードが、ひとりの男を連れてきていた。若い彼よりいくつか年上で、似たような普段着を身につけたその男は、顔を赤らめ、足元が少々ふらついている。

衣服の下の体格は骨太だが、やつれてはいないにせよほっそりした身体だということが、すぐにわかった。やせこけた顔は熱帯特有の日焼けをしており、その上にアルコールによる赤みが重なっていた。片手を不自然なかたちに保ったままで、どこかのバーのカウンターにあまりにも長くもたれかかっていたためにこわばってしまったかのようだった。

その日スタンフォードに会うのは二度目のことだった。彼のことだから、この新たに見つけた仲間とともに新年を祝っていたのだが、研究室に人けがないと予想し、エチルアルコールの一、二杯でもひっかけようと考えて連れてきたのだろう、と私は思った。そしてあの、いくたびとなく引用される紹介の文句が彼の口をつくことになる。「こちらはワトスン博士、こちらはシャーロック・ホームズ

さんです」(5)

　私はかんたんに挨拶《あいさつ》を返したのだが、相手がアフガニスタンに行っていたはずだということをはっきり言った。びっくりする相手の顔を見るのは楽しいものだったが、彼はその場で質問したり異議を申し立てたりはしなかった。

　スタンフォードは、私がベイカー街に借りようと考えていた貸間の、共同下宿人の志望者として彼を連れてきたのだと語った。その朝スタンフォードが立ち寄ったとき、ひと組の部屋に目をつけているのだと彼に言ってあったのだ。家賃は手ごろなのだが、当時の私の財力は極端に低い水準にあった。そこで私は、予備の寝室があることを利用して、家賃を折半する共同生活者をさがそうと考えていた。

　スコットランド出の家主であるハドスン夫人は、その申し出に同意はしていたものの、早く決めてほしいといっていた。食事は週四ポンドという家賃に含まれていたが、私の食生活は当時も今のように質素なものだったから、私ひとりであれば、おそらく当座の割引を夫人に納得させようとしたことだろう。そこへスタンフォードが同居希望者を連れてきたのだから、私はこれも何かの縁だと考えたのだった。

　アルコール中毒の初期症状がいくぶん見えたものの、相手はきちんとした男のようだった。ふるまいは軍人ふう、というより、まちがいなく軍医のものだった。いや、傷病兵送還されてまもない元軍医と言ったほうが正しいだろう。というのは、わずかなあいだに観察したところ、彼の腕がこわばっているのは酒場の窮屈さのせいでなく、負傷のためであるとわかったからだった。鎖骨下動脈のあたりが最もそれらしく、完全に動かなくなっているわけではないことから、直撃よりも弾がかすめた傷

ロンドンにあるセント・バーソロミュー病院の化学研究室。1881年の元日、ここで諮問探偵になるための訓練の一環として非公式の実験作業を行なっている最中に、初めてジョン・H・ワトスンを紹介されたのだった。

と思われた。また、右踵のアキレス腱を痛めているらしく、こちらへ近づいてくるときに、ほんのわずかに足を引きずっていた。黒い日焼け跡がいまだに顔に残っているので、軍務を終えてからそう長くはたっていないはずだと私は確信した。

最近に戦闘を体験したとすれば、南アフリカかアフガニスタンに違いない。なぜなら、医者が傷を負ったということは、味方の陣地の最も安全な部分まで敵に入りこまれた結果による、かなりの接近戦を意味するからだ。防衛線を破られ、勇猛たる英印軍に多数の死者を出した悲劇的な〝マイワンドの戦い〟に関する話を、私はすぐに思い起こした。そこでアフガニスタン帰りだろうと言うと、ひどくびっくりした顔をされたが、否定はされなかったのだった。

彼の飲酒についても、それで説明がつく。傷の痛みと敗残の苦い思いを残した焼けつくような体験の結果、一時的にはめをはずしているというのは、大いにありがちなことだ。その神経が私との同居に耐えられるかどうかを確かめる質問に、彼は率直な答えを返してきた。強い煙草を好むこと、化学薬品を部屋に持ち込むこと、ヴァイオリンを弾くことといった、家の中における私の性癖に言及して、彼をテストしたのである。彼は機嫌よく、自分は怠け者で時間に不規則な習慣があると告白したあと、愛敬のあるウィンクをしながら、身体が元気なときはほかにもいろいろ悪癖があるとつけ加えて、私に逆襲した。

だいたいにおいて、彼は気だてはいいが鈍感であり、おそらくこみいった想像力にはかなり欠ける、という印象を受けた。私は彼が気に入った。私たちは握手をかわし、翌日にすべてを取り決めるという約束をしたのだった。

もうずいぶん昔から言っていることだが、人の運命というものは実に理解しがたいものだ(6)。信仰上のかたい信念を持つ者を別にすれば、これと同じようなことを言った経験のない人は少ないだろう。私たちの世界は、ある種の計画にそって支配されているのか、それとも行きあたりばったりの偶然に支配されているのか。その疑問はずっと感じてきたが、老境にさしかかった今も、若き日と同様に明確な解答を得るにはほど遠いように思える。

とりとめがなくなってきたようだ。では、いったいどんな神の摂理によって、私は諮問探偵となったのか。駆け足でふり返ってみよう。

若いころの二年間を、私はオックスフォード大学のクライスト・チャーチ・カレッジでいささか無為に過ごした。医学分野の職業につくための学課を学んでいたのだが、それは私にこれといった希望がなかったため、父が決めたことだった。そして不運にも(長い目で見れば幸運と言ったほうがいいかもしれないが)、ブル・テリアに足首を咬まれてしまったのである。

結果から見れば皮肉なことに、私はそのとき礼拝堂《チャペル》へむかって歩いていた。私は当時、信念と知識を探る段階にあったため、頭の中は哲学的論議でいっぱいになっていたのだが、そのとき行くはずだった場所でどんな説教を聞こうとも、犬が私を咬む運命にあったのか、私が犬に咬まれる運命にあったのか、もしくは両方なのかという疑問を、それによって解明できるとは思えなかった。またそれは、この地上における我々の存在を支配する法則についての一般的な疑問を解決するにも不十分だと思えたのだった。

オックスフォード大学のクライスト・チャーチ・カレッジの入り口で、あのブル・テリアに咬まれていなかったら、この職業につくことはなかったかもしれない。犬の飼い主を通して、私の最初の事件である、帆船グロリア・スコット号の一件にかかわることになったのだった。

私は少なからぬ苦痛を感じて地面に倒れた、と言うにとどめておこう。そこはカレッジの入り口で、構内に入ることは許されないため、礼拝堂へ行く人たちの犬が何匹もつながれていた。長い説教のあいだ座っているのもうんざりすることだが、説教がすむまで戸口につながれているのも退屈に違いない。彼らが何らかの気晴らしを求めるのはしかたのないことだ。犬たちはつながれたまま跳ねまわり、私を襲った犬を応援するかのように吠えたてた。当の相手はブル・テリアらしさを発揮して、足首の骨まで歯を食い込ませたため、私の足はバネ仕掛けのワナにかかったように離れなくなったのだった。私は勇気ある人たちの手でなんとか助けられ、自分の部屋へと運びこまれた。それから十日間というもの、自室で病床についていたのだが、その間に犬の飼い主が謝罪と見舞いにやってきて、自分の犬のふだんの気性は「バターのように柔らかい」のだと請けあった。おそらく、つながれて気が立っていた犬は、次に通りかかった人間で欲求不満を解消しようとしたのだが、それがたまたま私だったというわけだ。

感謝の意を表わさないような人間よりも忠実な犬をつねに賞賛する私は、自分のペットを許してほしいという相手の嘆願を受け入れ、学期が終了するころには彼の親友となっていた。私は本来、社交的な性格ではない。仲間意識が少ないうえに、集団生活となるとまったくむいていないのだ。「ヴィクター・トレヴァだ」と自己紹介した彼は、むしろワトスンに似たタイプだった。親切で純粋で、血気盛んな彼は、多くの点において私とは正反対だったが、どういうわけか私同様に友人が少なかった。そのせいで、私たちはカレッジにいるあいだに親しくなったのだった。

このままでは話が長くなりそうだ。要するに私が書きたかったのは、長い休みのうちのひと月をノーフォーク州ドニソープにある父親の屋敷で過ごさないかとトレヴァに誘われ、そのことが私の人生の進路を変えたということである。この滞在中の一件は、私が自分の探偵術を応用した最初のもので、ワトスンが〈グロリア・スコット号〉のタイトルで発表している。不幸にしてトレヴァの父親が事件の犠牲者となったわけだが、彼は当時私がひとつの体系にまとめかけていた観察と推理の手法を、死ぬ前に目撃することができた。そして私にこう言ったのだった。

「ホームズさん、どうやってやったのかはわかりませんが、あなたの手にかかったら、実在の探偵だろうと小説の中の探偵だろうと、みんな子供も同然という気がしますな。これをあなたの一生の仕事になさるといい」(7)

いささか買いかぶられた感のある忠告だが、それまでたんなる趣味と考えていたものを職業にしてもいいと私に思わせ、世界初の諮問探偵としての道を歩みはじめるきっかけとなったのが、この言葉だった。それがみな、犬のひと咬みによって導かれたとなれば、神の摂理について考えるのもしかたのないことだろう。

私はすぐに、これまでとは違う分野の学問が必要なのだと気づいたが、それはオックスフォードでは無理だということもわかった。そこでケンブリッジへと転入し、三年間を過ごしたのだった。

私がケンブリッジを出たのは一八七七年の夏のことだが、やろうと思っていた仕事とは無関係だと判断して、特に学位はとらなかった。ロンドンに来た私は、モンタギュー街に部屋を借りた。あそこの利点は大英博物館から角を曲がってすぐのところにあるということで、その名高い図書閲覧室に足しげく通った私は、大学のカリキュラムでは無視されるが自分の選んだ職業には役立つはずのあらゆる課目について、勉強を進めていった。季節による違いはあったものの、朝の九時から夜の七時ないし八時まで、毎日同じ席に陣取った。とりたてて言うほどのことかどうかわからないが、そこはあのカール・マルクスが好んで座った〇七番という席から、そう遠くないところにあった。あの独特の鋭い角度で腰をおろす彼をよく見かけた私は、それを慢性のはれもののためだろうと推理したが、のちに正しかったことが証明された。

私の学んだ分野は、きわめて広範囲のうえに、人から見ると風変わりなものだったらしい。少なくとも本を出し入れする図書館員たちの目にそう見えたのは確実で、私の依頼票を見た彼らは、よく眉を吊り上げたものだ。私が学んだのは、次のようなことだった――あらゆる種類の布地の製作法と織りぐあいの特徴、毛髪の成長、ジプシーの伝承と習慣、死体にまつわる迷信、夢と手相判断術、書類の偽造法、銃弾の軌道、疑わしい傷の特徴と予想される原因、骨相学、催眠術、そして超常現象。

すべてが私にとって益のある事柄だったが、できるかぎり原文の資料を見つけて学ぶことも必要だった。たとえば、オーストリアの〝犯罪研究の父〟と呼ばれるハンス・グロスが有名なテキストを出版したのは、一八九一年になってからだ。私はそれをドイツ語で読んで、自分の業績への言及こそ発見できなかったものの、多くの領域において私が彼に先んじていたことを知り、ひとり祝福したものだった。

私は手に入るかぎりのあらゆる犯罪記録を読み、記憶していった。当時はまだわずかだった犯罪小説についても、同じことをした。だがフロイトが主張するように、小説家というものは、哲学や科学がまだ発見していないようなことまで直観的に知ったつもりになりがちだと思う。ポーやディケンズからは多少学べるところもあったが、ガボリオのたぐいからはたいしてなく、いずれも私自身のアイデアの刺激剤としては、ごくわずかしか効果がなかった。

そうやって私は、自分の選んだ職業に必要と思われる知識を得ることに没頭していたのだが、問題は、実際の業務としてどのようにスタートするかだった。

民間探偵にせよ警察にせよ、当時彼らに用いられていたのは非科学的な手法であり、人間の心理をきちんと研究するという背景が欠落していたといえる。私がモンタギュー街に下宿していた一八七七年から七九年当時は、イングランドで刑事という職業が確立されて以来、まだ四十年もたっていなかった。だいたい、ロンドン首都圏警察《メトロポリタン・ポリス》（スコットランド・ヤード）の犯罪捜査部（CID）にしても、一八七七年に刑事部の古参刑事たちの大部分が収賄で起訴されるという不祥事が起きたせいで、翌年に再編成されて生まれたものなのだ。

民間探偵の収入や名声を恨む警察官によって長年使われてきた手法は、ほとんど変わっていなかった。私の手法が基礎としているような、観察と調査と推理を結合させる訓練が彼らには欠けているため、貴重な証拠が無駄にされているのは明らかだった。私にとって大切なのは、その手法の有効性を証明するチャンスをつかむことだ。そうすれば、俗悪な客引きや宣伝をしなくとも関心を持たれ、仕事を得ることができるだろう。

結局、私は長く待つことになった。そのうち、名を知られるには、独創的かつ斬新な発見を出版物にして、その筋の権威たちに印象づければいいのではないかという考えが、頭に浮かんだ。さっそくいくつかの論文を書きはじめたが、まもなく、執筆はそれ自体が多くの教育と鍛錬を必要とする技術

1890年から使用されたニュー・スコットランド・ヤード、つまりロンドン首都圏警察の庁舎は、当時の流行建築家ノーマン・ショー（1831～1912）によって設計された公共の建物としては唯一のものだった。テムズ河畔のこの場所は、最初オペラ劇場の建設が予定されたいた。そのことがショーのデザインに影響したのではないかと私は思う。

だということに気づいた。そのせいか、進みぐあいは遅々たるものだった。苦心のすえ、ようやく『各種煙草の灰の識別について』という研究論文が完成したのだが(8)、この中で私は、百四十種類におよぶ葉巻や紙巻き煙草、パイプ煙草の灰の違いを、カラー図版付きで解説した。文書の年代分析や、石膏を使った足跡の調べかたといったそのほかの論文のいくつかは、このときに起草したものなのである。

大学でこうむる主な恩恵のひとつは――唯一のものだと言う人もあるだろうが――のちに自分の影響圏内に入ってくることになる人々と知り合えることだ。オックスフォードでもケンブリッジでも、私には親しい友人といえるものがほとんどいなかったが、超然として深遠な学問に向かっていたことでさまざまな噂と評判を生んだこともあり、モンタギュー街時代の初期に手がけたいくつかの事件は、大学時代の知り合いが持ちこんだものだった。そうした依頼のほとんどすべてにおいて、人は最後の頼みの綱として私に助力を求めてきた。愚かさゆえに不愉快な状況におちいったため、警察に頼ることはできず、かといって私立探偵は軽率で十分には信頼できない、という人たちがほとんどだったのだ。

のちにワトスンがわがボズウェルになってくれたとき(9)、私はそうした事件の記録を彼に見せてやった。だがすぐれた判断力を備えた彼は、それらを自分の書く年代記に含めようとはしなかった。唯一発表したのが、〈マスグレイヴ家の儀式書〉というタイトルのもとに書かれた一件である。これもやはり、カレッジ時代にちょっとした知り合い程度だった、西サセックス州ハールストンに住むレジナルド・マスグレイヴが〝最後の手段〟として持ちこんだものだった。

今ワトスンの記述の細部に目を通してみると、彼は私のせいにしているようだが、ステュアート王朝の失われた王冠をあの古い屋敷の奥深くから探し出した推理には、多くの矛盾があって混乱させられる。もし私があの儀式書の謎を彼が述べているような方法で解釈したのなら、目標の近くへ行くことすらできなかったろう。ワトスンはさらに、発見された王冠はマスグレイヴ一族が管理し続けることを許されたと私が語ったように書いているが、もちろん、そんなことは許可されるはずがない。

私がこれまでずっとワトスンの事件記録を軽視してきたのは、こうしたことによるのである。もし彼が、ロマンティックで扇情的な効果と同様、正確さにももっと注意を払っていれば、その記述はたんなる物語から歴史へと昇華することができただろう。

こうした空想的な精神の記録者による欠陥だらけの物語や、老人の記憶といった不安定なものを基盤にしなければならないのなら、わざわざ追想を進めることもないという気になってきた。今夜の最後の一服は、何かまったく違うものを相手にすることにしよう。たとえばそう、ジャン・パウル・リヒター(10)の本の数章など——そうすれば、いらついたままベッドに入ることもないだろう。

(1)〈まだらの紐〉(《冒険》所収)の書き出し部分。

（2）（おそらく）英国の植物学者・探検家のジョゼフ・ダルトン・フッカー（一八一七～一九一一）。
（3）〈まだらの紐〉からの引用。
（4）同じく〈まだらの紐〉から。
（5）《緋色の研究》から。
（6）〈覆面の下宿人〉（《事件簿》所収）の中で、同じ意味のことを言っている。
（7）〈グロリア・スコット号〉（《回想》所収）より。
（8）《四つの署名》参照。このほか、煙草に関する論文を書いたことは《緋色の研究》や〈ボスコム谷の謎〉の中でも述べられている。
（9）伝記作家ジェイムズ・ボズウェル（一七四〇～一七九五）の『ジョンソン博士伝』は、英語による伝記の最高傑作とされる。〈ボヘミアの醜聞〉でホームズがワトスンにむかって「ぼくのボズウェルがいてくれなきゃ心細いな」と言ったのは、あまりにも有名。
（10）ドイツの作家ヨハン・パウル・フリードリヒ・リヒター（一七六三～一八二五）のこと。ホームズは《四つの署名》の捜査中、リヒターの作品はよく読むかとワトスンに訊いた。

今夜の私は、いささか後悔の念にさいなまれている。回想を書き留めることなどやめようと心に決め、紙を丸めて捨てようとしたところで（書類をけっして破棄しないという私の古い習慣は、すでに残っていない）、軽率さゆえにワトスンを責めるのは公正でないと思いあたったのだった。自己の経歴に刻された足跡をたどるどころか、だらだらとあてもなくさまよう私に、だれを非難できようか？ワトスンに許しを請うなどけっしてしなかった私だが、今ここに彼がいたならば、きっとそうしていたことだろう。

〈マスグレイヴ家の儀式書〉事件は一八七九年の夏の短い期間に手がけたもので、それによって特に新たな依頼人がもたらされるということもなかった。私は二年のあいだまったくの自由な立場にあったわけだが、財政的に私を支えるものは、後見人のヴァーナー博士(1)からわずかながら定期的に仕送りされる金以外、皆無と言ってよかった。モンタギュー街の部屋代と食費は、最初の年のあいだ週に十二シリング六ペンスだったが、隣人の家主がそれより高い家賃を下宿人からとっていることを私の家主が知ったため、次の年からは十五シリングに上がってしまった。かつての大学仲間の相談にのることで金を要求するのは沽券にかかわると思っていたし、費用のことを話し合うのは照れくさいものだったが、私はできるだけ遠慮がちに、名ばかりの数ギニーを受け取ることにした。

一八七九年の秋ごろになると、時間的には少々忙しくなっていたものの、見通しはさっぱり良くなかった。何か手を打たねばならなかったのだが、それを可能にしてくれたレジナルド・マスグレイヴに、私は感謝すべきだろう。ハールストンの地所すべてを亡き父から受け継いだ彼は、とても裕福な青年であり、観察と調査、推理に関する私の手法に対し、熱心な興味を示していた。

「ぜひ言っておきたいのだがね、ホームズ」夕食後のポートワインと葉巻を楽しんでいた彼が、私に話しかけてきた。私たちは彼の屋敷の居間の炉辺に座り、そのあいだに置かれた小型の補助テーブルの上には、古びているが見事に輝く王冠が載っていた。

「きみはこの種のことにおいて、たぐいまれなる天賦の才を持っていると思うよ」

「大学でやっていたよりはるかにきつい勉強の結果さ」私はそう答えて笑った。そして、みずから課したカリキュラムのあらましを説明してやると、彼は眉を高く吊り上げて言った。

「きみはぜひ警察に入るべきだよ。その能力があれば、連中にとって大いなる助けになるに決まっているさ」

「連中はぼくを歓迎したりしないんじゃないかな。これまでだって、スコットランド・ヤードを訪れることはできなかったし、警視総監に対して専門的助言をしたいというメッセージを送ることも、できなかったんだ」

「方法はほかにもあるよ」彼は熱をこめて主張した。「ぼくはこの地区選出の国会議員だ。きみのために、しかるべき筋へ話を通すことだってできる」

これは、私が各種の変装をした写真を合成したものではない。男たちはスコットランド・ヤードの刑事で、強盗団の逮捕を目的とした張り込みのため、さまざまな種類の大衆に扮したところなのだ。

「申し出はうれしいよ。でも、ぼくを押しつけられた警視総監が感謝するとは思えない。一度アマチュアだった者は、プロの眼から見ると永遠にアマチュアなんだ。それに、外部の者を紹介する際、彼の唯一の資格は〝立派な教育を受けた社会的地位のある紳士〟であるというのが最近の手だが、これはまったくの失敗だとぼくは思っている。職業警官の大部分は巡回区域を回って下積みから上がってきた連中で、彼らにとっては、いつまでたっても規則書が行く先を照らす導きの光なんだ」

「だったら、私立探偵として広告を出したらどうだ。大量に出せばいい」

「私立探偵か。彼らのほとんどは、退役軍人だよ。年齢か負傷か、あまり名誉でないケースとしては本人の不品行によって、引退した連中だ。ぼくはそんなのといっしょにされたいとは思わない。きみ自身にしたって、最後の手段としてしかたなくぼくのところへ来たんじゃないか、覚えてるだろう?」

「そんなつもりじゃなかったんだよ、ホームズ。きみなくして、あの事件が解決するわけはとうていなかった。そのことをぼくはふれてまわるつもりだ。だが、今のきみの立場は問題だな。自分自身で困難さを増大させているように見えるよ。まあ、あてにしててくれ。もっときみにとって助けになるようなことを考えておくよ」

彼はその言葉通り、親切な男だった。サセックスの奥地におけるこの会話から二週間もたたないうちに、マスグレイヴは再びモンタギュー街に私を訪ねてきた。彼は山高帽をかたわらのテーブルに置いて座り、ものうげだが優雅な仕草で紙巻きタバコを吸った。

「スコットランドの国会議員のひとりに、きみのことを話してみた。当然ながら、彼はステュアート王家の王冠の発見は国家的重要性を持つ出来事だと考えている。彼は、きみがその功績について公に認められるべきだと主張しているよ」

「何だって！」

「いや、正確に言うとね」マスグレイヴは微笑んだ。「その種のことについてきみがきちんと認められていないのだと彼に言ったんだ。ぼくはきみの全体的な状況について説明してやった。目標とする仕事のため、いかにしてその素養を身につけてきたかということもね。彼はすぐに理解して、ぼくがきみの立場だったらためらわずに飛びつくような申し出をしてくれた」

私は全身を耳にして彼の話を聞いた。

「ピンカートンについて聞いたことはあるかい？」

「アメリカの探偵だな？」

「そう。きみもきっと、彼みたいになるんだ」

ピンカートン探偵《デイテクテイヴ・エージエンシー》社は当時、多少の波乱含みながら、アメリカ合衆国において非常な名声を博していた。公的な警察組織から独立した活動を行なっており、一八六一年の大統領選挙のときには、リンカーン暗殺計画をはばんでいる。最もセンセーショナルな成功のひとつは、その五年前、アダムズ・エクスプレス社から七十万ドルを強奪した大列車強盗の主犯を逮捕したことだった。さらに、南北戦争では政治的および軍事的諜報活動に従事し、のちには労働争議に雇用者側として潜入して、悪評を獲得した。

ごく最近、私はピンカートンの本『モーリ・マグワイヤー一党と探偵たち』を読んだが、それに書

アラン・ピンカートンは英国グラスゴー生まれで、私がアメリカで訓練を受けたピンカートン探偵社の創始者だった。写真は南北戦争中のもので、大統領のエイブラハム・リンカーンと、マクレラン将軍とともに写っている。アランはリンカーン暗殺の試みを阻止したが、探偵活動ほどにはスパイ活動に精通していなかった——私自身の経験では。

かれてあったのは、彼のエージェントの一人、ジェイムズ・マクパーランが、ペンシルヴェニアの炭田を支配していた無法者のアイルランド系アメリカ人秘密組織において、高度な任務をいかにして成功裡になしとげ、その主要メンバーを有罪に導く証拠を入手したかというものだった。彼らのうち何人かは死刑になり、戦争のあいだに強力に成長していた組織は粉砕されたのであった。

私がそういったことをマスグレイヴに話すと、彼は熱心にうなずいた。

「じゃあ、ピンカートン自身がスコットランド生まれだということも知っているな?」

「思い出したよ、グラスゴーじゃなかったか?」

「そうだ」と彼は言った。「ピンカートンは二十代の初めにアメリカへ移住した。偽金造りの一味を追いつめ、保安官代理となり、自分の組織を設立して以来、あとへ引くということはなかった。重要なのは、くだんのスコットランド議員とピンカートンが、子供のころからの親友だということだ。彼らはつねに、互いに連絡を保ってきた。彼はピンカートン自身に対し、きみを推薦する以上のことをしてくれるはずだ」

私はびっくりしたが、興味をそそられたことも確かだった。

「シカゴへ移住するってことか!」

「それもひとつの可能性だけれど、ぼくはそこまで考えたわけじゃない。むこうへ行って、まあ一年かそこら、気に入ればもっと長くていいが、彼の組織にいて、また帰ってきてからこっちで似たような組織を設立する、そんなことを考えたんだ」

「いや実にありがたいよ、マスグレイヴ。魅力的アイデアだ。ただ……」

まったくすばらしい考えではあるが、新たに業務を始めるような資金が自分にはないのだということを伝えようと、私は必死に言葉を探した。だが、説明する機会を彼は与えてくれなかった。立ち上がって帽子をとると、「それじゃしっかりがんばってくれたまえ」とだけ言って、私が口を開く前に出ていってしまったのだ。

かくして私はピンカートンの探偵となり、刺激に満ちた出来事を通じてたくさんの思い出を得た。そのあたりのことを語りたいのはやまやまだが、今は本来の筋道にそって回想するにとどめておこう。一八八〇年の八月、一年弱のアメリカ滞在を経て、私は帰国した。頭の中は熱情とアイデアでうなりをたてているような感じだった。資金の欠如というハンディキャップが抑制剤になってはいたが、いくつもの計画が頭の中で競い合っていたのだ。

アラン・ピンカートンは、私が彼の代理人としてピンカートン探偵社の英国代理店《サブエージェンシー》をつくる許可を与えてくれた。あるいは、もし私が自分自身の組織を設立するほうを望んでいたら、マスグレイヴとその友人たちが資金を用意してくれたことだろう。彼は手紙の中で、私の才能に対する出資が不足するようなことはないと請け合ってくれていた。

シカゴでの生活様式をロンドン式スタイルへ戻すには、一定期間が必要だった。自分の身辺を見回し、現在のロンドンの犯罪状態を評価して、最も効果的に機能する組織のつくりかたを決めなければならなかったのだ。それに、ひとりでいる平穏な時期にテストしてみたい、私自身の新たなアイデアもたくさんあった。

そのいくつかは化学実験室を必要とするもので、いささか問題だった。実験室を使うためだけにど

シカゴの街の風景。私がピンカートン探偵社で探偵術を学ぶために訪れていたのは1879〜1880年だが、それよりも数年前の写真。シカゴは、今でこそ混雑し繁栄しているものの、当時は人口もわずかで、発達しつつある辺境の開拓地にすぎなかった。

こかの大学に所属するつもりはなかったし、ためしにセント・ポール大聖堂の裏にある借り住まいの下宿の女家主にきいてみたところ、屋内で〝悪臭のするような実験〟は許されない、という断固たる条件をつきつけられた。悪臭が出るとは思っていなかったが、条件はのまなければならない。資金がかつてないほど底をついていることも考慮しなければならなかった。

ある晩のこと、物思いにふけりながら、新たに見つけた下宿の近所を散策していた私は、神が私の仕事にいたく興味を抱いているのではないかと思った。その下宿は夕刊紙のひとつの紙上でいいかげんに選んだものだったのだが、たまたま私の目的にとって理想的な場所に位置していたのである。そこはオールド・ベイリー(2)から歩いて五分以内のところにあり、スミスフィールドのロンドン中央食肉市場もそれほど遠くないし、市場から角を曲がればセント・バーソロミュー病院があったのだ。

こうして考えると、私にとって都合のいいすべてのものがひとつ屋根の下にあるようなものだった。私はオールド・ベイリーの傍聴席に座ってあらゆる種類の犯罪の審理に没頭し、被告人と証人のそれぞれの証拠の微妙な差異に対する反応を鋭く観察するという習慣を再開できた。スミスフィールドにおいては、親しい畜肉処理業者の手にささやかなチップを握らせることで、人けのない一角と、欠陥があって売り物にならない豚の死体を提供してもらえた。さまざまな鈍器で死骸を殴ってみることで、死後に生じた傷における外観の相違について貴重な記録を取ることができたのだ。

せっかくいい下宿を見つけたのに共同で借りてくれる相手が見つからない、と私が「嘆いていた」ことを、スタンフォードはワトスンに対し正確に教えてくれた。だが実際のところ、私はいわゆる〝新年の決意〟をしたのだった。それは、ピンカートン社のライセンスもマスグレイヴのあと押しも

私が221Ｂを去って隠退してから数年後に撮影された、ベイカー街の写真。ここは私の仕事にとって便利な場所にあり、20年以上にわたるワトスンとの交友と、一千件におよぶ事件についての思い出の中心でもある。

受けずに探偵局を開設しようというものだった。つまり、ひとりだけでスタートする決心をしたのである。

当時のベイカー街は、それほどよい地域であったわけではない。政治家のウィリアム・ピットやワイズマン枢機卿、シドンズ夫人などが住んでいたころからすれば、いくぶん落ちぶれていたし、また商業的ににぎやかでなかった時期は、両側に伸びる小さな通りにしか商店はなかった。一八六〇年代に地下鉄が通ったことでその状況は変わったが、著しくにぎやかになったというほどでもなかった。とはいえ、ベイカー街駅とメトロポリタン鉄道の路線に近接しているということは、私にとって便利なことだった。

ここからはメイフェア(3)も遠くなかった。将来の依頼人の多くが、その裕福な地区から来るようにならないだろうか、と私は思った——社会生活の堅苦しいルールや一族の確執を通じてスキャンダルを起こしがちであるが、彼らの窮境を警察にあらわにしたり、いかがわしい評判があり扇情的新聞とのつながりを持つ私立探偵局に知られるという危険を冒すぐらいなら、どんなことでもやるという人びとだ。悩めるレディであっても、ベイカー街ならば人目を引かずにちょっと足を伸ばすことができるだろう。逆にメイフェアそのものに開業していたら、依頼人が戸口でだれかと出くわして、入るのをやめてしまうという危険性が大きすぎるのだ。

（1）ロンドンの医者で、ホームズの遠縁にあたる人物。〈ノーウッドの建築業者〉（《帰還》所収）で言及される。
（2）ロンドンの中央刑事裁判所がある。
（3）ハイドパークの東にある高級住宅地。ロンドン社交界の代名詞でもある。

見習い時代

生涯に三回結婚したワトスンは、私と最初に会ったときすでに「三大陸にわたる多くの国」(1)を股にかけた経験を誇っていたが、彼がその著作の中で私の女性に対する態度として書いたことがらは、私に大いなる苦痛をもたらした。その点について、彼は私のことをそれほどよくはわかっていなかったのだ。

ローマ法王に選出されるなどという大望はないにしても、なんらかの理由によって終生の独身生活を選択した男の心に、彼は入ることができなかった。そうしたことは自分にとって説明がつかず、不可解であると知ったはずなのに、彼は私が冷血で、女性を嫌っているという印象を持っていた。そしてそれは、当然のことながら、真実とははるかにかけ離れたことだったのだ。

レオナルド・ダ・ヴィンチと同様、私には自己の感情を抑制する習慣が身についている。それはきびしい実地応用を必要とするが、いったん習慣となってしまえば、それ以上の意識的な自己鍛錬はいらないのである。ダ・ヴィンチをよく知る人は、みな彼の人間性や温情、高邁さ、やさしさを口にするし、確かにそうした輝きは彼の作品から放たれている。だが彼の絵の研究者なら、そこに感情的要素がまったく欠落していることを発見することになるだろう。知識を客観的にみつめ、理論上の概念に対しバランスをとるためには、感情を徹底的におさえなければならないということを、彼は知っていた。そして私の場合と同じように、それが一種の天性となるまで鍛練したのだった。

といっても、私はもう一人のダ・ヴィンチになろうなどとしたわけではない——彼は本来女性の魅力というものに影響を受けなかったのだという説を読んだことがあるが、少なくともその点では、私はダ・ヴィンチとちがった。彼はそういうことがむしろありふれた状態である時代と社会にいたわけで、私の場合はその種の抑制があったわけではない。

私は同性愛者ではないし、女嫌いでもないのだ。あらゆる年齢、身分の女性に対する紳士としての務めを、私はつねに重要視してきた。そんな慇懃《いんぎん》さと礼儀以上のものをもって私が善良なる婦人たちに接しているという、たったひとつの実例すら、ワトスンの記録に見いだすことはできないようだ。たとえば、私は恐喝者チャールズ・オーガスタス・ミルヴァートンの女中に偽りの求婚をしたが、あれは戦術上必要だったからだ。いずれにせよ、あのことは別の男性の目に彼女をより好ましいものに映らせたはずであり、あえて言うならば、彼女のためになったのである(2)。

女性との交際でより親密になることに関する私の考えは、《四つの署名》の中でワトスンが正確に記録した次の言葉に要約されている。

「恋愛とは感情的なことがらであって、なんであれ感情的なものは、ぼくがあらゆるものにもまして尊重する正確で冷静な判断力とは、相いれないものなのだ。ぼくなら、判断力を歪ませないために、絶対結婚などしないだろう」

人生とはソロで弾くヴァイオリンであり、生きていくのは楽器を習うことと同じだ、と言ったのは、サミュエル・バトラーだったと思う。長いヴァイオリン・ソロに似て、遅かれ早かれ、人生にも情熱的な楽節がくる。私はさまざまな物事に遭遇しながら、人生を演奏してきた。大学時代、まだ感情的な攻撃に対する防具を身につける以前に起こった出来事もあった。だが、その後の二度の経験をきっかけによろいを完璧なものにすることができたのだった。

一八七九年の十一月、私はレジナルド・マスグレイヴの提案を受け入れ、彼のスコットランドの友人を介して、シカゴのピンカートン探偵社に入った。当時のシカゴは、人口が千二百人程度しかない、発展途上の辺境の村だった。

アラン・ピンカートン自身は、当時六十代。数年前に卒中に襲われ、完全に回復していたにもかかわらず、彼の最も活動的な日々は終わりをつげていた。私が入ったときは、息子ウィリアムとロバートが探偵社を管理していた。がっしりとした体格で元気のいい三十代の男たちで、二人ともアメリカ生まれだった。彼らの父親とその若き花嫁が、チャーティスト運動の活動で当局に追われ、スコットランドからロマンティックかつ冒険的な脱出をはたした、その結果である。しばらく樽製造業者のもとで働いていたピンカートンは、ふとしたきっかけから私立探偵となる。シカゴでの評判が高まり、一八四九年に彼はシカゴ当局の雇った最初の探偵になったが、独立して仕事をするほうを好んだので、一八五〇年代に彼自身の探偵社を設立したのだった。

探偵社は大いに成功し、全国的な規模のものになっていった。ピンカートンが引き入れた腕利きの助手たちは大胆不敵な捜査を行ない、贈収賄行為が法律以上にものを言うような、急速に成長する地域にありがちな環境で、高潔と清廉という厳しい原則の遵守に努めたのだった。彼らはジェシイ・ジェイムズとリーノとヤンガー兄弟のギャング団を延々たる〝戦争〟によって打ち破り、ザ・リングと呼ばれる銀行強盗のスコット・ダンラップ団を壊滅させた。また、のちに私がモリアーティの組織を相手にしたときまねたやりかたで、アダム・ワース団の全員を逮捕し、有罪判決を決定的なものとした。ブッチ・キャシディとサンダンス・キッドを何年にもわたって追い続けたのも、彼らだ。

彼らの活動と支部は世界中に広がり、開いた眼のイラストと「我々は眠らない」の標語で有名なエンブレムは、彼らが警備する屋敷などによく見られた（私立探偵を〝プライベート・アイ〟と呼ぶのはここからきているとよく言われる）。

私はアランの息子のひとり、ウィリアムの傘下に入った。彼は雄牛のような大男で、肉厚の顔と黒い眼、それに毛深い眉毛が特徴的だった。戦いが始まれば、鉛玉がぶち込まれようともしっかりと食らいついて行くぞ、といった威圧感を与える容貌だ。多くの犯罪者たちが、それを試してみるほどもちこたえられるかは、疑わしかった。

彼は獰猛な見かけにしては愛想が良かった。そして不正取引のあらゆる手口を知っており、理論と実践の両方の経験を通して、私にさまざまなことを教えてくれた。

「いちばん重要なことは――いや、このゲームじゃひとつだけがほかより重要ってことはないんだがな――自分が相手にしてる連中を知ることだ。やつらにだって、そこらの人間と同様にたくさんのタイプがある。けちな泥棒はひとつのやりかたしか考えないで行動する。暴れもんはまた別だ。ザコを使う金持ちの悪党は、またまったく別だしな。

連中が自分の習性をはずれて行動することはない。もしおまえがあつかってる相手のタイプを知っ

ピンカートンの探偵たちが容赦なく追求した、銀行・列車強盗犯の一党、ジェイムズ・アンド・ヤンガーズのリーダーたち。左から右に、コール・ヤンガー、ジェシイ・ジェイムズ、ボブ・ヤンガー、フランク・ジェイムズ。ジェシイ・ジェイムズは1882年に仲間のふたりに殺されるが、フランクは引退し1915年に普通の死にかたをする。

ていたら、犯罪の前後だろうが最中だろうが、そいつの行動はお見通しになる。そうすりゃ、どこでとっつかまえたらいいかもすぐわかるだろう。それぞれのタイプの集団に自分を合わせることができれば、同類として受け入れられて、連中が警戒せずに話すのを聞くことができる。連中の仲間うちの言葉や習慣や、やり口を吸い上げるんだ。どんな状況や仲間の中にいても気楽にやるようにすれば、自分の正体は忘れて、本当に連中の一員だと思えるようになるはずだ。さもないとためらいが出て、自信を失い、場違いな存在になっちまう。いったんやつらに目をつけられたら、おまえは役立たずだ。やつらは黙りこむか、おまえを避けるか——もっと悪いことになるかもしれない」

「最初に犯罪者になることを学び、次に探偵になるというわけですね」と私は言った。

「そういうことだ。証拠を得るために犯罪の片棒をかつがなければならなかったとしても、突き進め。手を引っ込めたりしたら、やつらは疑うだろう。やつらはサツに対する一種のカンを持っている。おれたちの親父はいつでも、うちの連中に疑惑をいだかれるようなやつはいないと自慢してたよ」

「でも、犯罪者仲間では顔が知られてしまうんじゃないですか。あなただってまちがいようのない外見をしているし」

「変装さ。単純なものでも、すっかりちがう世界を作りあげることができる。おれでは駄目だな、それは認める。おれは変装にはあまり向かない。だがおまえは、どんなタイプにも、自分を変えることができるだろう」

彼はその後数か月をかけて、自分の言った意味を私にわからせた。単に頬ひげを伸ばしたりメガネをかけたりすることとは違った方法で、いかに自分の顔を変えるかを教えてくれたのだ。いぼ、傷跡、

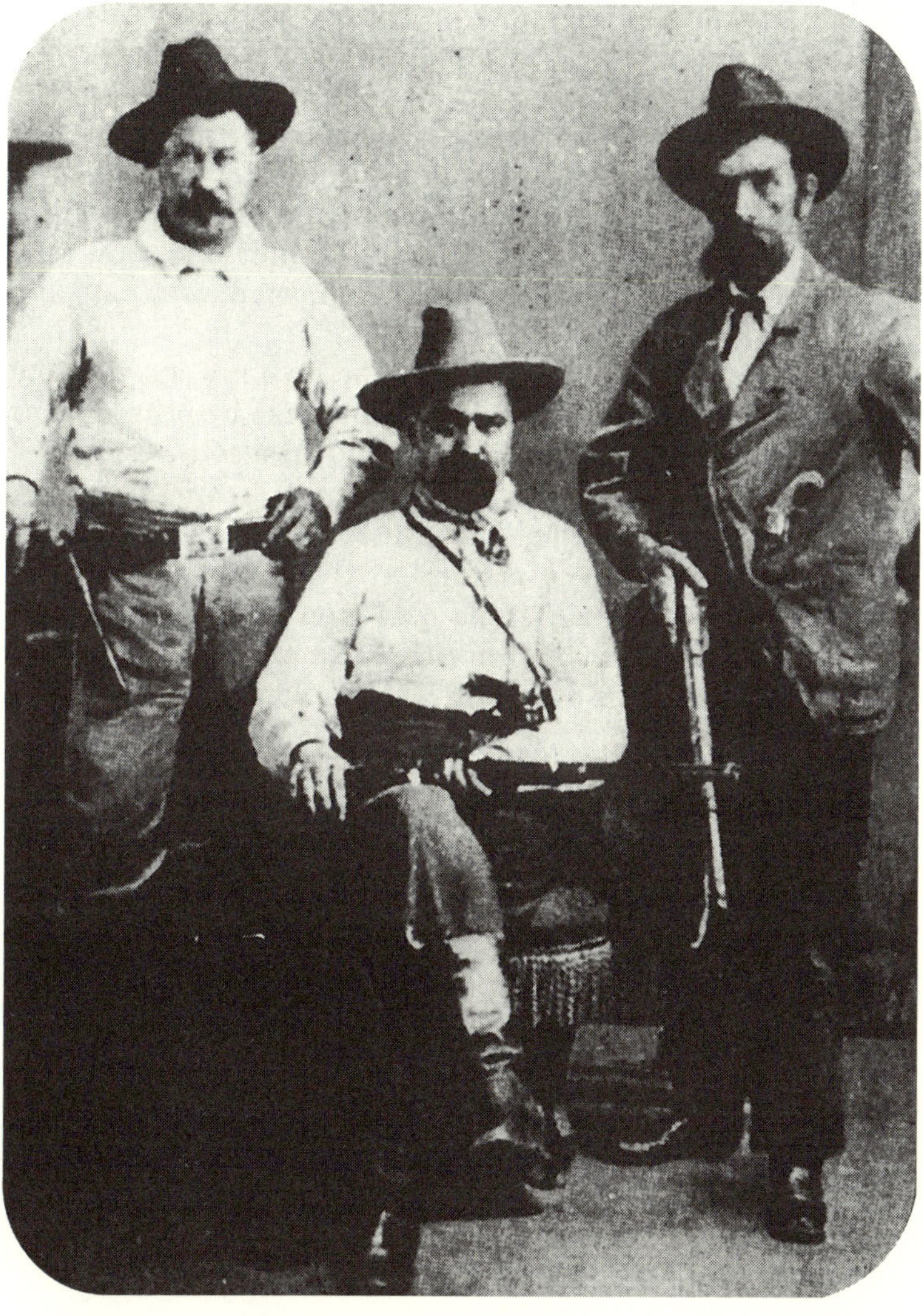

アランのふたりの息子の兄、ウィリアム・ピンカートンは、アメリカにおける私の師だった。彼は探偵と悪党の両方に共通する能力について私に教え、私の変装と詐欺の能力を伸ばしてくれた。写真ではふたりの部下にはさまれ、「西部の追跡」むけに武装している。

そばかす、あざ、病気や長期間投獄されていたがゆえの青白さ——そうした外見はすべて適切な手法と単純な材料によってつくりあげることができた。さらに彼は、本物そっくりに失神したり、ぜんそくやてんかん、聾唖、盲目を装うことを教えてくれた。片方の足をひきずること、相手をひるませる武器を持っているように見せかけること、老婦人の服装でそれらしい歩きかたをし、声もそれに合わせて高くすることも。

「それぞれの変装の細かい点に注目しろ」と彼はアドバイスした。「おまえといっしょにいる一団がたまたま別の連中と出会ったとき、相手がおまえのことを知っていて、しかもその日の変装の黒髪ではなくて赤い髪のおまえを知っていたとしたら、おまえは怒り狂った連中のあいだにはさまれることになる。そういうときは素早く考えるんだ。ピンカートンの連中をだますために髪を染めたんだとか言えばいい」

彼はもうひとつつけ加えたが、それはその後の私が幾度も確証を得ることになるアドバイスだった。「変装のうまい犯罪者を追うときは、プロなら犯罪のときに変装し、終わったら元に戻るのだということを忘れるな。いつもの姿で犯罪を犯しておいて、あとから変装をするのは、駆け出しだ。変装をしているときに疑われて、それがバレたら、取り返しがつかないからな」

スリの手口や金庫破り、ドアや窓のこじ開け方、足跡の読み方、合鍵の作り方、容疑者の尾行法、そして自分をつけていると思われる人物を〝まく〟手法も学んだ。私は二つの大学でボクシングと棒術を学んできたが、ウィリアムとロバート、その他ピンカートンの連中は、ボクサーだったら終身資格剝奪になるような攻撃と防御の方法を私に教えてくれた。コルト・リヴォルヴァーの撃ちかたと手入れのしかたについても、徹底的なトレーニングがあった。

彼らが探偵として熟達させるために私を仕込んだことは確かだが、その技術や知識、精神的心構えは、探偵と犯罪者という二つの職業のあいだで完全に置き換えることができるものだった。

彼らはまた、実際の捜査にも私を使った。これは良い実地経験であり、自信をつけることができた。大胆不敵さをそなえ、ある程度肉体の危険を冒せることは、狭苦しい隠れ場所や酷暑、厳寒、ずぶ濡れ、渇きと餓えの状態において長時間の待機を耐える能力と同様に、捜査官にとって重要なのだ。どれもロンドンにおける私自身の研究に、貴重な経験をつけ加えるものだった。

与えられた使命によって、私はあらゆる種類の環境へと出かけて行った。木賃宿やもぐり酒場から、高級ホテルの舞踏室のほか、ポッター・パーマー、マーシャル・フィールド、レヴィ・ライター、マコーミック、スウィフトといった強大な一族の大豪邸の門内にまで。皆、その莫大な財産を商業、製造業、または精肉業から得た者ばかりだ。彼らの社会では、血統よりも金がものを言い、集まりでは遠慮会釈なく大量に食し、飲し、騒々しくはしゃぎ、自慢話をする。自身のがむしゃらな努力のみで、冷酷なる仕事と大いなる無慈悲さで裸一貫から成り上がった大金持ちだけができる、礼儀作法など無視した行為だ。そういった一族が最も多く居住し、かかわり合う地区は「ゴールド・コースト」といい、まさにぴったりの名前だった。

ピンカートン探偵社は、そんな金持ちのために働くことが多かった。彼らの財産を守り、社交的な集まりの場で婦人たちの宝石を見張り、そして――あまり名誉でないレベルのものでは――役に立ちそうな使用人からうわさ話や不平不満を聞き出して報告することで、雇い主が労働争議にあらかじめ注意できるようにするのである。金箔と大理石を使った大広間にふさわしい服装をして入り、うやうやしい態度で申し分なくふるまえば、探偵たちは賓客たちとほとんど同等のあつかいを受けることができた。ボストンでもニューヨークでもフィラデルフィアでも同じことだった。

ある会合において——一族の名前は書かないほうがよいのだが——私は自分がある魅力的な若い女性の注意を引いているらしいことに気がついた。彼女は私より何歳か上だったと、のちに知った。背が高くてスタイルが良く、身のこなしも優雅なものだった。髪は漆黒で、人目を引く鳶色の瞳をしていた。

彼女にじっとみつめられても、不快感はなかった。金銭に関する会話のあいまに豊富なワインやブランデーに手を出しては、いたる所にあるたんつぼの世話になるといった、紳士がたの習慣と同じように、ごく一般的なことのようだった。

会場には、ダンスのための音楽が流れていた。そこでの私の義務は全般的監視だったが、それは情報提供者のひとりがもたらした噂によるものだった。今回の女主人は、身動きするたびにぶつかりあってちりんちりん鳴るほどふんだんに宝石を身につけているのだが、それを盗もうという計画があるというのだ。

「もう目星はつきまして?」ハスキーな低い女性の声に突然問いかけられ、私は相手の目をまじまじとのぞきこんだ。

「なんのことでしょうか?」

「あなた、ピンカートンの人でしょ。シャツにあの『眼』の刺しゅうがなくたってわかるわ」

私たちはいっしょに笑った。

「今のところ、疑わしい人物は見つかっていません。それらしき人物はおりましたか?」

「まあ、あなたイギリス人ね。アランが正直者のアメリカ人を切らしてるなんて言わないでちょうだいよ」

私は、なぜ彼の組織で数か月働いているのかを説明した。

「うらやましいわ」私は彼女の反応に驚いた。「実はね、私も入りたかったの」

「ピンカートンに入る?」

「いけない? 彼は以前、女探偵を雇っていたのよ」

「彼に頼んだのですか?」

「あなた、両親が私を探偵にさせると思う?」

「残念ですが、私はあなたのご両親を存じあげていないんです、ミス……」

「今晩の主人よ、それだけのこと」と彼女は言った。「私はラ……」

私は頭を下げて自己紹介をすると、彼女の身分に気づかなかったことをわびた。それからは当然、ずっといっしょにいた。こうした場合、それぞれがどんな人物かをよく知っておくことも所定業務の一部なのだ。決して、進んでそうしたわけではない。

「探偵になるなんてね!」彼女の笑い声はけっこう大きかった。「私には許されないわ。あの人たちがならせてくれるものといったら、父親が飲み過ぎで死ねば家畜置場会社のひとつやふたつ受け継ぐような小金持ちの男の奥さんくらいよ」

ピンカートンの仕事のおかげで、私は下層社会だけでなく上流世界へも入っていった。たいていは金持ちの婦人たちの宝石を守るのが任務である。そういった状況のひとつにおいて、私は女性後継者の獲物になりかけ、結果としてアメリカを離れるのが早まったのだった。

目のきらめきからすると、彼女は酒をひかえているわけでもないらしい。

ダンスが続いていたため、彼女は童顔で色白の若い男に請われて私のもとを去っていった。その後も、彼女が奇妙な一瞥をくれるのに気づいたが、私が再びその声を聞いたのは、夜もかなり遅くなってからのことだった。ろれつのまわらぬしゃべりかたになっていて、近づきかたも無遠慮なものだった。彼女は私がもたれかかっていた柱の陰から手を伸ばし、人波を見渡すと、カーテンの陰へ私をぐいと引きこんだ。

「ねえ」彼女は私の腕をつかんだまま、もう片方の手を私のコートの前に置いた。「私考えてたのよ」私の持ち場は大広間だった。女主人は人の輪の中でキラキラ光り、チリンチリン音をたてている。動こうとすると、相手は荒っぽくしがみついてきた。

「行かないで。ねえ、あなただけが……あなただけが新鮮な空気なのよ、このいまいましい場所じゃ」

「いろいろと呼ばれてきましたが、新鮮な空気というのは初めてですね」私は愛想よく答え、彼女の機嫌を取ろうとした。ヒステリーを起こされるのは困る。

「冗談じゃないのよ。私は真剣なの。あなた、私のためにしてくれるわよね」

「何をですか?」

「あなた、もうすぐイギリスに戻るって言ってたでしょ、ねえ?」

「数週間のうちには」

「そうしたら、あなた自身で探偵業を始める」

「もしできればですが。アラン・ピンカートンはゼロから始めましたから、私にもきっと可能でしょう」

それまで半開きだった彼女の両目が、ぱっと開いた。

「あなた現ナマ《ドウ》は持ってないでしょ?」

「まあ、かき集めることになるでしょう。経費はあまり使えませんね」

「でも、たっぷり持ってると想像してみて。始まりから大々的にやれると想像してみて。今のアランみたいに、職員も何もかもそろってるのよ。あなたは初めっから大ボスってわけ」

「私は大ボスになりたいと思っているわけではありませんが。自分で仕事を発展させたいと思いますので」

「ねえ――私お願いしてるのよ」

「おっしゃることがわかりませんな、ミス……」

「私を連れて行ってと頼んでるのよ。この精肉業者たちのごみ捨て場から、私を連れ出してちょうだい。畜肉処理場の悪臭の中で人生を費やしたくはないのよ。私は世界を見たい――素敵な冒険をして、楽しみたいの」

これはピンカートンのトレーニングからまったくはずれた状況だった。私はじりじりと逃れようとしたが、彼女はさらに強く私をつかんで身体を押しつけ、長い首を前へ曲げて顔を近づけてきた。「あなたが私に何を求めてもかまわないわ」と彼女は情熱的な調子でだしぬけに言い出した。「あなたの妻。あなたの愛人。あなたの単なる雇い主。私は自分自身のお金を持ってるの。あなたが一生のあいだに見る以上のお金よ。私はそれをあなたに遣って、事業を始めさせる。あなたみたいなハンサムな男のほしがるものは、なんでも買ってあげるわ……ただし、お願い――私をここから連れ出してちょうだい！」

彼女はいきなり唇を私の唇に押しつけると、両手を上げて私の頭の後ろを強烈な力でつかんだので、逃れることができなかった。彼女はさらに、口を押しつけたまますり回しはじめたので、私は思わず自分の歯が心配になった。

突然、大広間から女性の悲鳴が聞こえ、騒ぎが起こったため、私は救われたと思った。だが、私を襲っている相手はその騒ぎになんの注意も払わないので、私は彼女をむりやり引きはがさなければならなかった。よろめきながら私が部屋に入った瞬間、ひとりの男がドアの外へ走り出ていった。くだんの女性は私にすがりついて引き戻そうとしながら、ヒステリックに泣いている。私の髪はくしゃくしゃに乱れ、シャツの前はもみくしゃになり、堅いカラーはゆるんでいた。

女主人は部屋の中央に立ち、かつては宝石のネックレスがいくつかの房となっていた自分の喉を、力なくひっかいていた。

凍りついた活人画が再び動き出し、明瞭になったとき、私たちの雇い主がドスドスと歩いてくると、太い指を私の胸へ突きつけた。鉄の棒のような衝撃だ。

「この腰抜け探偵め！」と彼はわめいた。「捕まえなきゃならん相手がまんまとトンズラしたってのに、トリあたまのおてんば娘といちゃいちゃしてやがって！　とっとと行って、やつを追いかけろ！早く！」

雇い主のためにも自分自身のためにも、私は全速力で屋敷を飛び出したが、遅すぎた。男は完全に消え失せていたのだ。屋敷内に隠れている場合に備え、戻って捜索せねばならない。だが私は自由裁量の道をとり、屋敷に背を向けて進み続けた。ピンカートン社が喜ぶはずもなく、私の帰国の日は早くなった。

この時期に短期間交流があったもうひとりの女性は、まったく別種の存在で、私を武装解除させる寸前までいった。私が彼女に出会ったのは、一八八〇年の八月にロンドンへ戻ってから、少しあとのことだった。彼女は私の気のおけぬ友人の従姉妹だが、長い年月の過ぎた今でも、まだ彼女について書くのは難しいようだ。

彼女は想像しうるかぎり最も素敵で、最も優しい、可愛い女性だった。とても感じやすく、とても無防備に見え、受けた好意や親切には、どんな小さなものだろうと、とても感謝するのだった。友人は、私たち双方のためになると考えて引き合わせてくれたのだが、私たちは穏やかで純真なつきあいを始めた。私が自分の探偵局についての計画を話すと、彼女は意見を少々と、称賛および激励の言葉を述べつつ、一心に聞き入った。

彼女自身はちょっとした趣味を持っていた。お金のかからない品のコレクションで、私にも見せてくれたのだが、すべてこぎれいに整理されており、彼女が親切なおばとともに住んでいるアパートに置いてあった。そのおばは、いつも私を喜んで迎え入れてくれたものだった。もちろん、私は売店でそのコレクションに加えられそうな品を見つけるたびに買っていってやるのだが、それを受け取った時の彼女の喜びようは私の心を大いに満たしてくれた。彼女はこんなふうに言うのだ。

「まあ、私のことを考えてくれて本当にありがとう。自分のことを考えてもらっているのを知るのって、とても……とても『必要なこと』なんだって感じさせられるわ。だってもしも忘れられたら、その人はまるで存在しないことになってしまうもの」

当時、探偵業が徐々に拡張しはじめていたため、私は本気でそれに集中したいと思っていた。だがそれは、ほとんど禁欲的ともいえる生活になることを意味していた。私は彼女と過ごす時間を減らすように努めながら、自分がどれほど忙しくなったか、いかに精神集中を必要としているかということを説明した。彼女は思い悩むような顔でわずかにほほ笑み、目を伏せたが、もちろん理解できるわ、と言った。彼女のおばのほうは嘆きに満ちた顔を見せ、私が来なくなるのはさみしいと言った。

彼女と別れることは、小犬を捨てるのと同じようなものだった。いや、もっと悪いことだった。彼女は、自分は完全に理解しているのだと明るく勇気をもって言ったあと、コレクションのひとつとして見つけた小物を私に見せた。それは少なくとも彼女にとって空虚な気持ちを埋めるためのものがまだ残されているということを意味していた。

私は臆病な道を選択して、二度と彼女を訪問しなかった。彼女から進んで私を訪ねて来ることは、けっしてないとわかっていた。

何年か後、私は彼女のことを新聞で読んだ。保険金目当てに三人の小さな子供たちを毒殺して、絞首刑になったのだというのだ。もしそうだとしても、確かに彼女は私の知るかぎり最も魅力的な女性だった(3)。

私はやはり、結婚に向く男ではない。見返りを与えることなしに何かを受け取ることはできないし、遺憾にも妻に提供するものなど持っていないのだ。もし結婚しても、私は期待はずれの男であり、私といっしょに何かをしたのは失敗だったという後悔の念で彼女を一杯にしたろう。もちろん、彼女は自分自身も責めるはずだ。

子供については——同じことだ。やれやれ。自分の姿を想い描いてみよう。クッションの山に腰かけてパイプ三服分の問題に深く没頭していると、隣の部屋からは寝るのをいやがる子供たちの騒ぎ声が聞こえてくる。なんてことだ。そうやって私の思考過程が邪魔されることによって、罪もない人間の命がなくなることもあるのだ！

アイリーン・アドラー？ ああ、たしかに彼女は私にとって「あの女性《ひと》」(4)だった。しかしそれは彼女と結婚する責任を負うというものではない。彼女への賛美も、今では私の中で変わってしまっているようだ。

(1)《四つの署名》でワトスンは、「三大陸にわたる多くの国々で婦人を見てきた」と自慢げに書いている。
(2)〈チャールズ・オーガスタス・ミルヴァートン〉(《帰還》所収)。ホームズはエスコットという偽名で鉛管工に扮し、ミルヴァートンの女中のアガサと婚約して情報を得た。
（3）ホームズは《四つの署名》の中で、「これまで魅力を感じた女性は、保険金めあてに三人の子供を毒殺して絞首刑になった」と述べている。
（4）〈ボヘミアの醜聞〉（《冒険》所収）に登場したアイリーン・アドラーは、ホームズにとっての特別の存在だった。この事件以来、ホームズがアドラーのことを「あの女性《ひと》」とだけ呼ぶようになったことは有名。

私はこれを現在の――そして終《つい》の住処であると信じている――自分の住居で記している。当時（一九〇七年）、友人ワトスンの足がすっかり遠のいていたため、自分で書かなければならなかった〈獅子のたてがみ〉で述べている住処だ（1）。あのときは引退してから四年たっていたが、私のようなつねに変化を求める好奇心の強い性格の人間が、なぜ、またどうやって、四十九という年齢ではやばやと仕事を捨ててサセックスのへき地にうずもれてしまえるのかと、私の経歴に興味を抱く人たちの中には、当惑するむきもあった。

引退の決意は、さして難しいものではなかった。もしワトスンの言うことがあてになるならば、そのころ私はすでに絶頂期を越えてしまっていた。彼の判断では、私の仕事は一八九五年に絶頂期を迎えていたという。ただ、これはワトスンがあてにできるならばと言っているのであって、私に確信はまったくない。ロマンティストの傾向と、あらゆることを科学的問題としてではなくドラマの観点から見るという宿命的な性癖を持つ彼に、私が手がけた事件捜査の真価を判断するのに理想的な素養があるとは、とうてい言えないのだ。

あの忙しい年に起きた幾多の事件のなかから、彼は五つを選んで書いた。彼の命名によれば、〈三

スレッドニードル街。右に見えるのがイングランド銀行。〈緑柱石の宝冠〉事件の中核となったシティで２番目に大きい民間銀行、ホルダー＆スティーヴンスンがこの通りにあるほか、私が〈唇のねじれた男〉事件で正体を暴いた肢体不自由者の物乞い、ヒュー・ブーンは、いつもこの場所近くに陣取っていた。

人の学生〉、〈さびしい自転車乗り〉、〈ブラック・ピーター〉、〈ノーウッドの建築業者〉、そして〈ブルース・パーティントン型設計書〉である。だが、あの年にローマ法王がわざわざ要請してきたトスカ枢機卿の急死事件については、いくぶん典型的な「高名なる」という言葉を用いているものの、詳しく書いてはいない(2)。

さらには、悪名高きカナリア調教師ウィルスンを逮捕し、ロンドンのイーストエンドから悪の根源を取り除いた一件がある。少なくとも私の考えでは、あの事件に対し、ついでにしか触れなかったことで、ワトスンは非常に興味深いものとなる可能性を秘めた物語と興奮に満ちた時間を得る大きな機会を、読者から奪ってしまったと言えるのだ(3)。

おそらくワトスンとしては、私の事件の取り扱い方にいささか不満を抱くところがあったのだろう。彼には気まぐれなところがたくさんあるし、世の専門家に対しては、とりすました先入観を持っているのだ。

しかしそういったことを割り引いても、九五年は私の最高最良の年だという彼の主張を、私は条件付きで受け入れる。ブルース・パーティントン型潜水艇の事件では、ウィンザー城へ召喚され、女王から仁慈深き感謝の言葉とエメラルドのタイピンをたまわったのだった——仰々しく見せびらかすのはいやなので、これは小箱に入れてしまったままになっている(4)。

とはいえ、ワトスンの書いたものを読み返してみると、あの年の暮れ近く、私がロンドンの犯罪者という人種は手ごたえがなくなってしまったとこぼしていたのは、正しかったと思う。全盛時代の犯罪者たちだったら、あの十一月の末に帝都を覆った陰気な濃霧を、もっと利用したことだろう。

あの年の私のことを、かつてなかったほど精神状態がよいとワトスンが思ったとしても、意外ではない。私はそのほんの一年前に、「死」から蘇ったのだから（そうなのだ。もしこの回想録を続けるつもりなら、あの件についていずれは取り組まなければならなくなるだろう）。自分の職業を離れて三年たつと、私は楽天的になり、仕事に戻りたいと強く思うようになった。一方、私が死んだという話が伝えられて以来、無謀な手段が横行するようになった悪の世界には、それまでにもまして多数の未解決事件が放置され、警察の手から私に引き継がれるべく、待ち受けていたのだった(5)。

だが、一八九四年に帰還した私は以前の私とまったく同じとは言えない、と指摘した者も、あの世紀末にいた。その言葉には真実が含まれていると、あえて言おう。

当時、私の役目はある程度まで警察が肩代わりするようになっていたが、それは彼らが法科学の面で進歩したことと、彼らの不平が頂点に達した一八九〇年の闘争以来、その能力と士気が向上したおかげだった。それでも私は仕事を続けた。ワトスンが一九〇二年に二度目の妻を迎え、私が再びベイカー街でひとりになるまではだ。その後私は、薄暗いロンドンで費やした四半世紀のあいだしばしばあこがれることのあった、自然の懐での静かな生活へと、身を委ねる気になったのだった。

獅子のたてがみ事件のほかにもうひとつ、いくぶんローカルな出来事とはいえきわめて重要な意味を持った事件である〈最後の挨拶〉は記録に残っているが、それ以降の私はずっと活動らしきことをしていない（国際的な性質を持つので、こういったプライベートな記録からも除外しなければならないものなら二、三あるが）。

しかし、活動しないとはどういうことか？　私は、これまでずっと蜂を飼ってきた。そして、私の業績《ウーヴル》であるさまざまなテーマについての研究論文に、さらにひとつを追加することができたのだった。

だが、ケント州にあるアビー農園での捜査中にワトスンに予告した、探偵術の決定版ともいうべき教科書は、いまだに書いていない(6)。私はもう、時代遅れなのだ。実験設備、指紋、写真、探偵訓練学校、その他すべてのことで、警察は私を凌駕する存在となった。現在レストレードやグレグスンに匹敵する者たちは、一八七八年に編成されたＣＩＤ（犯罪捜査部）採用の連中で、以前にいわゆる刑事見習いとして仕込まれてきた者たちとは別の人種だ。一匹狼の時代は終わり、もはや私が指導を申し出るようなことは何もないのである。

私はその本を書かなかった。だが私は、首尾よく解決した千を超える事件において、いわば私の『人生の書』を書いてきたのであり、その内容を精神的に吟味するのに多くの時間を費やしてきたのである(7)。

つまり、私の主張を変えるような展開はこれまで何ひとつなかった。先例と解説を引き出す広範で正確な知識に裏打ちされた、絶え間ない修練を必要とする観察と推理の能力は、いまなお探偵に必須の資質なのだ。科学捜査と情報提供者の利用が、推理することよりも大きな比重をもつようなこの時代においてすらである。例の教科書を書くとしたら、こういった例や私自身の方法論の別の面も入れていくことになったはずだ。

〃観察〃について言うなら、〈ボヘミアの醜聞〉、《緋色の研究》、そして〈花婿失踪事件〉といった事件を引き合いに出すべきだろう。また〃推論〃については、事件がとっぴで異様であればあるほど、より慎重に検討する必要があるという、私自身の格言を引用せねばなるまい(8)。そのあとに、私の

左：このような呼び売り商人に群がる少年たちが、あの〝ベイカー・ストリート・イレギュラーズ（不正規隊）〟を構成する〝浮浪児〟であった。《緋色の研究》、《四つの署名》、〈背の曲がった男〉といった事件で、目立たずにどこへでも行けるという彼らの能力が非常に貴重であることが証明された。１日１シリングに値したのである。

右：テムズ川のはしけの船頭たち。彼らの使う言葉は、語調が激しいことと慣用的な言い回しの多いことで知られる。さまざまな捜査で、私は悪臭ふんぷんたる川や不吉な川岸の後背地へと出かけていった。1888年９月に起きた《四つの署名》事件では、アグラの財宝を追って、船による大々的な追跡劇がくりひろげられた。

慣習が実例として続く。つまり、まず第一に現場と犯罪に関連する対象を調査し、直接手に入れたものも報告されたものも、入手可能な証拠はすべて集め、そうした大量の事実とともに部屋に引きこもって推理するのだ。その点についてワトスンは、《バスカヴィル家の犬》で次のように書いている。「そういった強烈な精神集中のあいだに、彼はあらゆる証拠の断片を考慮し、比較検討して、どれが重要でどれが不要なものであるかということを決定するのだ」

いずれにせよ、私が一番気に入っている格言は「ありうべからざることを除いていけば、あとに残ったものが、いかに信じがたいものであろうとも、真実に違いない」というものだ(9)。

一方〝知識〟については、頭の中ですべてを覚えておこうと努めることよりも、どこで正確な事実を見いだしたらいいかを知っていることこそ、ずっと重要である。頭の中では、知識は混ざりあい、歪められ、覆いをかぶせられ、あとかたもなく沈んでしまうことさえあるのだから。それについては、〈獅子のたてがみ〉の記録のなかで述べてある。「私の頭はあらゆる種類の荷物をつめこんだ物置のようなもので、あまりにも数が多いため、なかには、何があるのかぼんやりとしか認識していないものもある」というものだ。

《緋色の研究》でワトスンは、多方面のテーマにわたって私の知識がおよぶ範囲を一覧にし、おかしくも嘆かわしい結果を見いだしている。だが彼は、私のまた別の言葉を引用したときに、私の本質をほぼ理解したようだ。それは、「人はその頭脳という小さな屋根裏部屋に、すぐ使いそうな知識だけをしまいこんでおいて、残りは書斎という、欲しいときはすぐに取り出せる物置に放り込んでおけばいいのだ」という言葉である(10)。どんなに優れた人間の頭脳にも限界はあり、余分なものを記憶に詰めこんでいけば、同等の価値を持つものが押し出されてしまいかねないのだ。

　私が保存しておきたいと望むものの貯蔵所といえば、それは備忘録であった。私は今でも毎日多くの時間を割いて、この備忘録を更新している。新聞は犯罪記事と私事広告欄《アゴニイ・コラム》以外読まない、という私の言葉をワトスンが信じていたとは思えないが、私のスクラップブックを埋めているもののほとんどは、そういった紙面からの切り抜きだった。私事広告欄は、うめき声や悲鳴、不平不満のコーラスと呼んでもいいかもしれない。そういった記事は、異常なことがらを研究する者にとっては、かつてないほど貴重な探求の場を与え、手紙その他の直接的手段によらず連絡をとりたい人々には、唯一の公開されたメッセージ交換手段を提供するものだと言っても、誇張ではないのである。

　消えた宝石に関するモーカー伯爵婦人の広告に私が気がついたのも、『タイムズ』紙の私事広告欄だった。そのせいで、便利屋のピータースンが持ってきた宝石を確認できたことが、〈青いガーネット〉事件の発端となったのだ(11)。《四つの署名》事件の捜査では、モーディカ・スミスの蒸気ランチ「オーロラ号」を探すのに『スタンダード』紙の私事広告欄を使った。また、〈花婿失踪事件〉で男に欺かれた、あのあわれなメアリ・サザーランドは、行方不明になったガス工事人の尋ね人広告を『クロニクル』紙上に出した(12)。そう、使いかたさえ心得ていれば、新聞というのはすばらしく貴重な機関なのだ。私は〈六つのナポレオン像〉の中で、そのことを主張している(13)。

　私にとってもうひとつ非常に貴重な情報源は、旧友ワトスンだった。〈サセックスの吸血鬼〉事件で、私は彼に言ったものだ。「きみには計り知れないところがあるね、ワトスン。いろいろ知られていない可能性が、たくさんあるようだ」(14)

これは皮肉で言ったわけではない。彼はまさに私にとっての情報源であり、私は、彼がわかったり気づいたりしたことからばかりでなく、わからなかったり気づかなかったりしたことからも、同じように情報を得たのだった。ワトスンに挑戦されてペンをとったあの〈白面の兵士〉で、私はこう書いている。

「これはいい機会だから、ひとこと言っておこう。私がちょっとした捜査にも彼を相棒にしてきたのは、感傷や気まぐれからではない。ワトスンにはワトスンなりのすばらしい美点があるからなのだ。彼は謙虚なあまり、私自身がすることには大げさなくらい評価をするくせに、自分のことにはほとんど注意を払わない。自分で結論を出してしまったり、先の行動を予見したりする男と行動をともにするのは危険だが、事件に新たな展開があるごとに目をみはり、先のことは何ひとつ読めないような男こそが、理想的な協力者といえるのだ」(15)。

彼の得意とする分野は競馬と女性だったが、私の捜査では、このふたつが一度ならず重要な役割を演じたことがあったので、彼の助言を頼りにすることができた。ただしどちらに関しても、彼は感情に左右されて純粋に客観的にはなれないため、その助言に全幅の信頼を寄せるわけにはいかなかった。

経済面で必要な時期を過ぎてしまうと——私の仕事がすぐにうまくいくようになったため、その時期はたちまちのうちに過ぎたのだが——ワトスンにどうしてもベイカー街にいてもらう必要はなくなった。ただ、彼に出ていってくれと頼むことなど、夢にも思うわけはない。彼が下宿を出たのは、結婚するためだった。その後も私は、さまざまな冒険に同行を求めるべく、たびたび彼の家へと向かったが、彼が断わることなどなかった。

彼はどんなに危険な状況でも、勇敢で信頼のおける相棒だった。《バスカヴィル家の犬》事件のときのように、説明もせずに彼を使ったり、あざむいたりすると、少々すねて傷ついた様子を見せるのだが、〈まだらの紐〉や〈高名の依頼人〉の事件のときのように、あらかじめ警告もせずに危険に巻き込んだりしてさえも、すべてにかたがついて説明されれば、いつでも私を許してくれるのだった(16)。だが、私の「死」というショックを与え、三年にわたって喪に服させてしまったのは、実に残酷なことだった。あんなことは避けられれば、どんなによかったことか(やはり、あのことについてはすべて書かなければならないだろう。近いうちに!)。

私のように孤独を好み、まぎれもなく自分本位な気質の人間が、別の人物と、とくに日々の習慣がちがいすぎる人間と住処を共有することになぜ耐えられたのか、不思議に思う人はいるにちがいない。いっしょに仕事をしていないとき、私が知的探究に没頭していると、ワトスンはレスター・スクウェアにあるサーストンの店へ行ってビリヤードに興じ、クラブを訪ね、賭けをし、劇場関係の友人と飲み、彼らの劇を観て、街のあちこちへご婦人がたを同伴し、ロードのクリケット場に際限なく座っていたものだった。彼が帰ったことに気づかぬほど夢中になっていなければ、私はいくつかの証拠からそんな彼の行動を読むことができた。

彼はいつも大量の食事を平らげ、ハドスン夫人や臨時雇いの給仕ビリーを温かい言葉でねぎらった。することがなくて退屈しているときなど、そんな彼にいらついてつい皮肉な口調で嘲ってしまい、あとで悔やむことが私にはよくあった。だが、何かの問題に集中してさえいれば、彼から自分を精神的に遮断し、何ものをも通さぬ孤独と隔絶の繭の中へ引きこもることができるのだった。

変装技術のおかげで、私はイーストエンドとドックランドにある最悪のスラム地帯へ難なく溶け込むことができた。制服警官なら仲間がいなければ思い切って入ることもできないような場所だ。私は彼らの窮状に心を強く揺さぶられたが、貧しい人々は、私が旅の写真家だとでもいうようにポーズをとってくれた。

ほどなく彼は、ハドスン夫人と同様、私に近づいていいかどうかを判断することを身につけた。そして、私が自分の都合のいいときだけ彼らを利用したり、彼らの相手をしたりするという状況を、受け入れた。そうやって彼と私は、まったく性格はちがうがしっかりと互いに理解しあい尊重しあう仲のよい兄弟のように、うまく暮らしていったのだった。

家庭内の問題に関しても職業上の問題に関しても、彼との関係は結婚よりはるかにましなものであった。妻であれば、さまざまなことを私に要求したことだろう。うるさくつきまとい、書類をこまごまとかたづけてしまうだろうし、マントルピースに手紙をジャックナイフで突き刺したり石炭入れに葉巻を入れておくことなど、許さないだろう。消えたマザリンの宝石の捜査をしていたとき、ハドスン夫人に夕食は何時にするかと聞かれ、「あさっての七時半に」などと言ったことがあったが(17)、相手がホームズ夫人だったら、きっと厳しい反撃に出られたところだろう。「シャーロック、私は今夜の七時に帰ってきてほしいの。ワトスン夫妻がホイスト（二人一組でやるトランプ遊びの一種）をしにいらっしゃるんだから」と。

かつてワトスンが何度目かの結婚をしていたとき、夕食に招待されて軽率にも受けてしまったことがある。そのときの彼の妻は、《四つの署名》事件で私のところへやってきたかつての愛らしい少女メアリ・モースタンだったが、ワトスンが彼女の夫を演じるさまは、勇士サムソンが髪を刈りこんで忍び足で歩き回るさまを見ているかのようだった。

ハドスン夫人は、どこに一線を引くかを正確に心得ていた。彼女はあの家の一階にある何部屋かと地階にある台所で、慎み深く生活していた。彼女の友人たちが出入りしていることは私も漠然と知っていたが、その人たちが私たちの階へ足を踏み入れることはなかった。

彼女は、不思議と私たちの求めるところを察知していた——スコットランド流の千里眼か何かだと思えるほどだ。ワトスンは規則正しく飲み食いするので予測ができるが、私のほうは生活の時間も不規則なら、とっぴな要求もする。にもかかわらず、彼女はどちらでも予知することができるらしかったのだ。ベルの紐にさわっただけで、その直後には彼女の堂々とした足音が部屋のドアの外に聞こえたものだ。コーヒー、昼食、紅茶とマフィン、夕食、あるいはブーツといったものは、とくに注文をしなくても、ちょうど必要としたときに持ってきてくれるのだった。あらゆる新聞のさまざまな版と、日中から夕方まで十二回も配達される郵便物も、到着するなり運ばれてきたし、私と約束のある依頼人もすぐに部屋へ通された。

ただ、私の気分がのらず、悩みを抱えてきた客も追い返してしまいたいときは、籐椅子を勧めたり、病気と恐怖に対するワトスンの処方箋であるブランデー・ソーダを渡したりしないでくれれば、もっとありがたかったのだが。

あの善良なるレディが唯一がまんできない訪問者は、私が〝ベイカー・ストリート・イレギュラーズ（不正規隊）〟という名を授けた、ぼろを着た浮浪児たちだった。彼らには変装も演技も必要でなく、ありのままの姿でどこへでも行け、何でも見ることができ、だれの話でも立ち聞きすることができて、しかも私の手先ではないかと疑われることもなかった。ハドスン夫人としては、できることなら自分の敷地内に彼らが入るのを禁じたかったことだろう。私はときたましか彼らを使わなかったが、《緋色の研究》や《四つの署名》、そして〈這う人〉の事件では、助手としての真価をりっぱに証明し

コヴェントガーデン市場の外の、花売り娘たち。十分に食べ物をとっていないと思われる。彼女たちが何ペニーかを求める相手、つまり身なりのよい王立歌劇場の常連客たちとは、哀れにも対照的な姿だ。この市場自体は、1887年のクリスマス祝祭期間中に起きた、私にとって最高に楽しかった事件のひとつ、〈青いガーネット〉で、特に重要な役どころとなった。

てみせてくれた。

引退するときも、ハドスン夫人がついてきてくれたらいいと思ったが、私はあえて打診もしなかった。田舎の静けさは、彼女には合わないだろう。ベイカー街の往来、家の中を行き交う絶え間ない足音、地下勝手口の窓を過ぎゆく影、叫び声、ひづめと車輪の音、力強いロンドンの脈動、そういったものがなければ、寂しく思うにちがいないのだ。

彼女の役目は、マーサが一日に二回来て十分に務めてくれている。ハドスン夫人はみごとに適合して私独特のだらしなさを尊重してくれていたが、マーサにはそんなところはない。もし私がリヴォルヴァーを取り出して（狙いがいまだに確かだと想定してだが）、壁にG・R（ジョージ王）というイニシャルを撃ち込んだとしたら、二度と彼女は来てくれなくなるにちがいないのだ(18)。

一九〇三年にベイカー街を離れてここに来て以来、あの部屋には足を踏み入れていないが、今でもあの壁にあったV・R（ヴィクトリア女王）の文字が目に浮かぶ。ハドスン夫人か彼女の後継者が、あの上にしっくいを塗ってしまっているだろうか？　彼女自身がそうするとは思えない。殺人の容疑者を罠にかけるため瀕死を装ったあの事件でワトスンが記録しているが、彼女は私を怖れていたのと同じくらい私を好きだったという。私たちはまた、お互いに敬意をもって接していたのもたしかだった(19)。

V・Rの銃痕、未返信の手紙を突き刺したジャックナイフ、石炭入れの中の葉巻。炉辺の古いペルシャ・スリッパに入れたパイプ煙草の葉、頭を銃弾が貫通した蠟人形の胸像、グリムズビー・ロイロット博士が憤激のあまりふたつに折り曲げ、私が自分の手で元どおりに伸ばした火かき棒。それにス

ピカデリー・サーカス。1893年にサー・アルフレッド・ギルバート作の〝エロス像〟(写真の左側にある)が公開されたあとで撮影された風景。エロス像の後方にはクライテリオン・レストランが建っている。1881年の元日、ワトスンはクライテリオンのアメリカン・バーでかつての同僚スタンフォードに会い、私を紹介することになるのだが、そのてんまつは《緋色の研究》に詳しく書かれている。

テッキ、捕鯨銛《もり》、パイプ、化学実験器具——あらゆるものが、あの部屋に収まっていたころのまま、ありありと目に浮かぶ。

いくつかのものは今、私の身のまわりにあるわけだが、あの日々が急速に遠ざかっていこうとしているとはいえ、長いあいだ親しんだひとつひとつの情景は、どれひとつとして忘れられはしない。ワトスンと私は暖炉の両側に置かれたそれぞれのひじ掛け椅子に座り、朝食後の一服をしている。パイプの葉が赤く燃え、しわだらけの新聞はくるぶしに届くばかりに積み上がり、予定された依頼人が階段を上がってくる最初の足音を待ち受けているのだ。

あれは、大冒険とくつろいだ休息が交互に訪れる、幸福な時代だった。私の職業は事実上過去のものとなり、ワトスンもいなくなったというのに、あの時代を永遠にとどめようと試みるのは、まちがいだろう。きっぱりとやめる《クリーン・ブレイク》ことが必要だったのだから、比喩的にも文字通りの意味にも、ここに来る以上にクリーンなことはなかったのである。

少年時代の私は〝胸わずらい〟（私の生まれたイングランド北部では、呼吸器不全の症状をすべてこう称する）に悩まされたものだが、成長してからもその後遺症が残っていた。自分の健康を第一に考えるなら、人生の最良の年月を送る場所としてはロンドン以外を選ぶべきだったのだ。ワトスンが物語の雰囲気を盛り上げるのに使った、あの黄色く渦巻く霧は、すみずみまでしみ通る酸の毒気で年に何百人という人を死に追いやってきた。人々は霧に喉を塞がれ、窒息し、旅行者は手探りで歩いては馬車馬に蹴られたり、門が開いていたばかりに入り込んだ場所で穴に落ちて首の骨を折ったりする。また、追いはぎや強盗団はこの霧を隠れみのとし、一撃を見舞って金目のものを奪うと姿をくらますのだ。一八九五年十一月の濃い霧の日、〈ブルース・パーティントン型設計書〉事件がもちこまれる直前に、ワトスンにこう言ったのを思い出す。「ラテン系の国々に霧がないのはいいことだね——暗殺の盛んなところだから」(20)。

ロンドンの黄色い濃霧に、ロマンティックなところなど少しもありはしない。そのうえ、霧がまったくかからないときでも、工場の煙突から出る煙や、暑い季節でも料理をしたり湯を沸かしたりするために燃やされる家庭の安い石炭から出る煤煙《ばい》が、黄褐色の雲となって絶えずロンドンじゅうを覆っているのだ。

服の背を汚し、洗濯物をすすけさせ、人の肺にこびりつくこの停滞した雲は、下界の汚らしさの反映にほかならなかった。あらゆる街路と舗道の表面を覆う泥や埃は、靴やゲートル、ズボン、そして女性のドレスのひきずるような裾にまとわりつく。それだけでもつねに悪臭がただようだけだが、無秩序に通りにあふれる何万頭という馬の落とし物の、鼻をつく臭気がそれに加わる。下水溝や、大きく口を開けた排水溝に等しいテムズ川の匂いも、いたるところにしみわたっている。

そこにはまた、騒音という別のかたちの不快も、夜といわず昼といわず続いていた。ひどい渋滞の中で無数の御者たちがあげる怒鳴り声やののしり声と、命がけで道路を渡ろうとする歩行者たちの反撃の罵声。そして、新聞売りの少年の金切り声、街を練り歩く音楽隊の楽器がじゃんじゃん鳴り響く音、露店商の調子っぱずれな客引き口上、ひづめがぶつかりあう音に、辻馬車や荷馬車、四輪馬車、乗合馬車、初期のモーター動力車など、あらゆる種類の乗り物がガチャガチャキーキーいう音。

ロンドンは不潔で臭くてやかましく、住民の精神的肉体的健康にとって非常に危険であり、何の罪もないことをしていてもけがをする危険性が高い――たくさんの病院の救急病棟には、いつも事故の犠牲者がつめこまれているのだ。そればかりか、犯罪発生率が高く、その件数は国全体で起きる犯罪のほぼ三分の一に相当するという。

犯罪がまったく起きない都市だったら、もちろん私は失業していたはずだ。だが、私の捜査領域には、平凡な事件は含まれなかった。依頼人たちが私のところに持ち込んでくる問題、あるいは警察が協力を求めてくるような問題の多くは、難解でありまた奇怪であり、単調な日常生活のらち外にあって、ロンドンから外へ出ることもしばしばだった。私は、解決になんらかの困難がありそうなものや、自分が身につけた技術や組み立てた理論、経験した先例を試せそうな事件にだけかかわるようにした。

依頼人には、あらゆる階層のあらゆる暮らしぶりの人がいた。そして、ワトスンの書いていることとは逆に、捜査のやりかたいかんで料金はかなり変動した。ただ、全額免除ということも、ときどきあった。

自分の偉大な〝功績〟を代表する事件は何か。そういう質問を受けることがたびたびあった。だが、客観的になるのは難しいことだ。私なりの捜査の原則を純粋に応用するという意味では、〈海軍条約文書〉と《恐怖の谷》が最高だろう。また《バスカヴィル家の犬》では、観察と巧妙な仕掛けが――犯人が無謀だったこともあって――私を成功に導いてくれた。人間の貪欲さについてよく認識できるという点では〈青いガーネット〉が重要だが、一方〈赤毛連盟〉では、大昔からペテン師がはびこるのを助長してきた、いつの世にもある人間のだまされやすさを新聞に教えてもらっていたため、あの風変わりな策略を見破ることができた。〈ボヘミアの醜聞〉では私の変装技術が徹底的に試されたが、ミス・アイリーン・アドラーだけはだますことができなかった。それ以来私は、女性らしさと鋭い観察力を兼ね備えた彼女を、最高に賞賛することとなったのだった(21)。

ドラマティックな展開ということにかぎって言えば、〈まだらの紐〉の印象が最も強烈だったが、正直なところ、あの事件では論理的な推理よりも直感に頼ったと言わなければなるまい。近親を亡くしたミス・ストーナーの話を聞いたときは、先の展開が楽しみに思えたものだった。暴力をふるう義父ドクター・ロイロットが後見人を務める、孤児となった双子の遺産相続人。チーターとヒヒが放し飼いにされ、ジプシーがキャンプしている、零落した一族の地所。修理作業のための寝室の交換。夜中に響く口笛と、ガチャリという金属音。ジュリア・ストーナーの死にぎわの「紐が！　まだらの紐が！」というあえぎ声。

ワトスンが世界に公表したとおり、私は猛毒をもった蛇が犯人だと推理した。通気孔を通った蛇が、使われていない呼び鈴の紐を伝い、犠牲者の身体に到達する。仕事が終わると蛇はドクター・ロイロットの口笛で呼び戻され、褒美に皿いっぱいのミルクをもらって金属製の金庫にしまわれるのだが、不思議なことに窒息もせずに生きている、というものだ。すでにはるか昔のことになってしまったが、私の説明がすべて無造作な付け焼刃だったのには、今でも赤面してしまう。

蛇は耳が聞こえないし、ミルクも飲みはしない。本当のところを告白すると、私は推理したというより推測したのであり、それが幸運にも正しかったということなのだ。「ぼくは最初、まったくまちがった結論をくだしていた」と、帰路についた列車の中で私はワトスンに認めた（ジプシーが関係していると推理していたことについて言ったのだが）。蛇が近づいてこようなどと夢にも思っていない彼を真っ暗闇に座らせておいて、私の確信が当て推量にもとづいていることを教えようという思いやりももちあわせていなかったのだった。時が過ぎていま、そのことを思い出していると、聞き慣れたモリアーティ教授の叱責が聞こえるような気がする。「おやおや、ホームズ君。なんということかね！」

いきあたりばったりに回想していくのは、このくらいにしておこう。私はいまやルビコン川に到達し、渡るか否かの決断をしなくてはならないのだと、本能がささやいている。もしも川を渡ったならば、終生かけて決して白日のもとにさらすことはないと誓ったはずのことがらを語らなくてはならなくなる。問題は、私の目にしか触れない文書で、何かを明らかにできるのかということだ。ペンと用紙を脇にやって、この老いた精神を、このごろでは不慣れになってしまった作業に向かわせなくてはならない。パイプ三服分の問題に。

（1）〈獅子のたてがみ〉（《事件簿》所収）。イギリス海峡を見おろすサセックスの丘陵地に隠退したホームズが、この年の夏、ふたりの男を襲った暴力の正体を見破った。ホームズ自身がペンをとったふたつの事件のうちのひとつ（訳注15参照）。

（2）〈ブラック・ピーター〉（《帰還》所収）の中で言及している、いわゆる「語られざる事件」のひとつ。
（3）訳注2に同じ。
（4）〈ブルース・パーティントン型設計書〉（《挨拶》所収）で、国家機密の新型潜水艇設計書を取り返したホームズは、ヴィクトリア女王からエメラルドのネクタイピンを贈られた。
（5）ここでホームズは、〈最後の事件〉（《回想》所収）でライヘンバッハの滝に落ち、死んだと思われたあと、三年後の〈空き家の冒険〉（《帰還》所収）で復活したことを言っている。この「大空白時代」と呼ばれる期間にホームズがどこで何をしていたかについては、諸説があるが、真相はホームズ自身がこのあとの章で語ってくれる。
（6）〈アビー農園〉（《帰還》所収）でホームズは、探偵の技術に関するいっさいのことを集大成した教科書を書くことに晩年をささげる、と言った。
（7）『人生の書』とは、ホームズがイギリスの雑誌に寄稿した記事の題名。観察力の鋭い人間なら、日常的に出会う現象を体系的に検討することでさまざまなことを学ぶことができるというもので、服や身体の特徴から職業を当てるような、ホームズ特有の分析的推理について述べた〝野心的〟記事だった。（《緋色の研究》）。
（8）《バスカヴィル家の犬》での発言。似たようなせりふは〈赤毛連盟〉や〈ボスコム谷の謎〉（いずれも《冒険》所収）にもある。
（9）この意味のせりふは、《四つの署名》、〈緑柱石の宝冠〉（《冒険》所収）、〈ブルース・パーティントン型設計書〉（《挨拶》所収）、〈白面の兵士〉（《事件簿》所収）に見られる。

（10）〈五つのオレンジの種〉（《冒険》所収）
（11）〈青いガーネット〉（《冒険》所収）
（12）メアリ・サザーランドは、結婚式に向かう馬車から失踪した婚約者のホズマ・エンジェルを捜してほしいとホームズに依頼した（〈花婿失踪事件〉、《冒険》所収）。
（13）〈六つのナポレオン像〉（《帰還》所収）の中で、ホームズはセントラル・プレス通信のホレス・ハーカーが書いた記事を読みながら、そう言った。
（14）〈サセックスの吸血鬼〉（《事件簿》所収）
（15）ホームズはすでに〈アビー農園〉（《帰還》所収）の中で、自分の事件についてはいつか自分で書くとワトスンに公言していた。この〈白面の兵士〉（《事件簿》所収）と前述の〈獅子のたてがみ〉でそれを実行したわけだが、〈白面の兵士〉でホームズは、ワトスンの書いたものを批判してやりこめたところ、「じゃあ自分で書いてみろよ、ホームズ」と言われたので、ペンをとることになった、と言っている。
（16）《バスカヴィル家の犬》では、ワトスンをひとりでバスカヴィル家に行かせ、ホームズはロンドンにいると見せかけて実は現地で捜査をしたりした。〈まだらの紐〉（《冒険》所収）では死の危険性もある徹夜の張り番につきあわせ（このあとにホームズ自身の説明がある）、〈高名の依頼人〉（《事件簿》所収）では、にわか仕込みの知識をもとに、危険な相手に対するおとりとして使った。
（17）〈マザリンの宝石〉（《事件簿》所収）
（18）このあと述べられるように、ベイカー街時代にホームズは拳銃の弾を壁に撃ち込んで、「V・R」（ラテン語でVictoria Reginaの略、つまりQueen Victoria：ヴィクトリア女王の意味）という文字をつくった。ただ、そんなことが可能かどうかという点は研究家の論争の種になっている。「G・R」はラテン語で Georgius Rex、つまりKing George（ジョージ王）の略。ヴィクトリア女王の死後はエドワード七世が王位につき（一九〇一～一〇に在位）、その後のジョージ王としては五世（在位一九一〇～三六）と六世（同一九三六～五二）がいるので、どちらを指すかはわからない。

(19)〈瀕死の探偵〉（《挨拶》所収）の冒頭でワトスンは、ホームズに対するハドスン夫人の接しかたを書いている。彼女は「ロンドンでも最悪の下宿人」であるホームズに対し、純粋な敬意を抱いていたというのだ。

(20)《挨拶》所収。ホームズのもとへ事件が持ち込まれた日は、黄色く濃い霧がロンドンにたちこめていた。

(21)〈海軍条約文書〉は《回想》、〈青いガーネット〉と〈赤毛連盟〉、〈ボヘミアの醜聞〉は《冒険》所収。

ディオゲネス・クラブからの呼び出し

ワトスンの記録を私の〝ベデカー〟(1)として、この懐旧的心の旅とでもいうべき回想を始めたころは、あてもなく思いつくままの話題をたどり、あちらの道こちらの道とのんびり進むことになると思っていた。だが今は、障害物に行きあたって足止めをくらい、もとの道を戻らねばならないといった気分である。

その問題にどう対処すべきかを考えるため、夕べはいつもより何服か多くパイプを吸ってしまい、そのせいでウィスキーの量も増えることになった。今朝、私の顔からデキャンターに目を移して眉をひそめたマーサの表情を見れば、言いたいことは明らかだった。彼女は不快そうに鼻をクンクンさせると、初秋にしてはひどく寒い日なのにもかかわらず、居間の窓をすべて開け放ってしまった。

何度も書いているように、このメモはワトスンが発表した私に関する記録の注釈にすぎない。どうしても書かねばならないというものではないのである。だが、深夜まで考えこむうち、例のライヘンバッハの滝のことに関しては、真実を書き留めておくことが私の義務にほかならないのではないか、と思いいたったのだった。あの一八九一年五月の午後、ジェイムズ・モリアーティ教授と私が、死を賭けて闘ったと世界中に思われている一件である。

実は、あのとき何がきっかけでどんなことが起き、どんな結末に終わったのかというてんまつについて、詳細の記録が存在する。それは私の兄マイクロフト自身の手によって〝極秘書類〟や〝最高機密〟といったラベルを付けられ、密封されて、ホワイトホールの奥深くに埃まみれのまましまわれているはずだ。歴史家の目に触れても国際問題を引き起こさないといえるようになる日まで、公開されないのである。

だが、ホワイトホールの狡猾なやりかたは私も何度か経験しているし、あの兄を見ていればよくわかる。公開の許可が出た日、書類の閲覧を求めた研究者たちは、書類が「行方不明」か「紛失」したかのどちらかだと知らされることになるのだ。そして、新聞に小さな怒りの記事が載るが——おそらく議会で質問に出されても、おだやかに処理されてしまうだろう——それで一件落着である。あとに残るのは、私にそそのかされてワトスンが書いた記録のみ——それは大多数の善良な市民の知らないことだが、まったくの嘘なのである。

この点が、私にとっての障害物なのだ。ここは障害物をよけて、そっと迂回すべきか。それとも、私ひとりが知る真実を書き留めておくのが私の責任、いや本分だろうか。

明け方にかけてパイプをくゆらしながら自問自答した私の得た結論は、肯定的なものだった。この記録は出版するために書きはじめたものではないが、私の死後なら、私の経歴を詳細に調べたいと熱心に考える人たちに発見され、研究の対象にされる可能性はあるだろう。だが、そのとき彼らがこの記録をどう解釈しようと、そのころの政府が一九一一年と一九二〇年の国家機密保護法を引き合いに出して昔の事件との関係を否定しようと、私の関知するところではないのである。

というわけで、さっそく始めることにしよう。ただ、いずれにせよ慎重さを欠くわけにはいかない。ささやかではあるが、歴史を書き換えることに変わりはないのだから。

話はあの〝運命的な〟年、一八九一年の四月二三日木曜日にさかのぼる。ワトスンが一八八九年に結婚してパディントンに移って以来ひとり住まいとなっていたベイカー街二二一Bに帰宅したのは、夜の十一時ごろだった。仕事を手がけたことのある大手銀行の接待夕食《ディナー》からの帰りだったが、控えめにしておきたいことだったので、ハドスン夫人にはどこへ行くとも何時に帰るとも言っていなかった。

その結果、帰宅した私は、彼女が一階の玄関口でやきもきしながら行きつ戻りつする姿を見ることになった。夫人は私の顔を見て、いかにもほっとした様子だった。

「どうしたっていうんです、ハドスンさん。階上《うえ》に首相が来てるとでも？」

「もっと悪いことですよ」善良な家主は答えた。「マイクロフト・ホームズさんからの伝言です」

「そのたとえを聞いたら、彼はさぞかし喜ぶでしょうね——もっとも、考えてみれば、彼は自分でそのくらいの評価はしているでしょうが」

「なんですって、ホームズさん？」

「なんでもありません。で、彼の伝言は？」

「あのディオゲネス・クラブに来てくださいと」

「ディオゲネスか。明日の朝に？」

「いいえ、今晩です」

「伝言が届いたのは何時でした？」

「一時間前です。まったく、いつ帰ってくるかとやきもきしました《アーグレイ》よ」

「ディナ・ファーシュ・ヤーセル（ご心配なく）」私は彼女に合わせたつもりで、スコットランドなまりをまねてみた。銀行家たちに高いワインや上等なポートワインとブランデーを飲まされたせいもあったようだ。

「なんですって？」

私はため息をついた。「ご心配なく《ドント・ウオリー》。兄の時間帯からは、とうにはずれてますよ。彼が家に帰ってベッドについてから、かなりたっているはずです。明日にしましょう。彼の通常の時間帯に」

「いいえ、間違いなく遅れずに来いって言われてます。『間違いなく遅れずに』って」

「誰がそう言ったんです？」

「制服のコートを来た年輩の男性で、馬車を外に待たせていました。とっても陰気なしゃべり方の人でしたよ」

「いかにもディオゲネスらしいな。彼が寝ずにぼくを待っているというのが、これではっきりしたわけだ」

帽子とステッキを取ると、私はまた夜の街に出て行った。うまいぐあいに、霧は晴れていた。

確かなことは、ひとつある。ディオゲネス・クラブのポーターは、会員の頼みで伝言を運んだりなど、絶対にしない。ただ、数少ない創立メンバーのひとり、つまり兄のような人物に指示された場合だけは例外だ。従業員たちの寡黙さと不親切さは伝説的とも言えるほどのもので、だからこそ、ペルメル街の非社交的な男たちに好まれているのである。私の部屋がモリアーティの一味やその他さまざまな反社会的連中に見張られていることは、マイクロフトも知っていた。その連中が通りの陰から姿を現わして、伝言役に話しかけて情報を得ようとすることは十分ありうるが、ディオゲネス・クラブのポーターが相手では、うまくいくわけがないのである。

ということは、ハドスン夫人が言うように、マイクロフトの要請はなかば強制的かつ重要なものなのだ。彼がクラブにいる時間はほとんどつねに一定で、五時十五分前から八時二十分なのだが、今はもう十一時を過ぎている。

ベイカー街をしばらく行ったあたりで、尾行者がいる場合を考えてさっと横道に入り、いくつかの路地を抜けてから、辻馬車をひろった。

エレガントな外見のクラブが並ぶペルメル街にあって、度を越した数の柱と欄干に飾られたその石造りの建物は、ディオゲネス・クラブにふさわしい陰気な雰囲気をかもし出している。このクラブの第一の規則は、どんな会員といえども、ほかの会員にいっさい関心を持ってはならない、ということだ。したがって、面会室以外では一言の会話も許されない。だが、ポーターが私を案内したのは面会室ではなかった。ときどきこの建物を図書館か救護院とまちがえて入ってくる連中がいて、ポーターはそうした人の目の前でドアをぴしゃりとやるのだが、今回はそうした楽しみもがまんしなければならなかったのだろう。彼は黙ったまま私の前に立ち、二、三人の人間嫌いな連中が翌日の朝刊の早版を眺めるガラス張りの部屋をいくつか通りすぎてから、〝委員会〟と書かれたドアの前に到着した。

彼が三回ノックをすると、鍵の回る音がしてすぐにドアが開き、トカゲに似た兄の目がのぞいた。

ペルメル街。ロンドンでも名高いクラブのたくさんある通り。私の兄マイクロフトが自宅のように毎日通っていたディオゲネス・クラブは、風変わりなクラブという表現がぴったりしていた。ロンドンでも最も非社交的な、人づきあいの悪い男たちがメンバーであり、彼らはクラブにいてもつねに互いを無視しあうのである。

「そろそろだと思っていたよ、シャーロック」マイクロフトはつぶやくように言うと、身振りでポーターを下がらせた。「入りたまえ」

私を招き入れる前に、兄はほんの少しドアを開いてその太い首を突き出し、廊下の左右を見て誰もいないのを確認した。それからさっと私を入れると、内鍵をすばやく回してロックした。

ディオゲネス・クラブの委員会は、メンバーたちの誇りとも言える存在だった。その聖域である委員会室は細長い形をしているが、壁と天井の下側には黒っぽいオーク材が使われ、古い時代のものをそのまま使っているにせよ、テューダー王朝時代のものを作りなおしたにせよ、インテリアがほどよい厳粛さをかもし出している。色つやのよいクルミ材のテーブルが、離れたところにある窓までずっと伸びていて、窓にはタペストリーのカーテンが閉まっている。

テーブルの向こう端にはグラスやデキャンターが置かれ、黒い鉄製の燭台が放つやわらかな光のもとで、きらきらと輝いていた。ガス灯は見あたらない。一見したところではほかにだれもいないようだったが、兄の太った身体のあとをついて戸口から進むと、ちらりと何かが動くのが目に入った。そして、ダイニングチェアが並ぶ向こうの暗がりから、ひとりの人間の姿が徐々に現われてきた。

それは、一万人の群衆の中でも間違えようのない姿だった。背が高くやせこけた外見、机に向かいすぎて猫背になった背中。骸骨のような落ちくぼんだ眼球とふくらんだ白い額。そして何よりも特徴的なのは、青白く無表情な顔を爬虫類のようにたえず左右にゆすって、くぼんだ目で私をじっと見つめていることだ。

のちにこの会見をワトスンに語るとき、場所はベイカー街だったと偽るわけだが、そのときの「ぼ

ロンドンの、とあるクラブの玄関――ディオゲネス・クラブでは、このようなサーヴィスを見ることができないのだ。私はディオゲネス・クラブでモリアーティ教授と重要な会見をしたが、それはその後に経験する奇想天外な冒険の前奏曲であった。

くの神経はかなり太いほうだけれど、あのときは正直言ってぎょっとしたよ。夢中で追いかけてきた相手がいきなり目の前に立っていたんだからね」(2)という表現は、まんざら嘘でもなかったわけである。

初めての顔合わせではあったが、その特徴は疑いようもない。だから、マイクロフトの紹介は余計なことだった。兄はこう言ったのだ。

「こちらはシャーロック・ホームズ氏。こちらはジェイムズ・モリアーティ教授」

(1) ドイツの出版業者カール・ベデカー(~1859)による『ベデカー旅行案内書』は、旅行案内書の代名詞となっている。

(2) 〈最後の事件〉(《回想》所収)でホームズは、〝犯罪界のナポレオン〟モリアーティ教授の一味を追いつめるものの、逆に命を狙われ、ワトスンとともに大陸へ逃れる。この事件の冒頭で彼は、教授との初めての会見についてワトスンに説明するわけだが、教授はベイカー街の部屋にいきなり現われたことになっている。

モリアーティとの会見

教授は長いテーブルをゆっくりと回りこんで、私の目の前に来た。頭をまだ左右に振り続けているが、目は私を見つめたままで、まるで心の奥底を探っているようだった。両手は背中で組んでいて、挨拶のために片手を出そうともしなかった。私のほうも、身動きひとつしなかった。相手はこちらの顔をじっとにらんでいる。

「きみは思ったほど前頭葉が発達していないようだな」ようやく教授が口を開いた(1)。学者ふうのゆっくりしたしゃべりかただが、その声にはシューシューという歯擦音があって、ますます爬虫類を思わせた。「にもかかわらず、きみは私にとってやっかいな存在となったね、シャーロック・ホームズ君」

「きみのような人間にとってやっかいな存在となるのが、ぼくの仕事さ、教授」

「仕事だと言うからには、その責任は喜んでとるのだろうな」

教授の目が怒りで冷たく光った。心の奥底の憤りが、抑えきれなくなったようだった。彼の犯罪帝国を倒そうとする私の長い闘いが、いよいよ頂点に近づいたと、彼は考えているのかもしれない。そのころ、私に対する襲撃の回数が以前より増えているのに、私は気づいていたのだ。相手のやり口を承知している私は、その方面で失敗した彼が、ホワイトホールの〝影の人物〟である兄に近づいて、何らかの交渉をもちかけたのかもしれないという可能性を思いついた。たとえば、政府や大臣のあやまちを暴露しないかわりに、任意の行動を広くとれるマイクロフトによって、私の追求をやめさせる、ということもあろう。

だが、私は兄のことをよく知っている。彼が権力の中枢で秘密の地位を得ていられるのは、そのとびぬけて鋭い頭脳と、マキャヴェリ本人でさえ賞賛すると思われる抜け目のなさのおかげだ。よく思うのだが、彼のような人物にとっては、中世の裁判所が理想の場所だったのではあるまいか。そこでの彼は、非常に高い地位を得るか、命を失うかのどちらかだったろう。マイクロフトは、外務省やダウニング街十番地に出向いて脅迫者のことを報告し、金を払うか公表して政府を破滅させるかという対策を話し合うような人間ではないのである。

そうだ。子供のころのマイクロフトは、何かのゲームで負けそうになると、私が聞いたこともないようなルールを突然「思い出して」、私を不利にしたものだった。そんなマイクロフトが、危機に際してほかの助けを求めることなどするわけがない。それはとりもなおさず自分の弱さを認めることであり、オフィスとクラブ、その両方から歩いてすぐのところにある独身生活のアパートという彼の世界で、さまざまなアームチェアに座りながら何年かかけて作り上げてきた権力構造を、危険にさらすということなのだ。

「まあまあ、諸君」ブランデーの入ったグラスを両手に持ったマイクロフトが、私たちのあいだに入ると、肥満した身体をゆすりながらそれを差し出した。ついに出会った宿敵を少しでも観察しようとしていた私は、マイクロフトがそばに来たことも気づかなかったが、彼のほうはデキャンターから酒を注ぎながらも、私たちの会話の緊張感を聞き逃さなかったらしい。

「そんなことでは、せっかくのヘネシー一八四〇年が苦くなってしまう。お互いに能力を賞賛しているのだから、記念すべき出会いになると思ったんだがね」

「いや、まったくです」モリアーティ教授はそう言うと、グラスのふちに鼻を近づけて香りを深く吸い込んだ。「記念すべきものではある。しかしですな、正直なところ、前頭葉の発達のなさにはがっかりしました。あなたの弟さんの成功は、私がつねに考えてきたような頭脳の力によるものではなく、偶然に頼るもののようですな」彼はブランデーにゆっくりと口をつけた。

「もうけっこうだ！　教授」マイクロフトがぴしゃりと言った。それまでの物憂げな口調とは、すっかり変わっている。「礼儀をもって話をしようではないか」

「礼儀だって！」今度は私が抗議する番だった。「マイクロフト、ぼくの感性を危うくするこの男が、ロンドンの悪事の半分と、迷宮入り事件のほとんど全部の黒幕だということは知ってるはずだ」

「だが、天才だということは認めざるを得んだろう」モリアーティは微かに笑みを浮かべた。

「巣をはりめぐらすクモが天才だというのならね。クモは巣の中心でじっとしていて、糸を吐くだけだ。あとは巣がみんなやってくれる」

「なるほど。だが、無数の放射線状の編み目になっていて、どの糸がほんの少し震えても察知できるという能力があるわけだが」

「それは職人芸であって、天才性とは関係ない」私は言い返した。「巣の紡ぎ糸の揺れを感じるのはあらゆるクモの持つ生来の能力だが、天才性はもっと限定されたものだ」

「すばらしい！　たいしたものだ！」マイクロフトがさえぎった。「ふたりともすでに仲がいいではないか。お互いに刺激しあう仲というわけだな。それでこそ天才たちだ」

モリアーティと私は、同時に彼を見つめた。

「仲がいい？」教授がマイクロフトの言葉をくり返した。「刺激しあう？　いったいどういう意味だ？」

「まあ、かけたまえ、教授。そうすれば弟も座るだろう。そうしないとうろつき回るので神経が落ち着かない」

「それほど神経のことが気になるのなら」と私は言った。「この二日のあいだに三度もぼくを殺させようとした男とつまらぬ議論をさせるために、ぼくを呼びつけたんじゃあるまいね」

モリアーティはダイニングチェアに沈みこむと、テーブルにグラスを置き、あきれたように両手を上げた。

「きみはひょっとして、あの荷馬車の暴走のことを言っているのかね？　そうか、ホームズ君、あれはきみだったのか。いや、あの日の午後、マリルボーン・ハイストリートは事故の話でもちきりだったよ。馬がおさまったとき、御者はひどいショックを受けていたということだ」

「『ショックを受けた』どころか、御者はぼくにむかってけしかけるように命令されていたんだ。警官が叫ばなかったら、ぼくはやられるところだった。同じ日の午後、ヴィア街を歩いていたぼくの頭上からレンガが落ちてきて、もう少しで当たるところだったという話も、ひょっとして聞いたことがあるんじゃないか?」

「ほう! それはきっと、あの屋根を修理中だった建物だな。人のにぎわう通りの上でレンガやタイルを積み上げるのは、けしからんことだ」

「けしからん――どこか遠くで個人教師として黒板の前で数学を教えながら、一方では手下に悪事を命じ、もし彼らが逮捕されても関係を否定すればいいという者にとっては、都合のいい言葉だな」

「いいかね、諸君……」マイクロフトがさえぎろうとしたが、私の怒りはおさまらなかった。

「今日の昼間、パディントンにいたぼくを棍棒で襲った手下がどうなったかと考えてるかもしれないが、あいつは今、警察のやっかいになっているよ」私はそう言うと、モリアーティにむかってテーブル越しに右手の擦り傷を見せた。「ぼくのパンチで折れた歯の代わりに、入れ歯を作ってやる義務がきみにはあるだろうね。だが、それにしても」私はマイクロフトにむき直った。「その男とこちらの『紳士』との関係は、警察にもけっしてつきとめられないだろう」

モリアーティは不服そうにチッと舌うちすると、自分の爪を見つめていた。マイクロフトが話の穂を継ぐ番だった。

「さて、諸君は初めて出会った犬どうしよろしく、お互いのにおいをすっかり嗅ぎ合ったわけだが――ぞんざいな比喩は許してくれたまえ――このへんで私の話をしよう。なぜきみたちにここへ来てもらったのか。それをこれから説明するが、最後まで口をはさまずに聞いてほしいのだ。シャーロック、途中で取りに行かなくてもいいように、あのブランデーを持ってきておいてくれるかな」

モリアーティは落ち着かなげだった。「そろそろおいとましなければ……」彼はもぐもぐ言った。

「明日は朝早くから忙しくなりそうだから……」

「そのまま座っていてほしいのだがね、教授」マイクロフトの口調は、意外にきつかった。「それからシャーロック、今後、とがめだては無用だ。細かいことを議論している暇はないのだ」

命を狙われたことは細かいことなんかじゃない、と抗議しようと思ったが、私は我慢して教授のむかい側にまた腰をおろした。マイクロフトはテーブルの別の辺に座ったので、私たちのあいだに位置するかたちとなった。

マイクロフトは、まずモリアーティに向かって話しかけた。教授は骸骨のような頭を垂れ、話を聞く体勢になっていたが、まだ頭をわずかに振っていて、兄の言葉に集中しようとしているらしかった。

「モリアーティ教授、もうまもなくきみの組織は壊滅される」

「マイクロフト……」私は思わず声を出した。偶然の一致にしろ、こんなことを言われては、彼の組織を叩くという私自身の計画が台無しになる恐れがあったからだ。

「お願いだからシャーロック、口をはさまんでくれ」いつもは穏和な二重顎の顔に、きわめて重大な局面でしか見せないような厳しい表情が現われていた。

「モリアーティ教授が歳月をかけて造り上げ、社会に邪悪な行為をなしていた組織は、今度の月曜日に消滅する。そのことを知っているのは、ここにいる三人のほかに、警察の最高幹部たちだけだ」

沈黙の時が流れた。月曜日に警察の大がかりな作戦が予定されていることは、私も知っていた。目標ははっきりしているし、警官たちもきちんと指示されているが、今世紀最大の一斉検挙であり、大量の犯罪者を一掃するのだということ以外、彼らは事情を知らされていない。また、この検挙で四〇件以上の迷宮入り事件がいっぺんに解決するということも、私にはわかっていた。

月曜日の一斉検挙――その極秘計画が今、ホワイトホールの陰で一番の力を持つ兄によって、犯罪の巣を張るクモにあたる人物に知らされたのだった。その当日、彼の巣はこま切れにちぎられることだろうが、クモ自身は逃げ失せるにちがいない。ややあって、マイクロフトが沈黙を破った。

「これは重要な機会なのだ、諸君。歴史的なと言ってもいい。私自身、この機会をつくれたこと、立ち会えたことに名誉を感じているが、名声を求めようとは思わない。だが、きみたちの反応からいって、個人的な感謝を受けるのは無理なようだ」

「私としては」モリアーティが口を開いた。「話の核心に早く入ってくれれば感謝するのですが」

「教授、弟が口をはさんだとき叱責したのは聞いていただろう。今度はきみの番か」

「あんたの弟ならへつらうかもしれないが、私はだれからの命令も受けない」

「悪魔の命令以外はだろう」私は我慢がならなくなって声を出した。「必ず報いがやってくるぞ」

「黙ってろ、シャーロック!」

「弟さんにそう厳しくあたりなさんな、ホームズさん。私はこの程度のとるに足らん言葉は気になりません。ですがね、抽象的論議ばかりしていたら夜が明けてしまいますぞ」

「確かにその通りだ、教授」マイクロフトはうなずいた。「きみのような科学的頭脳の持ち主には、たとえ宗教の話でも、抽象的論議をするのは筋違いだろう」

「そうです」

「私は、きみ自身の口ではっきりとさせてほしいのだ。つまり、科学はすべての問題に対するカギを握っているのか？　科学の普及と発展は、手段を正当化するのだろうか？」

「この世の中のすべてはそうです」

「教授、きみが犯罪稼業に専心したのは――表現が悪ければ許してくれたまえ――科学の進歩という大目的の一部なのかね？」

「私は犯罪など犯していない」

私はテーブルをドンと叩いた。「彼が計画を立てて、ほかの者が実行するんだ。手下が逮捕されても、どこからともなく金が出てきて、保釈や弁護にあてられる。モリアーティ自身はけっして捕まらず、疑いをかけられることすらない」

「わかっているさ」マイクロフトは、それ以上私を責めなかった。マイクロフトの事務的な口調を耳にしながら、モリアーティは平然とまばたきしていた。「我々にはすべてわかっている。私がいま教授にたずねたいのは、なぜか、ということだ」

教授は、よくわからないというようにマイクロフトを見つめた。

「なぜなのだ、教授？　なぜこういうことをする？　なぜ世界的にも優れたその頭脳を、たいした目的もないような犯罪組織のために使うのだ。何のせいで――これは純粋な好奇心から訊くのであって、罠にかけようというのではない――名門の出で立派な教育を受け、生まれながらにして驚くべき数学の才能をもった人物が、何のせいでそうなったのか。二十一歳にして二項定理に関する論文を書き、ヨーロッパ中の話題になったこともあるし……」

「今でもです」教授はだるそうな口調で訂正した。そこには得意げなようすも誇らしげな調子もない。

「……そして、『小惑星の力学』という著書では、純粋数学の最高峰に達したと言われる(2)。純粋な誠意をもって訊きたいのだが、人生におけるきみの目標は、動機は何なのだ」

気がつくと、私はこの大それた質問の答を息をつめて待ちかまえていた。おそらく、マイクロフトのような立場にある人物だからこそできる質問だろう。

だが、答えはなかった。モリアーティの落ちくぼんだ両目は閉じられており、大きな頭が揺れているだけだった。

マイクロフトはあきらめなかった。「私はこの世のだれよりもきみのことを知っているんだ、教授。きみにことさら興味をもっている弟より、多くのことを知っている。弟と同じように、きみも通常の人間がもつ弱さや悪癖を排除する禁欲的習慣をもっている。きみには莫大な財産があって、少なくとも二〇の銀行に口座をもっており、その大半は国外の銀行に預けてある。なのに今でも陸軍の鈍い連中に数学を教え、年に七百ポンド程度という報酬をもらっている。いったいどんな目的があるのか?」

鏡板に囲まれた陰鬱な部屋は、私たちの影と同じくらいどんよりとした沈黙に支配された。ろうそくの黄色い炎が揺れるほどのわずかな身動きさえなかった。

ようやくモリアーティのまぶたがピクリと動いたかと思うと、その下から両の目がわずかにのぞいた。それは、ともすれば分厚く突き出た眉の下のくぼみに引っ込んでしまいそうだった。これほどまでに憂鬱な表情というのは、見たことがない。

彼の唇がかすかに動き、そのつぶやきがようやく聞き取れた。「何にせよ、もちろん目的はある。

「最悪の人間にも最良の人間にも、結局は同じことだ」

(1)〈最後の事件〉(《回想》所収)では、突然現われたモリアーティを警戒したホームズが、ガウンのポケットにピストルをすべりこませ、中から銃口を相手に向けたことになっている。それを察した教授が彼に言ったのが、この言葉。

(2)モリアーティ教授の名は、《恐怖の谷》にも登場する。この事件のときホームズは、教授の著書『小惑星の力学』を「純粋数学の頂点にまで達していたので、当代の科学評論家でさえほとんど理解できなかったと言われる」本だと説明している。

委員会室にはおごそかに時を刻む時計もなく、外の通りのざわめきも、マイクロフトと私がテーブルをはさんだ反対側に座っているところまでは届いてこない。身じろぎもせず、口も開かずに、私たちは弓なりにせり出した頭蓋骨のような頭が絶え間なく動くのを見つめていた。

しばらくすると、なかば閉じていたまぶたがまたひくりと動いてもちあがり、鋭い射るような目が現われた。頭が動き、視線は私たちをかわるがわる行き来した。

「いわゆる学問上の同僚たちは、私を恨んでいたのだ」彼の声がかなり低いので、私は背もたれから身体を起こして身を乗り出さなければならなかった。ひとことたりとも聞きのがしたくなかったが、わずかなまばたきすらも、彼の気持ちに水をさして口をつぐませてしまうのではないかと思った。これは、彼がこれまでにしたことのないような発言だ、これまでは彼の冷静な頭が拒否していた発言なのだ、と私は悟っていた。

教授の言葉は、いったん途切れた。そして再び口を開いたときには、いかにも苦々しいといった感じで語気を強め、独り言のようにくり返した。

「〝恨んでいた〟のか？　いや、〝憎んでいた〟という言葉のほうがふさわしいかもしれない。知性において自分たちよりはるかに抜きんでていることが明らかな者に対し、連中は侮辱を感じていたのだ。百倍長生きしてもかなわないような業績をなしとげ、発表されてしまったのだから。それは連中にとって賞賛しかねることであり、許すまじきことだった。彼らの派閥に属しているか、仲間になっていたら、事情は違っていたろう。徒党を組むことにより、彼らはだれの行動でもことごとく掌握することができるようになっている。だれかが何か独自の研究をしていると、なんとかしてその結果をつきとめて、すばやく自分たちの名で発表するのだ。当然、結果は不十分なものだが、その研究を別の者が完成したときも、基礎となる部分は自分たちの業績だと、横取りした者たちが主張できるわけだ。彼らは出版の最前線にいて、以前に自分たちが鼻先でくすねたものである研究の成果を、人が盗んだと非難すらする。

最初、私はあざ笑われていただけなのだと思う。彼らの悪意は、当時二十一歳にも満たない若造である私が、年上で〝目上〟の彼らに目をかけてもらってアドバイスをもらおうとへつらうこともなく、彼らとかかわりなしに研究を続けていったことに対する、くだらない焦りだった。情報の提供を断ったら、彼らはあからさまに憤慨するようになった。大学内での私の立場が危ういと、暗にわからせようということだったのだ。

私は気にもとめず、自分なりのやりかたで続けていった。そのうち、私がどんな本や論文を図書館から借り出しているか、入手しにくいものについては司書に頼んで郵送で取り寄せていたのだが、そんなことにまで目が配られていることに気づいた。これはいろいろな意味でためになる教訓だった。評判のいい人間、非のうちどころがないと思われている性格の人間が、どこまでひどいことをするかもわかった——それに、つねに証拠を隠しておくことが貴重だということも教えてもらったのだ」

教授の視線が、たまたま私の目と合った。その一瞬、かすかにおもしろがっているようなきらめきを見たように思った。幻覚でなければ、ほんのつかのまのことだ。苦々しい口調が弱ることもなく、彼の話は続いた。

「だが、私の方針はもうかたまっていた、ある程度まではだが。私の心を奪っていたのは二項定理だと、彼らもわかったはずだ。私が借りた本の中に、ノルウェーの数学者アーベルの論文が呼び物だった、一八二六年の『クレレ・ジャーナル』創刊号があったからね(1)。そこには、すばらしく長大で徹底的ともいえる二項定理の証明があった。基本形はベルヌーイが死後の一七一三年に出版された遺作『推測法』の中で例示し、オイラーがさらに一般的な形を示していたものだ(2)。

彼らも、そこまでは私の足跡をたどることができた。私の孤軍奮闘の探索もそれ以上は先に進むまいと、彼らがひとりよがりに満悦するのが目に浮かぶようだった。私は自分の先を見越していた。力強くひと飛びすれば、私に教えるようなことを何も持たず大学での地位を笠に着ることしかできぬ、無能なお偉方の頭上高く舞い上がることができるのだと。

私は彼らをさらに出しぬきはじめた。さっき話したような十八世紀の研究を整理しなおすことで、いわば煙幕を張っておいたのだ。障害にぶつかって、すでに踏破していた基礎に引き返さざるをえなくなり、初期の研究の限界を超えようとして改めて頭を悩ませているという印象を与えようと努めた。ところが私は、資格年齢に達していないが閲覧室を使ってもよいと大英博物館の理事に認めさせるような、信任状をもらっていたのだ。私はそこにこもって、一六四〇年に発表されたパスカルの論文や、さらに古く一三〇三年ごろの中国の朱世傑《しゅせいけつ》の論文にまでさかのぼって読んでいった(3)。

かいつまんで言うと、完璧に歴史をさかのぼって研究した私は、二項式を展開する定理を探求した結果、一六六五年にアイザック・ニュートン卿が得た結果を楽々とたどり、自分で満足いく証明をしたうえ、のちの証明群がどの程度有効であるかを示すことができたのだ」

「すばらしいじゃないか、教授！　シャーロック、きみもそう思うだろう」

「まったくだ！」私は同意した。それほどの真の知性が詰まっている輝く頭が、感謝のしるしにかすかにうなずいた。

「そしてきみは研究の成果を著し、お偉がたを出しぬいたわけだね？」

よみがえる誇らしさに、冷徹な瞳が輝いた。

「そうだ。そのうえ、原稿に干渉されたり、もっとひどいことをされたりしないように、自分の大学の出版局からではなく、あなたがたも知っているはずの、私に数学の教授職を与えてくれた小さな大学の出版局から本を出すことにした。一種の報償《クイド・プロウ・クオ》というやつだな。論文は次の大学に移ってから世に現われたので、ヨーロッパじゅうの目には、その大学が私の研究を支援していて、名をあげたというふうに映ったようだった。前の大学からちょっとした抗議もあったが、無視した。痛快だったよ、痛快だったとも！」

次の月曜日には、人生がそう痛快でもないと気づくことになるわけだがね、と私は思った。組織の壊滅で――この件で私は何年もかけて根気よく入念な調査をしてきたわけだが――当然のことながら教授はとんでもなく不快な気分を味わうことになるのだ。

私たち三人は、ろうそくの明かりがちらつく薄暗く細長い部屋で、それぞれ注ぎたてのぜいたくなブランデーを前にして座っていた。私はあれこれと考えていた。マイクロフトはなにげなく葉巻の封を切って、私たちの会話が宙に浮いたままのところで話を中断し、次の話に進む前に、私たちが話し終えたところまでを整理できるようにした。

「モリアーティ教授、きみは学問上の闘いに勝利をおさめたわけだ」やっとマイクロフトが話を継いだ。「それで十分ではなかったのかね?」

モリアーティはしばらく黙っていたが、やがて口を開いた。

「私にとってはおそらく十分だったのだろう――十分だと思うべきだな。断念しなかったのは彼らなのだ。お気づきのように、学問の世界には、苦い思いをしている、欲求不満のぱっとしない輩が群れている。そういう連中は、だれであれ成功した者をねたむ。自分が絶対に成功しないことを思い知らされるからだ。彼らは個別に、また集団で、いじめにかかる。私の場合、まさに典型的なものだった。連中は私への対立陣営を固めてきたのだ」

「どんなふうだった?」

「やっかいごとが起こる可能性があるところなら、どこでもやっかいごとはもちあがるものだ。妨害行為さ。私の論文は独自の発想のまったくないもので、私が圧力をかけて名前を出させないようにできる大学外の研究者仲間が発案したものだという噂をたてられた。私は独身で、遊びの場にも社交の場にも顔を出さなかった――露骨に言えば、女性とも、なんであれ気乗りのしない疑わしいものとは関係を持たなかった。この同僚とされる人物に対する私の力の奮いかたについて、ひどいうわさが広

1857年に開放された、大英博物館の閲覧室。職業上必要な知識、研究論文を書けるだけの知識のほとんどを、私はこの巨大な丸天井のもとで得た。モリアーティ教授も、この万巻の書物を蔵する図書館の熱心な利用者であった。

まり始めたことは想像がつくだろう」

「当然のことながら、そのことに異義を唱えれば、さらに注目をあびるだけだろう。そして、火のないところに煙はたたないということにされてしまう」

「まさにそのとおり。だがこうしたことは、一同の同意と共通の動機に導かれて個性を抹殺するという、ただの古典的な事例とも言える」

「そうみなして、割り引いて考えることはできなかったのかな?」

「学問の世界で活動することは、だれもが大切にする特権だと、また、そこで成功することは尊敬と賞賛を受ける資格を得ることだと、私は信じてきた。それに、私に対する噂があからさまに危険なところまでつのっていくあいだ、私の頭は別のことでいっぱいだった。小惑星の研究にすっかり没頭していたのだ。あれほど野心的な企ては、かつてなかった。とるに足らぬことや、つかのまの価値しかないことをやった人間にいつでも山と与えられる名誉、報酬、世間の喝采、そんなことを考えてもみたまえ。それに比べて、私のやったことは……」

最後のせりふで彼の声は高まり、いつもの低くおもねるような調子とはうって変わった、憤るような早口になって、急に途絶えた。彼は、片手のほっそりとした白い指をそろえて額に当てた。動揺をくいとめて、それ以上憤激しないようにしているかのようだった。

兄はそれまで全神経を彼に向けて聞いていたが、機会をとらえて私にすばやく目くばせした。私はそこにある警告を見てとった。彼は私に用心しろと言っているのだ。この貴重な会見は危ういところにさしかかっており、へたにひとことでもさしはさもうものなら台無しになってしまうぞ、と。

兄の壮大なもくろみがなんであるのか、もちろん私はまだ知らなかった。彼はモリアーティをどうやってここに来させたのだろう。罠かもしれないし、宿敵であるこの私——私も彼のことを宿敵だと思っているが——と我慢して同席することになるのに。私にはとうてい理解できなかった。マイクロフトのやりかたはいつも謎だが、それでもおそらく彼の情報源は、この国にいる誰のものより——首相のものも含めて——優れたものなのだろう。

私のやるべきことは、マイクロフトが自分のもくろみを達成するまで、できるだけ注意をひかないように、身動きひとつせず、黙って静かに座っていることだ。

そう思ったとき、モリアーティがいきなり額から手を引くと、頭をぐいと持ち上げて、マイクロフトに向かってかみつくように言った。「これから先はわかっている。この話から適当な結論を引き出すんだろう。私は何ひとつ認めはしないがな」

傲然とにらむ彼の目は、ついで私にも向けられた。何かを拒むような挑戦的な視線だ。だが、マイクロフトがまたもや彼の注意をひきつけた。

「モリアーティ教授、偽らぬところをよく話してくれた。きみは素性も学歴もすばらしい人物だし、驚異的な——かけがえのないとまで言ったほうがいいのかもしれない——知的能力の持ち主だ。きみはまず『二項定理について』でその力を大々的に世界に知らしめ、そのせいで同僚たちの嫉妬と反感の的となった。賞賛されることを期待していたのにね。その苦々しい落胆は、比較的若くして数学教授の職を得たことで、そしてきみのじゃまをしようとした人たちを〝ばかにした〟ことで、ある程度うめあわされた。

きみは、世界的名声を手に入れられるような次なる研究に、自分の能力のありったけを集中させるため、苦い思いをできるかぎり払い落とした。ところが、きみに敵対する人たちは以前にもまして対抗意識を燃やしはじめた。あからさまに中傷とわかるようなあてこすりに対し、身の潔白を証明する処置をとったきみは、大学当局を怒らせてしまい、職を失った」

「私にとれる処置などなかった！」モリアーティの叫び声が天井に響きわたった。「法的に満足いく証拠などなかった。犠牲者はほかにどうやって救われるというのだ。もしもその手に法をおさめたとしたら……」

彼は、急に話をやめた。その瞬間、私は確信した。モリアーティ一味の記録がすっかり明らかになれば、学問の世界で憂き目にあってきた人たちに関する数多くの謎が解き明かされるのだろう、と。それらの人間たちは、なんらかのかたちで経歴がモリアーティ自身の経歴と符合するだろう。その身にふりかかった不運の原因に、モリアーティの名前とつながりそうなことは何ひとつ見つからないとしてもだ。

「そのことはもう言わないようにしよう、教授」マイクロフトが言った。「きみは地位をなくし、職をなくし、ロンドンに来ることを余儀なくされ、陸軍軍人の個人教師として生計をたてている。それだけで十分だ」

「それが私の職業だ」モリアーティは用心深く答えた。「そうじゃないという者は、自分の身に注意したほうがいい」

「いかにも、いかにも」マイクロフトはあわてて言った。「だが、『小惑星の力学』は——あの本は大

オックスフォード大学の名士たちの、公式の場での行列。表面上は学問の世界の仲間であるように見せているが、モリアーティが大学という社会で体験した煮えたぎるような激しい競争、嫉妬、陰謀、それに意地の悪い恨みなどを隠している。こういったものが生来の偏執症《パラノイア》であるモリアーティにひどく強烈に影響し、彼を犯罪に走らせたのだった。

学生活から最終的に離れたあとで出版されたのではなかったか？」

「出版され、無視された」

「無視された？　ちょっと待ってくれたまえ、教授——私の理解するところでは、あの本はそんなに無視されてはいない。満足に理解できる人間がだれもいなかったから、評論や意見が出てこないだけだ」

「小惑星の力学と原子の力学のあいだの関係も、古典力学と電気力学のあいだで私が実証してみせたつながりも、理解できる者はいなかった。それで、みんなは研究全体が不可解だというふりをした。そうすれば、その研究が見落とされたままになっているうち、連中と相性のいい別の孤高の天才が現われて、$E=mc^2$だと納得させてくれるだろう、と思っているのだ。そのときには連中も喜んで彼を世界で最高の頭脳と称賛するだろう(4)。

だが、もうずいぶんと遅い時刻になりましたな、マイクロフト・ホームズさん。弟さんがここにおられてありがたいですよ。彼が私にどんな攻撃をしても身を守れるように備えなくてはならないので、忙しい週末になりそうです。そろそろおやすみの挨拶にしましょう——いや、こんな時間では、おはようと言ったほうがいいかな」

私も無意識のうちに立ち上がりはじめていたが、マイクロフトの巨体は椅子におさまったまま動かなかった。人差し指と中指のあいだに半分燃えた太い葉巻を挟んだまま、彼はずんぐりした手を振った。

「おかけなさい、教授。きみはいかなる拘束もされていない。それはとりあえず保証しよう。だが、

テムズ川とヴィクトリア・エンバンクメント。右手にニュー・スコットランド・ヤードとビッグ・ベンが、そのむこうには国会議事堂が見える。1887年の〈五つのオレンジの種〉事件では、言いわけのしようがない私の大失策で、若きジョン・オープンショーがこの近くにおびき寄せられ、溺死したのだった。

私がきみをここに招いた用件には、ようやくとっかかりができたばかりなのだ」

（1）ニールス・ヘンリク・アーベル（一八〇二～二九）は、ノルウェーの数学者。五次方程式が代数的に解けないことを証明した。『クレレ・ジャーナル』は、一八二六年にドイツの数学者アウグスト・レオポルト・クレレ（一七八〇～一八五五）が創刊した『純粋および応用数学誌』のこと。アーベルはこの数学雑誌に論文を次々に発表した。

（2）スイスの数学者ヤーコブ・ベルヌーイ（一六五四～一七〇五）は、ライプニッツと文通して微積分学の建設に貢献したほか、ベルヌーイ数を発見し、大数の法則を立て、確率論に寄与した。弟ヨハンも数学者だが、その子ダニエルは流体力学の研究で有名。

レオンハルト・オイラー（一七〇七～一七八三）も、スイスの数学者。ベルヌーイ家に影響されたが、力学・天文学を含むあらゆる数学分野で著名な研究を行った。

（3）パスカル（一六二三～六二）は、フランスの科学者、哲学者で『円錐曲線論』を一六四〇年に発表。

朱世傑（生没年不明）は元の算学の大家。

（4）アインシュタインが特殊相対性理論で$E=mc^2$の式を発表したのは、一九〇五年。このモリアーティの独白は、ご承知のように一八九一年のものである。

大陸への逃亡

「……だから、きみがいっしょに大陸へ行ってくれたら、実にありがたいというわけさ」

「目下のところは患者も少ないし、隣にはめんどうみのいい同業者もいるからね。喜んでお供しようじゃないか」(1)

あの懐かしきワトスンに、めんどうみのいい隣人！　ときどき、彼にはそういう隣人が患者よりたくさんいるのではないかと思ってしまうほどだった。なぜなら、彼はどんなときでも私といっしょに来てくれたからだ。急な旅行の誘いだろうが、「かなてことランタンとのみと拳銃を持って」グロースター・ロードのゴルディーニ・レストランでおちあおうという注文(2)だろうが、いつでも応じてくれたのだ。しかも彼は妻たちに恵まれていて、足止めされることもなかった――いや、ある意味では、運のよかったのは私かもしれない。危険なこともあるつきあいを、彼に断わられたことは一度もないのだから。ただ、客観的に考えて、理不尽に助力を求めたことなどけっしてないとは思っている。

というわけで、彼はあのときも、散歩に連れていってもらえると期待する犬のように目を輝かせながら、しかし私の身の安全を気づかっているといった様子で、待ちかまえていた。彼には、私がモリアーティ一味にとって致命的な証拠の準備を整えたところ、彼らが機先を制して迫ってきているのだと教えてあった。昨夜、時を移さず国外へ出ろと指図するマイクロフトに対し、危険だから逃げるというのは私らしくないとワトスンは思うはずだ、と私は指摘した。だがマイクロフトは譲らなかった。

「どんなことをしても、ワトスンには緊急事態だと思いこませてくれ。彼を訪ねるときには、やつれた青白い顔をして、わざとらしくないように気をつけて、ちょっとばかり震えてみせろ。外から見られないようによろい戸を閉めてくれと頼んで、落ち着かなげに煙草をふかすんだ。ああ、そうだ、こぶしを粗壁にでもこすりつけて、本物の傷をつけておくのもいいかもしれん。血を見せて、ならず者を四人振り切ってきたとでも言うんだな」

私は笑ったが、マイクロフトは大まじめに頭を振った。

「ふざけているわけじゃないんだよ、シャーロック。皮肉なことだが、今回我々のやろうとしていることにとっては、きみの一番大事な友人が最高に危険な要素となるんだ。きみが死んだと知らされても、ショックのあまり絶対に捜査を続けると言い張る人物は、この世の中でただひとり――私は特別の立場として除くと――ワトスンだけだ。そのことに気づいている連中は、彼が何か発見するかもしれないと、ぴったり監視することだろう。ワトスンは、それ以上の捜査には進展がないとあきらめ、心から納得して手を引かなければならない。彼は悲嘆に暮れて、そのことを世間に公表するだろうから、『タイムズ』の死亡広告なんかよりずっと説得力のある結末になる」

「かわいそうなワトスン。彼にとってはつらいことになるな」

「きみは彼をちょっとした駆け引きに使ったり、からかったりしてきたが、その真価はわきまえているはずだ。ワトスンは正直すぎるから、まことしやかな嘘はつけない。それに、きみもきっと同じ意見だと思うが、天真爛漫すぎて秘密は守れない。怪しい連中はだれでも、彼をだまして秘密を聞き出そうと狙うことだろう」

「うん、たしかにそうだ。彼に真実を隠すのは、ぼくにとってもつらいけれど。いずれにせよ、彼の奥さんにとっては、妻たるものがそうしたときにできることを彼に披露する、いい機会とはなるだろう」

ワトスンの書いた物語で世界中が衝撃を受けた、あの劇的な事件に至る背景は、こうしたことだった。彼は自分がまぎれもない真実であると信じたことを書いたのであり、しかもそれは、実際に起こったことと寸分たがわぬことだったのだ――もちろん、彼が知りえた範囲でだが。

翌四月二十四日金曜日の夜更け、私はワトスンの診察室を不意に訪ねた。壁にへばりつき、断わりもなく窓のよろい戸を閉めたので、彼はぎょっとしたようだった。私は命の危険を感じていると説明し、たったいま襲われて、撃退してきたところだという証拠に、傷ついて出血したこぶしを見せた。しきりに煙草をふかしながら、私はでまかせをしゃべりだした。その朝〝犯罪界のナポレオン〟みずからがベイカー街に訪ねてきて、私が次々と引き起こすやっかいごとに対して警告したという話だ。

ワトスンに説明したモリアーティとの会話は、こんなものだった。

「『これはきみと私との決闘だよ、ホームズ君。きみは私を裁判にかけたいのだろうが、私は被告席になど絶対に立たないと申し上げておこう。きみは私を打ち負かしたいのだろうが、きみが私を破滅させるだけの才知があるとしたら、私にもその才知があることを忘れないでもらいたい』

『おほめにあずかりまして、モリアーティ教授。ぼくもひとことお返ししておこう。きみを確実に破滅させることができるのなら、世間の人たちのためにもぼくは喜んでこの身を投げ出すつもりだ』『きみの破滅は約束できるが、もうひとつのことはわからんぞ！』彼はうなるようにそう言うと、くるりとその猫背を向けて、目をぱちぱちさせてまわりを見まわしながら部屋を出て行ったよ」(3)

　私はさらに、自分の身に起きたいくつかの襲撃事件のことをワトスンに話して聞かせ、月曜日までは実施されない警察の一斉検挙が終わるまで、いっしょに身を隠してくれないかと頼んだ。当然、彼は躊躇せず同意してくれた。そこで私は、マイクロフトが前もって決めておいてくれたことに従って、何をするべきかを細かくワトスンに指示した。そうしておいて、大げさに用心するふりをして裏庭の塀をよじのぼり、帰っていったのだった。

　翌日の芝居は、完璧にうまくいった。ワトスンは前夜のうちにヴィクトリア駅へ荷物を送っておき、自分は朝になるとラウザー・アーケードのストランド街口まで辻馬車で行った。馬車を飛び降りてアーケードを反対側の入り口まで駆け抜け、そこで待ち受けていたブルーム型の四輪馬車を見つけた。御者は、衿の部分だけがわずかに赤い、陰気な黒外套を着た人物だ（実はこれが、コートにくるまったマイクロフトだった。彼はことがうまく運ぶかどうか心配していたのだ）。

　そしてその馬車は、大陸行きの急行列車に間に合うようにワトスンをヴィクトリア駅まで連れてきた。荷物が積み込まれ、彼は先頭から二両めに予約してある一等車のコンパートメントで私と落ち合うことになっていた。

　ワトスンが私の姿を探してきょろきょろしながら、ポーターといっしょにプラットフォームをやってくるのを、私はじっと見ていた。こちらに気づかないまま彼がポーターに案内されて列車に乗ったところで、私は同じコンパートメントに乗り込んだ。だがそれが、彼を大いに狼狽させることとなった。私がシャベル帽とスータンで高徳のイタリア人神父に変装していたからだ。

ワトスンとポーターが抗議するのに一切耳も貸さず、私はどんどん自分の荷物を積み込むと、断固とした態度で席に着いた。警笛が鳴り、列車の扉が音をたてて次々に閉まっていく。私たちの乗った車両のドアも閉まり、自分の連れの姿が見えないまま列車がガタンと動き出したため、ワトスンはうめき声をもらした。

「ワトスン君、おはようくらい言ってくれてもいいんじゃないか」と、私は言った。

私がちょっとしたいたずらをしでかしたときの常で、彼はぽかんと口を開けて間の抜けた表情を見せたかと思うと、すぐに、信じられないといった疑わしげな目つきになった。それからやっと、ほっとしたため息をもらし、安心と感嘆のあまり、吹き出して笑った。

だが私は、切迫した様子で窓に向かってうなずいてみせた。彼に見せておくべきものがあったのだ。列車の外では、長身の男がひとり、人ごみをかきわけて走りながら、止まってくれというように列車に手を振っていた。立ちつくすその男をあとに、列車はスピードをあげていった。

ワトスンは不審そうに私を見た。

「モリアーティ本人だよ」私は、大げさな口調で言ってみせた。「見ただろう。あれほど警戒したのに、危ないところだった。くそ、すべてにかたがつくまで姿を消そうと、あんなに骨を折ったというのに」

「でも、もう振り切ったじゃないか。この列車は急行だし、ドーヴァーを渡る船に連絡しているんだ

ロンドンのヴィクトリア駅。1891年、ワトスンと私はここからスイスへ旅立った。ライヴァルであるロンドン・チャタム・アンド・ドーヴァー鉄道とロンドン・アンド・サウスイースタン鉄道の両社は、イングランド南部に複雑な路線で乗り入れ操業しており、私たちはモリアーティの追っ手から逃れる旅行で両方の路線を使った。

から」

「ねえワトスン」私は変装用の服を脱ぎ捨てながら言った。「ぼくが追手でモリアーティが追われる身だとして、この程度のことであきらめると思うかい？　ぼくだったら、すぐさま駅長室に行って、臨時列車を走らせて追うね」

「臨時列車だって！　だけど……考えてもみろよ。機関車と客車を用意して、しかも列車が全線を通れるようにしなくちゃならないんだぞ。ぼくらは二時間もあればドーヴァーに着くだろう……」

「船が出るまでに、少なくとも十五分の待ち時間がある」私は彼に思い出させた。「ハーン・ヒルやチャタム、カンタベリーの駅で停車中に、予期せぬ遅れが出るかもしれないという点もある。だめだな、危険すぎる。荷物はパリに行ってしまうが、それは見捨ててカンタベリーで降りよう。そして、ニューヘイヴンに向かう。遠回りの旅で少々疲れるかもしれないが、ぼくのまちがいでなければ、そこからディエップ行きの船がある。あとは列車でブリュッセルへ行けるだろう」

ワトスンは話を聞きながら、顎を引いて考えあぐねていた。本来なら、パリに向かう私たちの旅は、食事をするたびにそれが美味なものになっていくはずであった。彼はその点を楽しめるものと予想していたにちがいない。一日じゅうかかってイングランド南東部を迂回しニューヘイヴンに達するというのでは、その魅力が半減してしまうのだ。

信用の置ける相棒を悩ませるのは、けっしておもしろいことではなかった。いっしょにいられる時間は、もうわずかしか残されていないのだ。だが、モリアーティの追跡をかわすのに苦労している様子を見せれば見せるほど、生涯で最悪の旅行のこまかいできごとのひとつひとつが本当に起こったのだと、彼に深く信じさせることができる。そう言ってマイクロフトは譲らなかった。ワトスンにそう信じこませることが、きわめて重要なのだ。

私たちは結局カンタベリーで列車を降り、アシュフォードまでの乗り継ぎ便を見つけた。アシュフォードでまたヘイスティングスズ行きの普通列車に乗り継ぎ、そこからルイス行きの列車、さらにもう一本列車を乗り換えて、やっとニューヘイヴンに着いた。もともとは二時間だったものが、合計六時間近くにおよぶという、うんざりするような行程であった。そのあいだ、ワトスンはつまらなそうに旅行用のお茶を飲み、駅のカウンターで手に入れたはんぱな食べ物でがまんしていた。

たった一度、劇的な事件があった。カンタベリーで、最初でしかも最長だった待ち時間の最中のことだ。私たちが乗っていた列車が見えなくなるかならないかのうちに、遠くから近づいてくる列車の音が聞こえ、私が線路の上手に目をやると、巻き上がる煙が見えた。私がプラットフォームに積み上げられた荷物のかげにワトスンを引き寄せるやいなや、かん高い汽笛を鳴らしながら、臨時列車が飛ぶように駆け抜けていった。

「やつだよ」と、私は言った。「パリまでまっしぐらだ」

「あいつがうらやましいよ」ワトスンはしょんぼりと言った。

正午まで二十分かそこらだった。私は、色どり美しい「食堂《ビュフェ》」の看板をちらっと見た。「出発まで三十分ある。当面の問題は、ここでちょっと早めの昼食をとるか、それともニューヘイヴンの食堂にたどりつくまで飢えの危険を冒してみるかだ」

「その危険だけは冒したくないよ、ホームズ」ワトスンはそう答えると、断固としたようすで店に入っていったのだった。

（1）〈最後の事件〉（《回想》所収）でワトスンの家を訪ねたホームズは、モリアーティとの一件を説明し、一時的に身を隠す必要があるので大陸へいっしょに行ってくれるとありがたい、と言った。
（2）〈ブルース・パーティントン型設計書〉（《挨拶》所収）事件で、ホームズは目星をつけたスパイの家に押し入るため、ワトスンに道具を持ってこさせた。
（3）〈最後の事件〉（《回想》所収）より。

英国館《エングリッツシャー・ホフ》の晩餐

ワトスンの判断は賢明だった。というのも、しっかり固定されたテーブルとたっぷりのメニュー、にこやかなボーイ長といった慰めにあずかれるのは、結局何時間も先になってしまったからだ。ロンドンを土曜日の朝食の時間に発ったというのに、ブリュッセルに着いたのは日曜日も夜になってからのことだった。マイクロフトの計略は手のこみすぎたつまらないものだったのではなかろうかと、私は思いはじめていた。

私たちはベルギーの首都でしばらく足を止めてから、ストラスブールへ移動した。そこでは、私あての電報が待ち受けていた。スコットランド・ヤードから、モリアーティ一味に対する手入れの上首尾を知らせるものだったが、遺憾ながらかんじんの蜘蛛が自分の巣を捨ててまんまと逃げおおせたらしく、行方を知る手がかりもないという。まさに〝遺憾〟であり、そこに含まれた意味は明白だった。

相棒に対して深刻な顔で話を聞かせるのが、私の役目だ。

「ワトスン、きみはイギリスに戻ったほうがいいと思う」

「ぼくだけで？　なぜだい？」

「ぼくといっしょにいるのは、いよいよ危険になったからだ。モリアーティはいわば失業したわけで、ロンドンに戻れば身の破滅が待っているだけだ。あいつは自分の言ったとおり、全精力を傾けてぼくに復讐してくるだろう。きみは本業と奥さんのもとに帰ったほうがいいんだ」

当然のことながら、彼は拒否した。

「きみが行くならぼくも行くよ、ホームズ。モリアーティはまだパリできみを捜しまわっているかもしれないし、きみの話からすると、わざわざまたロンドンに現われることもないだろう。二、三日スイスの空気と食べ物をめいっぱい楽しんで――医者として言わせてもらうと、きみは体調がすぐれないんだからぜひともそうすべきだね――それから、オランダとハリッジ経由で帰るってのはどうだろう。ぼくの考えじゃ、きみはあの男をまいてしまったんだよ」

その後ひとしきり言いあったあと、私はしぶしぶ承知し、その晩のうちにふたりでジュネーヴに向かった。

私たちは一週間ほど、ローヌ渓谷をあちこち散策して過ごした。ロイクで寄り道して雪深いゲミ峠を越えようと言い出したのは、ワトスンだった。自分の頭に私が吹き込んでおいた暗示だったとは、思いもよらなかっただろう。のちに彼が沈痛な気持ちで思い出して記録しているところによると、「眼下には春の息吹するさわやかな新緑、見上げれば処女雪のけがれなき白」(1)という、すばらしい旅程だった。そんななかで、古傷が痛むはずなのにたいしたこともない様子を見せ、私と並んで快活に歩くこの最良の友が、早晩悲しく惨めな思いをする運命にあるのだと思うと、私の心は鉛を飲んだように重かった。

インターラーケンに着くと、私はマイリンゲンに行こうと言ってみた。「趣のある古風な小家屋が、

ワトスンと私が1891年に滞在した英国館《エングリッシャー・ホフ》は、その年のうちに起きて村の大部分を焼き尽くした火事の被害からは免れた。だが1894年に〝エサリッジ〟なる人物とともに私が逗留後、ほどなくして焼失してしまい、私の手もとには写真がない。この写真は典型的なスイスの地方のホテルだが、非常によく似ている。

宗教改革の時代以前の小さな美しい教会のまわりに宝石を散りばめたように立ち並んでいる」と旅行案内書に書かれている町だ。英国館《エングリッシャー・ホフ》というホテルの名前が心地よく響き、ひかれるものがあった。ホテルのポーチで、親切なものごしの年配の主人に挨拶され、ワトスンはさらに高揚した気分になったようだった。主人はりっぱな英語で、自分はバッキンガム・パレス・ロードのグロヴナー・ホテルに三年間勤めたことがあると言った。彼は、先代ペーター・シュタイラーだと自己紹介した。

ワトスンが荷ほどきをしに自分の部屋に上がっていったので、私は彼とふたりだけで話すチャンスを得た。

「あの方は二日前にここへ寄られました」こちらから尋ねる前に彼は言った。「今はローゼンラウイにいらっしゃいます。天候が崩れないうちに行かれたほうがよろしいかと」

「では、いつがいいと思う?」

「明日の午後。よろしければ、あの方にすぐお伝えしましょう」

「お願いしよう。それからシュタイラー……」

「はい、ホームズ様《ヘル・ホームズ》」

「ワトスン博士だが……私の親友なのだ」

齢を重ねた瞳が、やさしげな光を放った。

「承知いたしました。できるだけのことをいたしましょう」

「ここのシェフが腕によりをかけた、とびきりの夕食も頼むよ——いっしょの食事も、これで最後だから」

シュタイラーのかかえるシェフというのは、実は彼の妻だったが、彼女はつぎつぎにこの地方のうまい料理を出し、それぞれの料理に合ったワインを添えて、みごと期待にこたえてくれた。ふと、私は主人に出した指示を後悔しそうになった。

「たいしたもんじゃないか！」ワトスンが大型のナプキンを口に押しつけながら感嘆をもらすと、注意おこたりないウェイターが飛んできて新しいナプキンと取り替えた。「この前こんな食事をしたのは、いつのことだったかな。ここで二、三日、こうしていようじゃないか」

私はすばやく頭を働かせた。

「シュタイラーと話したんだがね。彼が言うには、ライヘンバッハの滝を見ないで帰る手はないってことだよ。ちょうど今が雪どけで最高の見ごろだし、山の天気は変わりやすいから、ぐずぐずせずに行くべきだそうだ」

ワトスンは顔をしかめた。「朝のうちに行って、夕食にはここへ戻ってこられないかな？」

「ずっと登っていけば、そのまま次の目的地のローゼンラウイまで行ける。シュタイラーは、そこにある旅館へここの客を全員送り込んでいるんだ。彼の奥さんとローゼンラウイの女主人はいいライバルで、あっちの食事も最高の評判らしい」

「なるほど！　それならいいね……」

運命の日、五月四日は、すばらしい天気で明けた。一面の銀と白の世界で、山頂ちかくに刷毛《はけ》で描いたような薄い雲がいく筋か、静かにかかっている。なんとか眠ろうというむなしい努力を何時間か続けたあげく、あきらめた私は、そのまま夜の明けるのを眺めていた。窓辺にたたずんでパイプをくゆらせていると、大自然は私を慰めるように、驚異に満ちたその移り変わりのさまを眼前にくりひろげるのだった。

隣の部屋では、ワトスンのやすらかないびきが規則正しく続いている。長年のあいだ、私はどんな種類の感情にも心を乱されないように訓練してきた。だがかすかではあるが、自分が感情をおさえることに一分のすきもなく成功しているわけではないという事実に、慰められる思いがした。そのとき私の心を占めていたのは、一種の嫌悪感だった。少しでも品位を備えている男ならだれでも、理由は何であれ、両親と縁を切るとか妻のもとを去ることには、多少とも卑下の思いをいだくことだろう。道ばたに飼い犬を捨てておいて、戻ることはあるまいと思いながらも、おとなしく自分の帰りを待つように言う、そんなときに感じる思いでもある。

自分自身がめったに持たないような感情を抱いたのには、ちゃんとした理由があった。予想もしなかった展開になれば、ワトスンが悲しみに襲われるのはあまりにも当然だからだ。私は一度ならず、小型のリヴォルヴァーを取り上げて手のひらに載せ、そのバランスを確かめてみた。何十回となくやってきたように薬室を回転させ、じっと観察する。ちょっとでも引っかかりがあれば汚れがあるしるしで、二発目を撃つときに不発で悲劇になりかねない。何度やってもきれいに回転した。

ありがたいことに、そのうちやっと、シュタイラーや従業員たちが一日のしたくを始める忙しそうな音が聞こえてきた。私たちは、昼食のあとに出発することになっていた。早い朝食で中断した、ゆとりある一服を楽しんで、ローゼンラウイへの険しい道のりに踏み出す前の、ひとときの休憩とした。ローゼンラウイからはちょっと迂回するだけで、滝が見えるところまで行けるはずだ。

「世話になったね、シュタイラー」私は彼の手をとって、そう言った。

「お気をつけて、ヘル・ホームズ」問いかけるような目だったが、私の目の中には彼にこたえるものはなかった。

私はワトスンを先に行かせ、古傷の残る彼の脚のペースで進むようにした。私たちは時折立ち止まって向きを変え、景色をながめるたびに言葉を交わしながら、着実に登っていった。この標高では雪はなく、足の下には岩とまばらな土があるだけだった。三十分あまりたったころ、遠くのほうからゴロゴロという音が聞こえてきた。

「滝かな?」ワトスンが言った。

「たぶんそうだろう。シュタイラーは、わかりやすい分かれ道があると言っていたな」

私たちは、すぐ分かれ道に行きあたった。滝の音はすでにかなり大きくなっていたが、来たばかりの道に沿って曲がったとたん、その音がどよめきとなった。黒々とした岩の裂け目を越えて噴き出し、ものすごい勢いで落ちる緑の水が、目の前に見える。じりじりと近寄ると、しぶきのカーテンが私たちのほうへ向きを変え、顔や服を濡らした。

私たちは注意しながらぎりぎりの縁まで近づいて、首を伸ばしてはるか下に沸きたつ深い割れ目をのぞきこんだ。実におそろしい眺めだった。その道が不意に途切れ、唐突に岩にぶつかって行き止まりになって、それ以上近寄って見る余裕がないことも、残念だとは思わなかった。

滝の音が大きくて、会話はできなかった。口に出せたとしても、わかりきったことばかりで間が抜けてしまうことだろう。私たちは互いにうなずきあい、向きを変えて本筋の道へ引き返した。その瞬間、人間の叫び声としか思えないものを耳にして、ふたりともぎくりとした。いっしょに足を止めると、スイス山間部特有の服装をした人物が、登山杖《アルペンストック》をたよりにして、つまずきながらも精いっぱい急いでやってくるのが見えた。「ヘル・ドクトル！　ヘル・ドクトル！」と呼びかけている。

見たことのない若い男だった。彼は私たちに追いつくと、荒く息をつきながら、ポケットからしわくちゃになった便箋を一枚取り出した。英国館のマークがついている。便箋を手にしたワトスンが、声に出して読んだ。

お医者さま《ヘル・ドクトル》へ

お発ちになって三十分ほどして、ルツェルンのご友人のところへ向かう途中のイギリスのご婦人が、ダフォス・プラッツから当ホテルに到着なさいました。ところがこの方は肺病で、ホテル内で倒れてしまわれたのです。どうしてもイギリス人のお医者さまにかかりたいとおっしゃるのですが、マイリンゲンにはひとりもいらっしゃいません。ほどなく死んでしまうのではないかと、ご自分で怖れておられます。どうかこのご婦人のために、戻っていただけませんでしょうか。

敬具

P・シュタイラー（亭主）

「きみは英語をしゃべれるかい？」ワトスンは若者に訊いた。

「ヤー、ヤー、話します。ヘル・シュタイラーはワタシのオジ《マイン・オンケル》です。昔、ロンドンに、いました」

「どうしてスイスの医者を呼ばないのかな？」

「ヤー、ヤー、呼びました！　デモ《アーバー》、そのご婦人は泣いて、ソシテ《ウント》、死ぬ前にイギリスの人に会いたいと言ってます」

「深刻そうだぞ、ホームズ」

「行かなくちゃならないな、ワトスン。当然だよ」

「うん、こんな頼みごとを断わるなんて考えられん。でも、きみもいっしょに来てくれるだろう？」

「きみさえかまわなければ、ぼくはここで、壮大な眺めをじっくり見ていたいんだがな。ぼくに手伝えるようなことはないだろう。一時間かそこらは待っているよ。それから、ゆっくりとローゼンラウイにむかって歩いていくことにするから、その途中か、現地にきみが着いてからでも、おちあうことにしよう。最悪の場合でも、きみは残ってもういちどシュタイラー夫人の夕食を食べることができるだろう」

彼はにやりと笑った。「いや、いや。きみに合流するさ。このご婦人を落ち着かせて、スイス人の手でも同じように手厚く看護してもらえるとなだめてくるよ」

「プリーズ……？」気づかわしげな顔の若者が、うながすように言った。

「承知したよ」ワトスンは言った。「行こう。しばしの別れ《アデュー》だ、ホームズ」

「アデュー……マイ・ディア・ワトスン」

そうこたえたとき、ワトスンはすでに身軽な若者のあとを追って歩き始めていた。足もとをひどく気にしながら、曲がったりくねったり、つまずきながら道を下っていくのが見えた。

私は手を振り、姿が見えなくなってからも、立ち尽くして彼を見送った。そして、そびえる崖に背をもたれて腕組みをし、無慈悲な奔流が私の足もとはるか下で逆巻くさまを、またじっと見はじめた。水の動き、霧のようなしぶきに当たる光のいたずら、容赦ない轟音、そういったものになかば催眠術をかけられたようになって、十五分ばかりも立っていただろうか。私は本能的にさっとふりむいた――一ヤードと離れていないところに、背の高い不気味な人かげが立っていた。ひょろ長い腕を両脇にだらりと垂らし、がいこつのような顔をあらわにして、落ちくぼんだ両目が鋭い視線を私に向けている。だがその頭は、左右に絶え間なく揺れ動いていた。

（1）このあたりの引用はみな、〈最後の事件〉（《回想》所収）による。聖典を読みながら楽しむのもまた一興かもしれない。

彼はじりじりと前進し、私に手が届くところまであとほんの三歩かそこらに迫った。登山杖を握る私の手に力がこもり、両腕をなんとか脇につけたままにしておくのに、精神力ばかりか腕力も必要だった。彼の冷たい目は私の目に据えられ、瞳孔が頭の揺れを補ってわずかばかり動いている。

彼は片手を、毛皮の衿がついた英国風の外套のポケットに入れていた。その手がリヴォルヴァーを握っているのかどうか判断しかねたが、大いに考えられることだ。

「やあ、ホームズ君」彼のあいさつはそれだけだった。

「モリアーティ教授」私も簡単に返事をした。

「きみは、約束どおりにうまいこと――私にとっては、まずいと言うべきかな？――やってきたわけだ」彼は言葉を続けた。「新聞が、ロンドンでの大量検挙を報じているよ」

「モリアーティ教授の名前など知りもしない、という人間ばかりなんだろうね」

彼はまばたきもせずに私をじっと見た。「なぜ知っているわけがある？　彼らが私と、あるいは私が彼らと、何の関係がある？」

「警察と裁判所がそれをあばこうとしているが――何も出ないだろう。きみの手口は彼らの上をいっているからね、教授」

彼は、それで十分だとでもいうように冷ややかな笑みを浮かべ、その話はおしまいになった。彼はあたりを見回した。

「では、ここが決闘の舞台ということかな?」

待っているあいだに、私は地面を調べておいた。私たちが立っているところから数歩のところに、岩の割れ目から縞状に黒土がのぞいて広がり、滝からほとばしるしぶきでつねにぬかるんでいた。ワトスンと私の足跡がくっきりと残っている。私は登山杖を持ってそちらに動いた。私の動きにモリアーティの腕が無意識にひきつり、彼がすぐに使えるようにリヴォルヴァーをつかんでいるのではないかという思いが強まった。だが彼は私の意図を見抜き、ポケットから何も持たない手をわざとらしく出してみせた。

「ふたりとも、ぬかるみに踏み込んで足跡を残しておかなくては」私は彼に言った。「戻ったようには見えないように」

「ふたりともでなかったら、というのもわれわれの片方にとっては誘惑だな」陽気とも言えるほどの明るさで教授は答えた。

「お互い、二、三歩だけ、はっきりした足跡をつけるんだ」私は指示した。「最大限の注意を払えば、ちょうどその跡を踏みながらうしろ向きにたどることができるだろう。足跡が多すぎれば、失敗の余地も多くなる」

「警察の専門家が到着するまでには、めちゃめちゃに踏みつぶされているさ」

1891年５月４日、モリアーティと私が対決し、〝闘って死んだ〟、マイリンゲン近くにあるライヘンバッハの滝。この私の記録が示すように、真実は気の毒なワトスンが〈最後の事件〉の物語に記したものと大幅に違う。

私は頭を振った。「ワトスンが第一発見者になるだろう。彼ならぼくのやりかたを知っている。彼が二組の足跡に気づくようにしなくては——彼とぼくの足跡は滝をのぞき込みに行って戻ってきたものだが、きみとぼくの足跡は滝のほうに行ったものだけ、というふうにね」

「ずいぶん彼の知性を高く買っているようだな」

「言っておくが、ワトスンはばかじゃないぞ。だからこそこんな芝居を打つ必要があったんだ。いったい何が起きたのかと知恵を絞る人間がいるとしたら、彼こそがそうだ」

「よろしい。では、こいつを完璧にするために、そのほかに発見されるべきものは？」

「争った形跡だな。崖のふちのあたりまで、ぬかるみを踏み散らかしておこう」

「その特権はきみに譲ることにするよ」モリアーティは、面白くないといった顔でわずかに笑みを浮かべた。「きみの足がすべれば、私の心も安らかになるというものだ」

私は彼をにらみつけた。

「教授、三歩ばかり泥の中に進んでから止まってくれたまえ。そうしたら、前を向いたまま戻る道を指示しよう。その次にぼくが足跡を残してから、戻る前に必要な作業をする」

今度は教授が私の顔をじっと見た。彼の考えを読むのは難しいことではなかった。崖のふちに向かっているときに私の登山杖が背中をぐいとひと突きすれば、犯罪界のナポレオンもそれまでだからだ。彼が私といっしょにここにいたことさえ、知る者はない。マイクロフトですら、私がどんなふうに説明をつけようとも、それを信じるほかないだろう。私としては、長年の使命をついに果たすことができるチャンスでもあるのだ。

私は向きを変えると、岩棚に沿った数ヤード背後に杖を放り投げ、ためらっている彼にむかって両手を広げてみせた。彼はぶつぶつ言いながら私に背を向け、注意深く足を踏み出した。一歩ずつ、忘却の淵にあと一歩というところまで……

私は、彼の靴のかかとが足跡にきっちり合うように、うしろへしりぞく彼を導いた。まだ私を疑っていたにしても、そんな様子は私に見せなかった。まわりに目を配ったり、私の動きに不審なところがないか耳をそばだてたりすることは、なかったのだ。私も彼を安心させるため、じっとしたまま、声だけで指示を与えるようにした。

今度は私の番だった。彼がすぐうしろにいるのを意識しながら、最初の一歩を慎重に踏み出した。彼を突き落とすことができたら、という私の思いも強かったが、彼の場合はさらに強くそう思っていたことだろう。私をかたづけることができさえすれば、これまでの組織がだめになっても、なんとかなる——月曜日の警察による手入れのあと、メンバーのうちには確かにそう思っている人間がいるようだった。教授としては、ヨーロッパかどこかに姿をくらましておき、新しい仲間を捜して悪事を再開することができるわけだ。

だが、彼が私に危害を加えることはないと考える要因が三つあったため、危険な崖に向かう私の足どりは大胆になった。ひとつは、ロンドンで聞いたあの驚くべき物語と、モリアーティが去ったあとに兄と私のあいだで交わされた話である。

ふたつめは、互いに闘って死んだと思わせるためにこの岩棚にやってくることになった、そもそもの取り決めだ。モリアーティはマイクロフトと協定を結んだわけだが、私たちはふたりとも、彼が協定を守るだろうと確信していた――ことが終わったあとで彼が何をしでかすかは、まったく定かでなかったが。

最後に、モリアーティも私も知っていた事実がある。つまり、山道のどちらの方向であろうと（途中に抜け道はない）、彼がひとりで逃れるのは不可能だということだ。そのとき、マイリンゲンの英国館にも、山を越えたローゼンラウイにある同じような旅館にも、高性能のライフルを解体して納めた、鍵のかかったケースを大事そうに抱えた客が滞在していた。いずれの狙撃手も、標的と見込まれる人物の人相を心得ているだけで、それが何者なのかは知らない。彼らはマイクロフトじきじきの命令で、この日配置についた。まちがいようのない姿の人物がひとりで山を離れようとしたら、すぐさま撃ち殺すという手はずになっていたのだ。

私も同席した場でマイクロフトがこの計画を話したとき、モリアーティは冷ややかな笑みを浮かべ、私が逆の立場だった場合も同じようにするのかという皮肉な質問を発した。だが、その点も考慮されていた。

思えば、ワトスンただひとりが――この計画全体の中でちょっとした役割を演じるべく信用を置かれている、誠実で善良なワトスンだけが――まったく何も知らされていなかった。彼はカモにされる役どころであり、その役を演じたあげくの見返りが、悲しみのどん底に突き落とされ、説得力のあるかたちで世間にその悲しみを伝えることなのだ。

水気を含んだ黒土に足跡をしるしたが、私はすぐには引き返さなかった。さらに崖のふちまで歩を進め、靴のかかとを地面に深くめり込ませて、そこでもみ合いがあったように見えるようにした。岩の面にまばらに生えているイバラやシダを打ち倒し、もみ合った身体が押しつけられたようにした。片足を慎重に動かし、急斜面ぎりぎりのところまであえて進めた。突端の一部を砕くと、破片が転って奔流に飲み込まれたが、その様子は私を身震いさせるに十分だった。

モリアーティが一部始終を見ているところで作業を終えた私は、満足だった。寒かったので彼は外套のポケットに両手を突っ込み、頭だけを動かしていた。私は彼の助けを借りずに、自分の足跡にぴったり足を合わせて、慎重に退却を始めた。過去にも使ったことのある古いトリックで、別の靴を前後逆にして縛って歩くのよりも、ずっと効率的だ。重ねばきでは縛ったひもの跡が地面に残りやすいし、状態のよい足跡を専門家が調べれば、通常とは違った体重のかけ方でついたものだとわかってしまう。

「よくやった、ホームズ君。うまいもんだ！」私がそばにもどると、全体を見渡しながらモリアーティが茶化すような調子でほめた。「犯罪の専門家も、きみの名人芸にはかたなしといったところだな」

「あざむかれないようにするためには、あざむくための詐術全般に精通している必要があるんでね、教授」

「妙なものだな。そうじゃないかね？　同一の特技が正反対の目的に利用できるとは。われわれはひとりの人間として、その特技をどちらに使うか自由に選べるのだと思うかね？　――それとも、宿命なのだろうか？」

「ぼくらは自分たちの環境に生きるものだと思う。環境の犠牲になる者もあるし、環境を支配する者もあるだろう。屈伏、卓越のいかんは性格による。あるいは、自分自身よりも大きい力に動かされることもあれば、自由意志でどちらかを選ぶこともある。お答えできかねるね。たった今確信をもって言えるのは、ワトスンが戻ってくるか、ほかのだれかに見られる前に、ここを離れるべきだということだけだ」

私は転がしておいた登山杖のほうへ歩み寄ると、拾い上げて岩壁に杖をたてかけた。

「教授、ぼくが先に行こう。仕事がら、きみよりも感覚が鋭くなっていると思うのでね。この道にだれか現われたらすぐ知らせるから、どこかに身を隠して、通り過ぎて姿が見えなくなるまでじっとしていてくれたまえ。ぼくたちがいっしょにいるところを絶対に目撃されてはならない」

彼がうなずき、私たちは坂道をきびきびと登り始めた。人かげは見えず、ほどなくして道幅が広がり、勾配もゆるやかになって、道は山の稜線をはずれて一面豊かに草木が生い茂る切り立った谷すそに沿って曲がっていった。ロンドンのどまんなかにいながら、マイクロフトは一部のすきもなく全計画を練り上げた。ワラビの茂みのどこかに射撃の名手がひそんで、私たちが通り過ぎるのを見守っていることを、私は知っていた。その使命も、引き金を引く必要なしに終わったわけだ。

まもなく私たちは坂道を登り詰め、ローゼンラウイの村を眼下に見下ろした。教えられていたとおりに、道の分岐点がすぐに見えてきた。私たちは村から離れるほうの道に進み、ワトスンが発見したことがニュースになる前に、できるだけライヘンバッハの滝との距離をあけておこうと、下り坂で足を速めた。夕暮れの中、長い時間をかけて私たちの行程は続き、そのうちとっぷりと日が暮れた。旅行者はこのあたりにやってこないし、地元の人間はおそらく夜間は外出しないので、私たちの歩く道を通りかかる人はほとんどいない。隠れる必要が生じたのは、一回だけだった。十マイルはたっぷり歩いたと思えるころ、私は足を止めるように指示した。

私より八歳年上で体力もさほどないように見えながらも、しっかりとついてきていたモリアーティは、星の下で一夜を過ごさなきゃならないなんて、と不平をこぼしていた。だが取り決めの内容を知る彼は受け入れるしかなく、ただひとつの荷物である小さな背嚢に入れてきた軍用毛布に身を包んで、できるだけ難をしのいでいた。私もリュックサックひとつで、残りの荷物はワトスンの荷物とともに、私たちが次に行こうと計画していたルツェルンに届けてもらうべく英国館に残してこなければならなかった。リュックには、その晩に必要最小限のものだけが入っていた――毛布、パンとソーセージ、くだものが少し、コニャックのびんとグラスがふたつ。現金と小切手は、たっぷり持ってきていた。都会に着いて正体を隠して暮らす安全を手に入れたあかつきには、身のまわりのものをもう一度そろえることができるようにだ。

私たちは並んで腰をおろし、ありがたい食べ物と飲み物を分かちあった。悪の典型であると考え、破滅させることを誓った相手。その男とともに行動することがあろうとは、これまで予想だにしなかったことだった。が、このときの私は、彼を信頼してともにことにあたらなくてはならなかったし、必要とあらば彼を守らなくてはならなかった。兄のマイクロフトをおいて、このような同盟を想像できる者はだれもいなかっただろう。彼以外には、こんなことをさせることができる者はいなかったのだ。

以上が、一八九一年五月四日月曜日にライヘンバッハの滝で起こったこと（夜間に何もしなかった

マイリンゲンから2000フィートばかり高所にあるローゼンラウイという小さな村に至る、ライヘンバッハの滝を経由する道。ワトスンと私がこの道の途中にいるとき、彼はイギリス人の夫人を看護してほしいとおびきだされて、モリアーティと〝闘って死ぬ〟ことになる決闘の場に私を残して行った。

犬の例にならえば、起こらなかったことと言うべきか）の真相の一部始終である（1）。

〈最後の事件〉のなかで、ワトスンはこの一件を感動的な筆致で詳しく語っている。彼は私と別れた山の岩棚に大急ぎで引き返し、私が岩壁に立てかけておいた登山杖と、足跡や争った形跡を見つける。あらゆる情況が明白なできごとを物語っており、彼は恐怖に目をむいた。暗闇で腹ばいになり、沸きたつような滝壺にむけて叫んだが、返ってくるのは〝人間の怒号に似た滝の音〟だけだったと、感傷的な調子で詳しく述べているのだ。

それを読んだ私は、彼のその姿に胸を撞《つ》かれたが、同時に安堵もした。彼が腹ばいになったとき、そこにあった足跡はまちがいなくかすれてしまったはずだからだ。私の指示で故意に足跡をしるしたわけだが、あの場所から離れて一、二時間たち、何もかも計画と寸分たがわずやってのけたかどうかを頭で復習しはじめると、早くも私は自己嫌悪にどっぷり浸り、細かい点がひどくまずかったという気になっていた。あそこでモリアーティと私が死を賭して闘ったのだったら、闘った地点まで平静に歩いてなどいかなかったはずだ。それよりも、片方が相手からじりじり後退するのが当然だから、二組の足跡は向かいあっているはずである。ささいな点が重要なのだとしつこく繰り返してきた私の主張も、その程度だったのだ。

それにもうひとつ、登山杖をあそこに立てかけておくべきではなかった。ふたりのうちどちらかは、あの杖を攻撃あるいは防御に使ったはずだからだ。だが、杖を断崖から捨ててしまうと、それがないからには私が敵を負かしてどこかへ行ったのだ、とワトスンが考えるかもしれない。だがいずれにせよ、杖は置いてこざるをえなかった。彼が納得する証拠となるように残した、別の手がかりにワトスンを引きつけるためだ。
それは銀のシガレットケースで、杖を立てかけた大石の上で光っているのをワトスンが見落とすはずがなかった。その下には、次のような別れの手紙がはさんであった(前もって英国館の私の部屋でしたためておいたものだ)。

ワトスン君へ
この短い手紙は、モリアーティ教授の好意で書かせてもらっている。ぼくたちのあいだの問題に最終的な決着をつけるのを、ぼくの都合で待たせているわけだ。彼がいま、どうやって英国警察の手を逃れ、ぼくたちの動きをつかんだか、その概略を教えてくれたところだ。それを聞いて、あらためて彼の能力を高く評価するよ。彼の存在によってこの先起こるであろうことから社会を救うことができると思うと、喜ばしいかぎりだ。だが、それには犠牲がともなうおそれがある。ぼくの友人たち、とくにワトスン、きみに大きな苦痛をもたらすことに……云々。

この手紙については、のちに合流したとき、マイクロフトが痛烈にこきおろした。手紙を書いているあいだモリアーティが辛抱強く待っているなどということは、考えるのもばかばかしい、どんな陳腐な作家でも使わないような手だ、というのだ。
「それはそうかもしれないが」と私は言った。「手紙はどうしても必要だったんだ。始まらんとしていた闘いの結末がひとつしかありえない、つまりぼくたちの死しかない、とワトスンに思わせるためにもね。それに、彼にひとことぐらい別れの言葉を残さなくちゃならないような気がしたんだ」

「いずれにせよだね」私は付け加えて言った。「モリアーティとぼくが滝に飛び込んだのなら、死体が捜索されるだろうし、見つかってもよさそうなものじゃないか。下流に浮かんできたり、川を流されて何マイルか先のブリエンツ湖まで運ばれたりするのは、ほぼ確実だったのに。そのことは考えてみなかったのかい?」

「考えたさ。いろいろ手配をしている時点で、シュタイラーが指摘してね。彼はそのことをひどく気にしていた。替え玉の死体を手に入れて川に流し、ちょうどよく見つかるようにできないか、検討もした。だが、それではもっとめんどうなことになるし、ことが露見する危険性も高くなる。解剖用の死体の中からきみと教授らしく見えるものを手に入れるのは、手足のひとつくらいはなくても大目に見るとしても、ほとんど実現不可能だということは言うにおよばずだ。そこで私は、なりゆきに任せると決心した。はからずもワトスンが、出版した本の中できみの死体を捜し出せる望みはないだろうと言ってくれたので、助かったよ」

「まったく捜索もされず、疑問にも思われなかったと?」

「警察は相当徹底的な捜索をしたよ、もちろん。きみの死についての疑問はもちあがったさ。私たちはあえて差し止めるようなまねはしなかった――そんなことをすれば、もっとあやしまれてまずいことになり、秘密がもれることになるだろう。幸いにして、きみたちの死体は滝壺の底のどこかに沈んでしまったのだろうということになった。新聞にはそれで十分だったよ」

「ホワイトホールのあなたの上司は――つまり、上司がいればということだが――あなたが八方首尾よく指揮したことで、さぞやご満悦だろうね」
「具体的な結果を示すことができれば、もっと喜ぶだろう」彼はまじめに答えた。「まだ目的を達してはいないのだ」

いわくつきの宿敵たる男の、護衛であり道づれであり、ある意味では助手という皮肉な立場に私を立たせた一連のできごとについて、私はじっくり考えてみた。これまでそのてんまつを述べてきたわけだが、理由にはまだ触れてはいない。

国家機密保護法の影が、私にのしかかっていることは確かである。だが、これは私の楽しみのためだけの個人的な覚え書きであり、最終的に公表されることにはなるかもしれないにせよ、私みずから公にする意図はまったくない。だから機密法の規制はとるに足らないし、〝大空白時代〟と言われているらしい私の経歴中のこの三年間に、実は何があったのかを私が記さなかったら、ほかに記録できる者はだれもいないのである。一八九四年に私が再びワトスンの前に姿を現わしたとき、彼に語ったでっちあげは、大勢の人に信じられ続けるだろうが、その一方でなにかしらうさんくさい思いをぬぐえない人々は、推理や空想をたくましくしつづけるであろう。

たとえば、私はずっとロンドンにいて、つねに変装して犯罪に立ち向かっていたという説がある(2)。それならば、ディオゲネス・クラブほど私の目的にかなう拠点は想定できない。そこならマイクロフトの庇護を受けて生活でき、私が何者であるか、どんな立場の人間なのかとせんさくする者もいないだろう。だが、私はロンドンにとどまってはいなかった。

モリアーティがライヘンバッハの滝で死んだあと私はロンドンに戻り、教授の弟で同じジェイムズという名の軍人によって再編成された一味に潜入したのだという説もささやかれたが、それも違う。そのような組織はできなかった——あるいは少なくとも、できたと認めた者はないのだ。(3)

私はアメリカに戻ったのでもないし（マサチューセッツ州フォール・リヴァーでリジー・ボーデンが両親を斧で殺害した犯人だと見破ったのは私である、と信じている研究者がいるようだが）(4)、日本の軍国主義の発展と一八九四年に中国を襲うという日本の戦略を研究しに極東に行ったのでもない(5)。

これまで私の耳に届いた諸説のうち最もいまいましいものは、モリアーティ教授など実在しなかった、ワトスンの物語で評判になった名声をさらに高めるために私が捏《ねつ》造した人物なのだ、というものだ(6)。そして最もばかばかしかったのが、お互いに私に恨みを抱いていたモリアーティとワトスンの共謀で私はライヘンバッハの滝で殺され、今の私はホームズの名をかたる詐欺師だというものだ！(7)

こういった説はいずれも、真実のかけらさえも内包していない。改めて確認するまでもなく、私は私自身はかくあると信じるところのもので、正常な頭でこれを書いている。きわめて簡潔に、「われ思う、ゆえにわれあり」である。この際ひとまとめに、洗いざらい白状しておこう。チベット、パリ、メッカ、スーダンのカルトゥーム、ワトスンが綴りをまちがえた〝フランス南部のモンペリエ〟(8)——どこにも私は行かなかった。彼に私がいると信じ込ませたところにはどこにも、私はいなかったのだ。

「大空白時代」のほとんどを、私はドイツで過ごした。ジェイムズ・モリアーティ教授と一緒に、兄マイクロフトのたっての頼みで、大英帝国政府の任務についていたのである。

その悲痛な物語で世間に知られているとおり、英国館に駆けつけたワトスンは、驚いた体のペーター・シュタイラーから、私たちが出発したあと、病気だろうが元気だろうがイギリス人の婦人は到着していないと告げられる。彼は少年に手紙を託した覚えなどないというのだ——ワトスンは例の少年をすぐさま捜したが、見つからなかった。彼がこの日のなりゆきについて考えたことは、まったくまちがっているわけでもない。

「きみがこれを書いたんじゃないのか?」ポケットから手紙を取り出して、私は言った。

「書いていませんとも」シュタイラーはそう言った。「でも、ホテルのマークがありますね！そうだ！　あの背の高いイギリス人が書いたに違いない。おふたりが出ていかれたあとにやって来られたんです。なんでも——」

主人の説明を聞いているひまはない。ぞくぞくするような恐怖を感じながら、私はすぐさま村の通りを走って、たった今下ったばかりの道へ向かっていた……(9)

ここが、ワトスンの記述の中で最も浮いているように、私には思える。彼がたちまちその背の高いイギリス人がだれなのか悟り、私が山にひとり残るようにするために使ったトリックに気づいたのは、まちがいない。それなのに、急いで山道をおりてくる途中、彼はのぼってくるモリアーティとすれちがっていないのだ。モリアーティがいなくなったあと、ディオゲネス・クラブで私はマイクロフトにこの疑問をつきつけた。

「当然そのことは考えたさ、シャーロック」非難するような口調で彼は答えた。

「ふむ。じゃあ、モリアーティはどうやってワトスンとすれちがわずにぼくのところに来た？」

「ワトスンが山からおりてくるのを見張っていて、それから急いでのぼった。彼とすれちがわなくてもいいようにね」

「ワトスンはすぐにまわれ右して駆けのぼってきたんだよ、やつがぼくのところへ来る前に追いつこうとしてね」

「一度のぼってあわてておりてきたあとだ。それもあまりよくない足で、追いつくとでも？　むりだね。すっかり息がきれてしまって、それどころではないだろう」

「彼が主人に言って、すぐに警察を派遣したかもしれないよ。スイス人警官は山の中でも山羊みたいに走れるにちがいない」

マイクロフトはため息をついた。「主人のシュタイラーは、八二年にイタリアと三国同盟を結ぶ交渉をしていたオーストリア＝ドイツの情報を、イギリスに提供し続けた。その見返りとしてイギリス政府が支払った莫大な報奨金で、あのホテルを買ったのさ。彼はスイスじゃなくてオーストリアの生まれで、七〇年代にはウィーンでわれわれのために働いていた。実務面では引退したものの、彼はいまだにスイスとその周辺でよくわれわれの役に立ってくれている。きみとモリアーティが姿をくらますための時間を十分とれるように、山道の捜索にとりかかるのを遅らせる細工をしたのだと言ったら、腑に落ちるんじゃないかな」

納得した私は、椅子に深く腰かけ直して、あの計画全体を再考することができるようになった。

「まったく奇怪な計画だよ、マイクロフト」

「天与の好機だ」彼はそう訂正した。「われらがモリアーティがきみの入念な作戦で窮地に追い詰められていなかったら、彼の協力をとりつけることは望めなかった。彼はほかの申し入れは聞き入れなかっただろうよ。きみは犯罪組織を撲滅する以上のことをやってのけたんだよ、シャーロック」

「彼を信用できるという仮定のもとでね」

「彼にずっと協力させるのは、作戦中のきみの役目さ」マイクロフトは上機嫌で両手をすりあわせた。「タイミングは申し分ない。彼は自分の犯罪人生で築き上げたものをすべて失う瀬戸際だ。姿をくらますのは絶好の機会だし、きみにも不都合はあるまい」

「ほかにも犯罪は起きるし、ほかにも犯罪者はいる」私は彼に念を押した。「よく聞いてほしいんだが、ぼくがこれきりその舞台に戻らないと思い込まれたら、暗黒社会はまた大活況を呈することになるぞ」

「ちょっとした正義の味方きどりだな、シャーロック。だが、スコットランド・ヤードがその代わりに、おまえの援助という恩恵をあてにせず、意気込んで働くことになるさ」

「まあ、そのせいでしばらくはモリアーティもおとなしくしているだろう。裁判でも、彼に罪を問われるようなことが出てくるとは思えない。でも、彼はすぐにまたもとの仕事に戻るだろう。彼がなぜそうするかは、もうわかったわけだ」

「おそらく彼は、偏執狂《パラノイア》だな。どんな議論や論争でも、自分が正しくて対抗者がまちがっていると思い込むタイプの人間だ。学問の世界で自分の研究が認められなかったという事実が、彼にとって意味することはただひとつ——嫉妬や悪意のような隠れた動機だ。彼にはほかの理由は思いもよらない。だが、私が調査したところによると、彼の二項定理の研究は、彼が私たちに力説したほど画期的なものではなかったよ。先人が提示して発表したことをちょっと派手にしただけにすぎない」

「教授はその仕事で数学の教授職を得たんだよ」

「小さな大学のだろう。ああ、彼は格別の頭脳の持ち主だと認めるよ——さもなければ、彼を利用するというこの異例の計画は考えつかなかっただろう。だがね、たとえば結果を捏造《ねつ》するとか、粉飾してあやしげな定理に仕立てるとか、彼ならやりかねない。そして、本能が真であると告げる結論に達したと見せかける。まっとうなやりかたでは証明することができない結論をね」

「でも、『小惑星の力学』は?」

「審査不可能で審査せず。詳しいばかりでわけのわからんしろものだ。彼は自分の導いた結論を確信しているから、公に賞賛されるのを待ちきれない——それに、証明が必要なものだから、当代随一の頭脳ですら理解不能なかたちで提出したんだ」

「ずいぶん自信たっぷりだね、マイクロフト。彼が正しくないとどうしてわかるんだい?」

「おそらく、彼は正しい。いつの日かだれかが、彼のあの公式——$E=mc^2$だったかな? 彼が信じているとおりにあれが正しいと証明する手だてを見つけることだろう。それは疑っていない。でも現時点で彼には証明できない。だから、もっともらしいけれども不可解で、他人には説明も要求できないような証明をでっちあげ、ひょっとしたら自分が正しいのではないかと、いちかばちか面子を賭けているのさ。きみの言うところの、野心あふれる偏執狂患者だよ、シャーロック――自分の見かたに絶対の信を置き、自分の妄想を守るためならどんなに傲慢な手段にうったえることにも躊躇しない」

「いっしょに姿をくらます相手としてはいいかもしれんね」長時間テーブルの前に座っていたためにこわばった手足を伸ばしながら、私は言った。「いかれた数学者と犯罪界のナポレオンを合わせて、ひとつにしたようなやつか」

マイクロフトも立ち上がり、テーブルをはさんで私と向きあった。

「だからこそ、彼が交換条件として受け入れた仕事を確実にさせるために同行する人間が必要になる。それが、ほかのどんな人間でもなく、きみというわけだ。ほかに選択の余地がないから、彼が受け入れるのはわかっていた。過去を清算し、国のために尽くすことで過去の悪事の罪ほろぼしをする、ありがたいチャンスだと言っていたよ」

「口約束だけだ」

「賭けてみなくてはならん。彼は心から愛国者だと公言した……」

「まったくの嘘か、自己欺瞞の一部なのか」

「……結局のところ、彼はこの使命を果たせる唯一の男だ。賭けてみる価値はある。きみを派遣して彼を監視させることで、私は両賭けして危険を防ぐ。彼に助けが必要なら、きみが助けてくれるだろう。一方で彼がわれわれをだまして裏切ろうとしたら、きみが機先を制する――彼を殺してでもね」

（1）〈シルヴァー・ブレイズ号〉（『回想』所収）で、消えた競争馬と調教師の死を捜査するホームズは、担当のグレゴリー警部とのあいだでこんなやりとりをする。

「ほかに何か、注意すべき点はありますか?」（警部）

「夜のあいだの、犬の奇妙な行動に注意すべきでしょう」（ホームズ）

「犬は何もしませんでしたがね」（警部）

「それが奇妙なことなんですよ」（ホームズ）

つまり、事件の晩、厩舎にいた犬が何もしなかった（吠えなかった）というのが、おかしな点だというのである。このやりとりは、逆説的な面白さもあってか、ホームズ語録の中でも最高のものと言われている。

（2）研究家ウォルター・P・アームストロング・ジュニアは、論文『シャーロック・ホームズに関する真相』（一九四六年）で彼はロンドンにいてワトスンとともに生活していたのだと主張している。

（3）研究家ギャビン・ブレンドの説。著書『マイ・ディア・ホームズ』（一九五一年）の中でそう述べている。

（4）同じくエドガー・スミスの説。論文『シャーロック・ホームズと大空白時代』（一九四六年）。

（5）マンリー・ウェイド・ウェルマンの説。論文『ボヘミアの悪党たち』（一九五四年）の中で、彼はホームズが連合国側のスパイだったのだと主張している。
（6）A・G・マクドネルの論文『モリアーティに関する真相』（一九二九年）ほか。
（7）ホームズはライヘンバッハの滝でほんとうに死んだのだ、とする説はいくつかあるが、その後の事件はワトスンがでっちあげた（創作した）ものだとする説と、その後のホームズは替え玉（偽者）だったとする説の二種類に分かれる。死んだ理由についても、モリアーティとの相討ち、ないしは闘いに敗れたという素直な説から、ワトスンとマイクロフトが共謀して殺したという説まで、替え玉の正体にしてもよく似た従弟だったという主張から、実はモリアーティが入れ替わっていたという説までさまざま。紙幅のつごうにより、各説の詳細は省く。
（8）〈空き家の冒険〉でのワトスンの綴りだと、米ヴァーモント州の州都モントピーリアになってしまう。
（9）〈最後の事件〉より。

モリアーティ最後のチャンス

私たちの任務は、まぎれもないスパイ行為だった。当時、ドイツ国内ではなんらかの計略が進行中だと考えられていた。イギリス政府——あるいは少なくとも、私の兄マイクロフトと、ヨーロッパの力の均衡に関してはわが国がつねに情況を決定づけて優位に立つ最有力国であるべきだという愛国心を持った政府内グループ——は、こうした計略の内容を知りたがっていた。表面的には、そうした単純なことだったわけである。

第一次世界大戦が勃発してほとんどすべてが焼け野原になる前の二、三十年間、イギリス、ドイツ、フランスのあいだには、ヨーロッパとさらに広範囲の国々に対し影響力を持とうとする競争が続いていた。それぞれに軍事力を誇り、富も資源も豊富に持ち、世界中のどの国よりも——アメリカは例外かもしれないが——物質面では断然先端を行っており、広範囲にわたる領土を統治して繁栄を誇っていた。

三国はロシアをおおっぴらに警戒し、もう少し目につかない程度に互いを警戒しあっていた。ドイツが新たに軍艦を起工すれば、イギリスとフランスはその竜骨《キール》の寸法と設計を海軍省のファイルに入れるのを義務とみなす。そして、ほぼ鋲がひとつ打たれるごとくらいに、その基礎の上に築かれるも

ドイツのエッセンにある武器製造業者クルップの工場で、砲身が作られているところ。イギリス、ドイツ、フランスの各国は、互いに武器の製造、船の建造、科学技術の進歩に細心の注意を払っていた。自分がその手のスパイ行為をするときが来ようなどと、私は予想だにしなかった。

のの性能と工事のはかどりぐあいについて情報をつかんでいようとする。フランスがブレストの要塞を拡張したり英国陸軍工兵隊が気球を試してみたりしようものなら、そのなりゆきの詳細はエージェントが、その他の興味津々の連中にまたたくまに報告するのだ。

エージェントには、アドルフ・マイヤー、フーゴー・オーバーシュタイン、ルイ・ラ・ローティエールのようなすご腕が多くいた(1)。彼らのような訓練を積んだプロフェッショナルに、私は自然と、ブルース・パーティントン型潜水艦の図面の重大事項について捜査の手助けをしたときのことを思うのだった。その図面は、ヨーロッパじゅうの海軍国が集まったところであわやせり売りされるかというときに、からくも取り戻すことができたのだが。

当局はこうした男たちのことをよく知っていて、何をしているのかはっきりとわかっているかぎりでその活動を容認している。彼らを監視下に置くことを責務とする連中が神経をとがらせ不安になるのは、彼らが姿を見せなくなったり、確たる理由もなく意外な場所に現われたりしたときである。

そのほかにも、それぞれの国から来ている在留外国人で、ちょっとした情報を送るような立場にいる男や女がいて、その情報が非常に重要なものだと判断された場合は、現場にいるプロフェッショナルか、特別に派遣された者が調査することになる。

スパイの階層中もっともさげすまれるのは、金や贈り物のために、あるいは自堕落であったり無謀であったりして脅迫されるはめになり母国と同胞を裏切る、不実な、不満を抱えた手合いだった。こういう連中は軽蔑にも値しない裏切り者であり、捕らえられたりした場合にはそれなりのあつかいを受けることになる。

そしてここに、新たなスパイのカテゴリー――意外な組み合わせのコンビが誕生した。犯罪界のナポレオンと――あえてこう記そう――あらゆる民間探偵の中の第一人者である。これは、私にとっては、うす気味の悪い経験だった。まるでフランケンシュタイン博士のモンスターにでもなったように、自分自身とは異質な人間が制御する動力をからだに移植されたような感じだった。

こういう情況になったきっかけは、三年前の一八八八年に端を発する。この年、ドイツの科学関係出版物、『ヴィーデマン年代記』の第三十四巻に、「大気中の電磁波とその反射について」と題する論文が掲載された。著者は三十一歳のドイツ人物理学者で、カールスルーエ工科大学実験物理学教授の

ジョン・P・ホランドが建造し、1900年にアメリカ海軍が採用した、電動力による潜水艇ホランド号の断面図。アメリカとロシアも世界の強国であり、絶え間ない競争においては、精力的にスパイ活動をして進歩に遅れをとるまいとした。

ハインリヒ・ヘルツ博士。論文の内容は、スコットランド生まれの物理学者ジェームズ・クラーク・マクスウェルが十年ほど前に提唱していた——彼はその後死亡した——数学的理論が正しいことを、実験によって証明した経緯を詳説したものだ。

数学の書式によって、言葉で表わせるよりもずっと正確にファラデーの電磁場の理論を表わそうとしたマクスウェルの業績は、一八七三年に「電気および磁気について」という研究論文で絶頂に達したのだが、モリアーティはこの論文が自分の『小惑星の力学』にほぼ匹敵すると豪語したものだ。

「もちろん」彼はいやみたっぷりに付け加えた。「マクスウェルは連中

ハインリヒ・ルドルフ・ヘルツ（1857〜1894）。ドイツの物理学者。カールスルーエ工科大学の実験物理学教授時代に、クラーク・マクスウェルの電磁波理論をさらに発展させた。ドイツ政府が機密扱いにしたので、私たち諜報エージェントは彼の研究に注目した。

とずっとうまくやっていた。私にはできなかったことだがね。彼は六〇年代に、ロンドンのキングズ・カレッジに物理学と天文学の教授職を得た。だが辞職して、カークーブリーシャのすまいで個人的に自分の研究をしたのだ。連中はだれかが身を隠してしまって探りも入れられなくなると、いてもたってもいられなくなるものだから、ケンブリッジの実験物理学の教授職をえさにして彼をおびきだそうとした」

「彼はえさに食いついたのか？」

と私は訊いた。

「ああ、そうだ。食いついて、成功した。私が彼の立場だったら拒絶して、連中がまた別の手で私を

ジェイムズ・クラーク・マクスウェル（1831〜1879）。イギリスの物理学者・数学者のなかでも最も偉大なうちのひとりであり、ケンブリッジの初代実験物理学教授でもある。1873年の『電気および磁気について』は、自分の『小惑星の力学』とほぼ同じくらいすばらしい論文だ、とモリアーティは言っていた。

釣りあげようと頭を悩ますさまを見て喜ぶところだが」

ジェイムズ・クラーク・マクスウェルがイギリスの物理学者と数学者のなかでも最も偉大な人物のひとりと言われていることを指摘しようとして、私はぐっとこらえた。片や私の目下の相棒は、陸軍の個人教授に行き着き、そのたいした才能もいやみと嫉妬にむしばまれて、学問的業績は犯罪のひとつに変わり果ててしまった――それだって私の個人的な努力によって失敗に帰したということを、彼に思い出させてやってもよかったのだ。

手短に語ろう。私たちはひと晩野宿をしたあと、峰の背後から夜明けの最初の光がもれるとともに起き上がり、出発した。前日の歩きと日没時の寒さとでこわばっていた手足は感覚を取り戻し、じきにルツェルンへ向から足取りも楽になった。歩きながら、私はモリアーティに自分たちの使命の背景を語らせた。マイクロフトは、モリアーティが細かい点まで十分によく知っているのだからと言って、私には大まかなところしか説明しなかったのだ。

「きみもわかっているとは思うが」モリアーティが高慢な調子で言った。この仕事では私よりも権威ある立場にあり、また自分のほうが事実をよく知っていることをうれしがっているのは明らか。「政府は翻訳者を雇って、国外の政治、経済、科学関係の定期刊行物を追いかけ、利益を生みそうな記事に注目している。『ヴィーデマン年代記』でヘルツの論文を読んだ男が、内容を要約してホワイトホールの科学部門かどこかに回したのだが、そこの連中の習慣で、書類は何も考えずにファイルされてしまった。並みよりもちょっとばかり敏感なやつが、ヘルツの研究が意味するところをじっくり考えてみることもなかった。その内容はだな、きみのためにできるだけ簡単に説明すると……」

「それはどうも、教授」

「……もしも電波がワイヤやケーブルがなくても空気を伝わるものなら、それを操作し変化させる手段が見つかれば、メッセージを運べるはずだ。軍の司令官が電波を受信する装置を身につけ、従来どおり暗号翻訳の鍵を持っていれば、電波を通常の言語に変換することができる。敵方に電信機のワイヤを切断されて通信が途絶えることを心配する必要はなくなるのだ」

「そうなればまったく申し分ないが、だれかにできることならほかの者にだってできる。ドイツがそうしたシステムを完成させた、あるいは完成させようとしているとしよう。その他の強国がその装置と暗号の鍵を手に入れ、自由に盗聴するために必要なものをそろえようとやっきになるのは目に見えている。ワイヤを切断されることはなくなるだろうが、盗聴してくれといわんばかりにむきだしにされることになるんじゃないか」

「そのとおりだ」モリアーティは認めた。「しかし、信号を望みの方向だけに向けて発する方法が見つかったとしてみたまえ。それは目に見えないワイヤを空中に張ることと同じだ。ちょっとした物議をかもすことになると思うがね」

「乗り越える道があるものだな」

「だが、時間はかかるはずだ。先んじた者は、ほかの者が追いつくまでは優位に立てる。その時間差が、決定的な成功を招くかもしれないのだ。いいかね、ホームズ君。ヘルツの論文は八八年に発表されている。三年前だ。その後どの程度研究が進んでいるかはわからないのだ」

「ふむ、そいつをぼくたちがかぎ出すことを期待されているんだな。でも、理論と実践のあいだには違いがある」

「そのとおり。ダ・ヴィンチは四百年以上も前に人力飛行の理論を考えているが、一八九一年になっても、われわれ人類はまだ空を飛んでおらん。きみの言うとおり、理論と技術的にできることとは別物だ。それでも、ある理論が実現されるのに何世紀もかかったからといって、別の理論も必然的にそうなるだろうと考えてはいけない。だからこそ私が、このカールスルーエ行きを頼まれたのだ――わが国のために、連中の仕事がどこまではかどっているのか探り、出し抜ける可能性がないか知るためにね」

彼が今回の使命をまるで自分だけのもののように言っていることは、私も気づいていたが、腹は立たなかった。ふたりのうちでも自分こそが重要人物なのだと思うのは、いかにも彼らしいことだ。それに、私たちが探している答えを手に入れるかどうかは、彼の頭脳にかかっていた。私が兄に、彼の立てた計画は途方もないと言ったときの答えは、こうだった。

「シャーロック、わかってるだろうが、私はきみの捜査と推理の才能をかぎりなく重んじている。きみならあちらに行っても科学の世界にうまくとけこんで警戒されずにやっていけると思っている。まちがいなくこつこつと知識を収集するだろうし、実験の現場にも入りこむかもしれないな。だが、見聞きしたことを解釈することはできるだろうか？　正直に言ってくれ」

私の正直な答えは、できないだろうということだった。それでも私は、絞首刑にされるべき大犯罪者でおまけに偏執狂の男を信頼して働かせるということの非常識さに、難色を示した。

「まさにそれゆえなんだよ」マイクロフトはにやりと笑った。「ナポレオン・ボナパルトは、過ちや欠点の数々にもかかわらず堂々たる態度を貫きとおして、彼にとって最善の結果を達成した。自分にはうまくやれる能力があると絶対的に信じていたから、だれも考えつかず、やってみようとも思わないようなことを企てたのだ。モリアーティもそれと同じ性格の人間だよ。彼にも確信がある――頭脳の面から言えば、自分は雑魚のなかの一匹の鮫だという確信が」

「鮫というのはほんとうだな」

「まさにね。だが、今の彼は大きな挫折を味わった鮫であり、彼を最も強く駆り立てるものこそが挫折だと言える。彼を犯罪に走らせてきたのも、挫折だった。自分が手に入れたと思った名声を嫉妬深いライバルが認めなかったとき、彼のゆがんだ精神はあらゆる人間は自分の敵だと思い込んでしまい、犯罪帝国を築くことで社会に復讐することにしたのだ。犯罪の世界でも、彼が学問の世界で鍛練したことは発揮できる。自分を誹謗中傷した者を殺しに出かける以外は表に現われず、彼に代わって汚い仕事をできるように組織を徐々に作り変えていった」

「犯罪帝国を築いても、みずからが皇帝即位の宣言をできないのなら、役に立たないじゃないか」と私は指摘した。「即位宣言をしたが最後、首にロープを巻きつけられることになる。彼はけっして王冠を頂くことのない、首をくくられる運命の皇帝だよ」

「そのとおりさ、シャーロック！　まもなくロンドンは、組織的犯罪を空前の規模で摘発するために少々騒がしくなるだろうが、それでも彼の名前は浮かばないだろう。自分の身の安全のために、そういう組織づくりをしたからだ。彼の法外な犯罪行為が露見しようかという今、宣言などしたら絶対逮捕される。

捕まって罪に問われた犯罪者にとって、自分がどんなに恐ろしいことをやったか自慢する慰めだけはつねにある。だが、死刑台で演説をぶつ、被告席から大声で叫ぶ、新聞記者に忌まわしい発言を吐く――そんなきわもの的な自己宣伝が、モリアーティにはできない。数学の研究で喝采を浴びることに失敗したなどということは、この問題に比べたらたんなる苛立ちにすぎないとさえ思える。

というわけで、彼にとってのワーテルローの戦い前夜、祖国に大いなる潜在的貢献をして罪ほろぼしをし、名誉を挽回するチャンスを、私は彼に与えたわけだ。彼には、私たちの重荷になっている問題を彼ひとりで処理してもらうと説明してある――実際にそうなるかもしれん。彼に自分を試すよう要求したんだ。彼は受け入れた。たんに首根っこを押さえておくよりも、彼のいう最優秀な頭脳の力量を見せつけるための最後のチャンスをつかませてやるほうが、ましなのではないかと思うのだ」

「マイクロフト、自分のしたことがむだになるかもしれないと考えてみたことは？　ドイツ人がやっていることは、戦略的な意味など何もない、ありきたりの実験だとわかるかもしれないじゃないか」

「考えていたさ、シャーロック。先日の報告書が届くまではね。その報告書によると、カールスルーエでの電気力学の研究にかかる費用はドイツ政府が直接肩代わりしており、このテーマについて論文を発表することは禁じられているということだった。きみの質問に対する答えになるかね？」

「完璧だよ、マイクロフト」

(1) いずれも〈ブルース・パーティントン型設計書〉の中で、問題の設計書を盗むといった大胆なことのできる数少ないスパイだとマクロフトに指摘された人物。うしろのふたりは〈第二のしみ〉の事件でもホームズによって同じような指摘をされている。

工科大学《テヒニッシェ・ホッホシューレ》の講座

山中で一夜を明かしたあと、モリアーティと私は魅力的な町ルツェルンに到着し、質素だがきちんとした宿に部屋を取ることができた。もっと上等なホテルに泊まることもできたが、私たちのどちらかが見つけられる可能性も大きくなるだろうということで、意見が一致したのだ。

旅行中の紳士にふさわしい持ち物をそろえることで、私たちはのんびりと数日を過ごした。夕食をともにし、夜はチェスを楽しんだが、言うまでもなく彼は優秀なプレーヤーであった。少しずつ知り合っていくにつれ、ライヘンバッハの岩棚に立ったあの瞬間以来私たちのあいだにずっとあった緊張感も、しだいにゆるんでいった。だが、私は毎晩部屋に下がるとドアにきっちり鍵をかけたし、モリアーティが自分の部屋から私の部屋の窓に到達できるようなルートがないことを確かめてもいた。おそらく、彼もまた同様にしていたことだろう。

彼が私に話しかけるときにときおりみせる、嘲りや皮肉な語調もなくなっていった。私たちの関係は、互いに礼儀正しいが堅苦しいところはなく、くつろいではいたが温かいところがないというものだった。いわばつくりものの親しさであり、体裁上必要なときは、おどけてみせさえするわけである。私はこの風変わりな相棒に積極的な興味を持ち、狭い宿のなかで彼を研究しはじめた。

ルツェルンでいわば個人的な用事をすませた私たちは、再び鉄路を取って、バーゼルに移動した。そこでドイツ国境を横断して、フライブルクとバーデン・バーデン経由でカールスルーエに向かった。当時はもちろんパスポートというものがなかったため、私はフィッシャー、モリアーティはエサリッジと名乗ったが、何の問題も発生しなかった(1)。この名前で、私たちは市街地でも歴史の古いあたりに快適な家具付きの部屋一組を借りたのだった。街の通りは扇型に広がっていたが、その中心はやや地味な十八世紀フランス様式のシュロス(宮殿)で、バーデンの辺境伯《マーグレイヴ》、カール・ヴィルヘルムが、元は狩猟場だった敷地に建てたものだった。この辺境伯の名のもとに、ここを中心として集落ができていったのである。

形勢を見定めるのに二、三日かけたあと、私たちはテヒニッシェ・ホッホシューレ――現在それに相当する言葉を英語から選ぶとすれば、工科学校《ポリテクニク》であろう――に出頭し、事務長との面会が許可された。彼は小柄な太った男で、あごと首と尖った口ひげがひとつにつながっていた。

「あなたの手紙は受け取った。ヘル・エサリッジ」

そう話しかけられたモリアーティは、新しいフロック・コート、広がったカラー、真珠のタイピン、がっちりした額から後ろへ平らになでつけた灰色の薄い髪のおかげで、非常に品が良く見えた。相手は彼の頭の揺れに惑わされているようだったが、それは餌食の前でゆらゆら動くニシキヘビを思い出させた。

「ヘル・エサリッジ、あなたとあなたの友人は、この施設での研究課程に入りたいと望んでおられる。そうですね?」

バーデンの統治者、カールスルーエ辺境伯のシュロスは1751年から1776年にフランス様式で建造された。ここで催されたレセプションのオーケストラで演奏したことにより、私は電磁波に関する秘密実験が行なわれる研究室を見ることができた。

「いかにも」モリアーティは、面接者の不器用な英語に対して流暢なドイツ語でもったいぶって答えた。「私の立場をご説明しましょう。私は長年、英国の学校で科学と数学の教師を務めていましたが、最近自分自身の学校を経営しはじめて、男子学生に入試勉強を教えてきました。フィッシャー氏は私の第一助手でした。しかし昨年、私は幸運にもかなりの額の金を亡くなったおばから相続したのですが、それは私の人生の残る日々を保証するに充分以上のものだったのです」

「我々がみな、そのようなことを期待して生きられればよいのですがね」と事務長は冗談めかしてつぶやいた。

モリアーティはうなずいた。「実のところ、似たような大きさの頭に同じことを叩き込もうとする必要がなくなったという恩恵に浴し、私はほっとしました。私にとって数学は、若き日々には情熱の対象であり、歳をとってからは生計の手段でした。その分野において最も権威ある国で知識の泉に接することが、人生の大望だったのです。音楽の世界で言うならば、一度は巨匠たらんと夢見たヴァイオリン弾きが、ウィーンでモーツァルトを学びたいという絶望的な希望を抱きながらオーケストラ席で演奏しているようなものです。とすれば、本気で数学に没頭しようという終生の大望を持つ者の求める場所は、科学の真の故郷、ドイツ以外にあるのでしょうか?」

このセリフは太った小男の職員に説得的な効果を上げており、個人的には喜んでいるようだった。彼は微笑んで力強くうなずいた。

「ここのような施設がアマチュアの紳士を受け入れることは、決して珍しいことではありません」

私はあえてモリアーティの顔から目をそらしていた。彼は不思議なほど平静さを保っていたが、二

カールスルーエの通り。この左側に工科学校が立つ。シュロスの秘密の地に研究が移されるまで、ここで物理学者ヘルツが電磁波の研究をした。私はいわゆる〝大空白時代〟の大部分をここで社会人学生として過ごした。

項定理と小惑星の力学に関する天才に対して不用意に使われた言葉のせいで、それも崩れ去るのではないかと思ったからだ。だが、彼としてはプライドをぐっとのみこんでおくほかに道はなかった。そして、私のことをあくまでも旅の道連れとして雇った者とし、難解な講義に対して自分は楽しみを見出せるが私のほうはたいして得ることがないだろう、と事務長に印象づけることで、わずかながらプライドを取り戻していたのだった。

かくして私たちは授業料を支払う学生として入学を認められ、毎日でもときどきでも、選択した修学課程に自由に参加できた。電磁波をテーマにした実験については、この段階では調査しないことで私たちは合意した。工科大学の構内への立ち入り許可と活動の範囲を獲得しただけで十分だったのだ。あとは追って進めることができた。

ハインリヒ・ヘルツがすでに学部の一員ではないことは、わかっていた。彼は論文の発表からほどなくボン大学に移っていたのだ。当初、実験設備も彼と共に移されていて、その理由はドイツ政府が興味を抱いたからだと思えた。だが、かんたんな調べの結果、彼は致命的な病気であり、実験は終えていたということがわかった。その三年後の一八九四年に死去したとき、彼はわずか三十七歳だった。そのことは私の疑惑をかき立てたが、証明することはできなかった。

同じ分野の実験科学者としてカールスルーエで名を知られていた人物に、カール・フェルディナント・ブラウンがいた。彼はその何年かのちに——正確には一九〇九年だが——マルコーニと共にノーベル賞を受賞することになる。彼もまた、私たちが来るころにはカールスルーエを去り、チュービンゲンで実験物理学の教授職に就いていた。このことは私たちの目的にとって凶兆と思えたが、あえて何も追及しないことにした。私たちは目と耳を開いておく一方で、外国人の好事家二人組だという印象を刻みこむことに時間をかけなければならないのだ。熱狂的数学好きと公言するからには、教授のすぐれた頭脳にとってあまりにも初歩的な講義であろうと、勤勉に出席し、つねに熱心さを見せなければならない。そのことを指摘して彼をやりこめるのは、ちょっとした喜びだった。

「それがどんなに退屈かということが、きみには見当すらつかんだろう」

ある晩の食事の席で、教授がつぶやいた。「シェイクスピアが韻律の踏みかたについて教授されるようなものだ。意見を求められたり、討論になった時には、わけのわからないことを言う素人を装って、連中がクスクス笑うのに耐えねばならないのだ」

「いい心がけじゃないか、教授」

「けっ！」

マイクロフトは、ヨーロッパの科学者社会が割合に小さく、非常に〝国際的〟であるということを指摘して、こう警告してくれていた。

「そこでは国境も関係なくだれもがお互いを知っている。モリアーティを使うことの有利な点は、彼の業績については随分と論議されてきたにもかかわらず、人物としては割合に知られぬままだったということだ。だが、そこにこそ、きみの仕事があるのだぞ、シャーロック。彼をなだめ、その忍耐の手綱を握るのだ。退屈さや焦燥感から彼がそれを解き放つことがあれば、彼の演じている役割としては絶対に持っているはずのない高等な知識が発覚して、まわりの好奇心を引き寄せてしまうだろう。そうすればドイツ人たちは、その徹底主義をもってして、私たちがされたくないような質問を必ずるだろう」

時はゆっくりと過ぎ去ったが、最初の年は特にそう思えた。スパイの役割として要求される不活動ぶりが、予期していた緊張とはあまりにも違っており、私はいらだちはじめる自分に気がついたのだった。

英国との連絡は、マイクロフトを経由してのみ行なわれた。たまに来る手紙は毎回さまざまな筆跡で宛名の文字が書かれ、英国の他に、いくつもの異なる国の消印が押されており、明らかにそれらの地にいる彼のエージェントが彼のために投函したものだった。カールスルーエのだれかが私たちに疑惑を抱いて、郵便物を監視しているというような気配はほとんどなかった。警戒すべきようなものはまだ何もないのだが、彼が慎重を期していることはたしかだった。

モリアーティは英国の新聞をいくつもむさぼり読み、彼が雇った覚えのない男女を訴えた長々と続く裁判をくわしく調べていた。彼とマイクロフトとの協定には、そのうちのだれかとかかわりあったことが明るみに出ても彼は告訴されないという保証を含んでいたため、自分がかかわっていることを私が承知している事件について、彼は公然と議論しては、犠牲者の選定の理由、計画、犯罪の実行という点まで説明した。そうした説明から、私は彼の手法がさらによくわかるようになった。私たちは日ごと公判を追いかけ、新しい面が現われるたびに論じあった。検察側の証拠が的はずれだったり、証言に食い違いがあったりすると、モリアーティはうれしそうにクックッと笑うのだった。

いくつかの犯罪はまったく動機がないと思われた。ある学者たちに対して犯されたものは特にそうだったが、過去の事実を総合して推論していれば、彼らがモリアーティの論文を侮辱したことで知られる人物であるとわかったはずだ。これら以前は立派だった人々に対し、金銭と性をからめる彼の手法には嫌悪感を感じたが、彼らの弱点や攻撃されやすい特色を探し出し、彼らを誘惑し、そそのかし、最終的には罠にかける一方、一度も彼自身の姿を見せず、彼が少しでもかかわっているかもしれないという容疑に根拠を与えないという技術は、賞賛せざるを得なかった。

恐喝による有罪判決が増えていくにつれ、その被害者が実はモリアーティの学問を誹謗中傷するという罪を犯していたこともわかっていった。彼は復讐を強行するために、犯罪と法律を交互に使用したのだ。このことは、まぎれもなく強迫観念の研究であり、被害者を最悪の結果から救う手助けができないことで自分の無力さを感じさせられるものであった。

私は必然的に、自分たちの任務が終わりを迎える日のことを考えた。そのとき、この怪物に何が起こるのだろうか？　私たちの成功は――任務をなしとげたと仮定してのことだが――彼に改心させたり、復讐への渇望を満足させたら犯罪界に戻る理由はないということを納得させるに足るものだろうか？　結局は彼の心臓に銀の弾丸を撃つか杭を打ち込むことで問題を解決するのが、私の義務となるのではなかろうか。

そういうことになったら、さらに邪悪になった心の中で、彼はどんな計画を私に対して仕組むことになるのだろうか？　この強制的な休戦が終わったとき、彼について知りすぎてしまった私を生かしておくことなど、彼にはできないだろう。

もっと具体的なかたちで私の頭を悩ませることもあった。彼がそれぞれの新聞の報告に丹念に目を通すのを観察していると、つねに何かを見つけようとしては失敗しているようなのだ。彼自身の名前ということは、ほとんど考えられない。訴訟手続の大半は彼にひとことも触れることなく終わったし、彼の名が新聞に載るにしても、それは、〃故〃モリアーティ教授だったからだ

なのに、彼の抱いているらしい不安感は日ましに大きくなるように感じられた。間接的に、私はそのことを彼から聞き出そうと試みた。彼は答えなかった。だが、彼が悩んでいることは確かだった——そしてそのことが、私をも悩ませたのだった。

（1）〈花婿失踪事件〉にエサリッジ夫人という人物の名が出てくるが、綴りは“Etherege”。こちらは“Etherage”である。なお、サー・ジョージ・エサリッジ（一六三五〜九二）という英国の喜劇作家もいる。

最も精巧な銃

いくら愛好家だと公言していたとはいえ、英国人の素人研究家とその友人が明けても暮れても数学に専念しているのでは、工科大学の当局は不自然だと思いはじめるかもしれない。そこで、モリアーティと私はしょっちゅうカールスルーエの外へ出かけていった。

私と同様、彼もかなりの音楽好きだったため、モーツァルト一族の足跡をたどって旅をしようということでふたりの意見は一致した。ミュンヘン、アウクスブルク、マインツ、フランクフルト、コブレンツ、そしてもちろん、カールスルーエからあまり遠くないマンハイムといった、南部ドイツおよびラインラントの都市などで時を過ごしたのだ。別の機会には、ザルツブルク、ウィーン、リンツを訪ねた。

モリアーティは、天才モーツァルトは数学的な才能も持っていたのだと、しきりに力説した。思うに彼は、数学と優雅な心とは切り離すことのできぬものだということの例として、あげていたのだろう。彼はまた、バッハのゴルトベルク変奏曲は数学的演習として特にすぐれたものだとした。それに対し私は、ベートーベンはポケットの中の小銭を数える程度の能力しか持っていなかったものの、自然の音と風景の助力を得て五線紙を見事にあつかっており、ディアベリ変奏曲は手法こそ異なるがゴルトベルク同様実に驚異的なものであると、おだやかに反論したのだった。

十六世紀ヨーロッパ音楽界で作曲家としての最高峰をパレストリーナと競いあったオーランドゥス・ラッススの業績に私が注意を引かれたのも、この時期だった。彼はベルギーに生まれたが、成人してからは生涯の大半をミュンヘンで過ごし、一五九四年にその地で没した。彼の子孫たちはまだそこに住んでおり、ちょうど私たちが最初にその地を訪れたとき、彼らは先祖の文書を相当数売りに出した。また、注釈の付いた彼の書簡集の薄い本が出版された。私は競売に出席して、いくつかの品物を購入したほか、その本と、ラッススに関する本一、二冊を手に入れた。彼は生涯では二千を優に超える作品を作曲し、うち五百ほどは聖歌曲《モテット》だったという驚くべき人物なのだ。

ラッススをみつけた時期は、私にとって都合のいい頃だった。というのも、すでに一年以上にわたっていた私たちの任務が、さらに続くだろうということが、しだいに明確になってきたからだ。

スパイ業務について私の持っていた先入観は、かなり改められていた。犯罪との闘いにおいては、いわば過去にさかのぼって仕事を進めるのがいつものことだ。ほとんど常に予測しがたいかたちで、まず先に犯罪が起こる。私の役目は、状況やあらゆる手がかりや確実な推理を互いにつなぎあわせ、そこに至る出来事の連鎖をたどることである。そうすることによってのみ、いかにして犯罪が行なわれたかということや、事件に関係した未知の人物の肉体的・精神的特徴について、正確な断定を下すことができる。そこから私はある結論を導き出し、推理を進めることで、彼もしくは彼女の次の行動や共犯者を予測し、彼らが発見される可能性の最も高い場所と、どうしたら最もうまく逮捕できるかということを予測できるのだ。

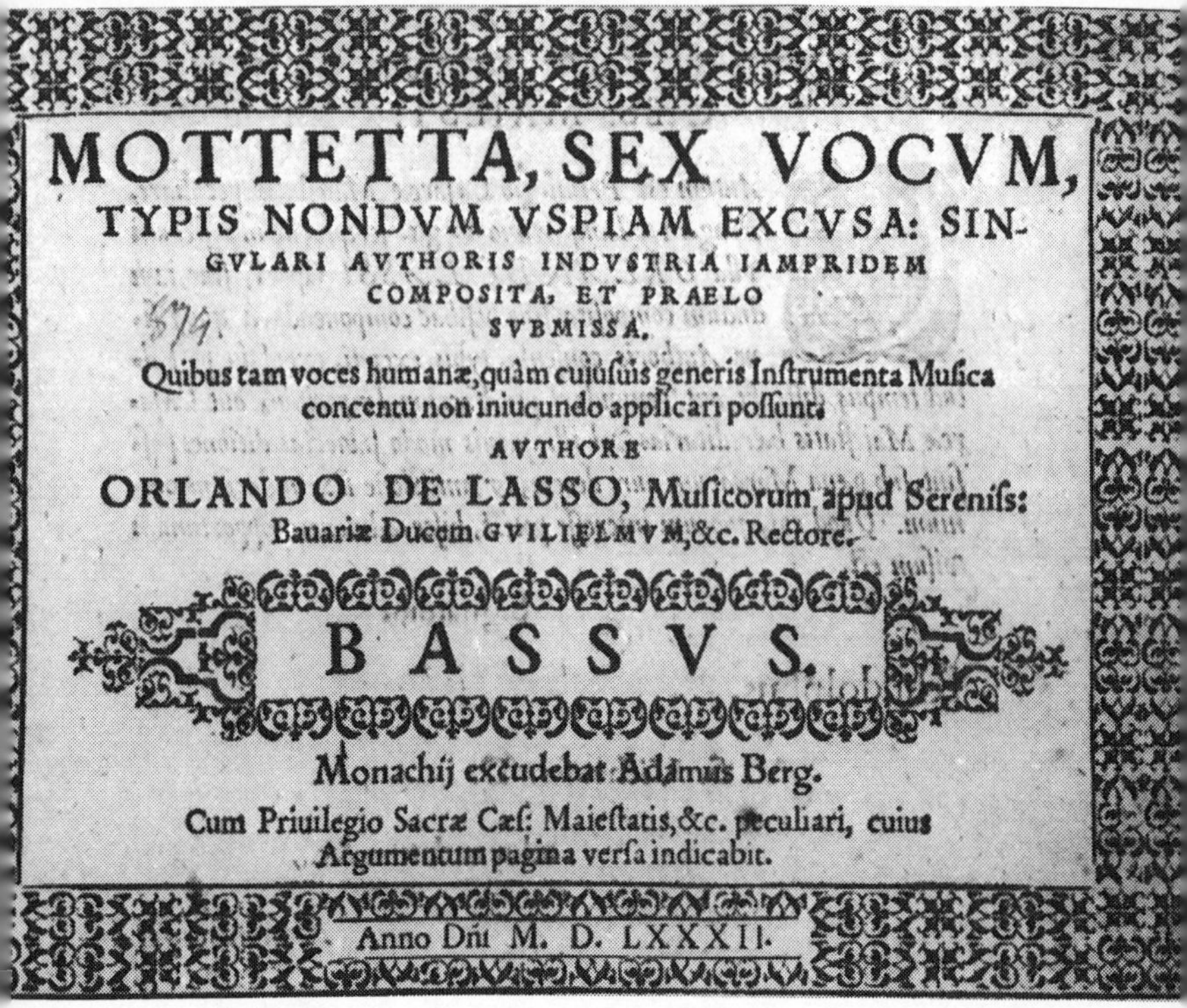
MOTTETTA, SEX VOCVM,
TYPIS NONDVM VSPIAM EXCVSA: SIN-
GVLARI AVTHORIS INDVSTRIA IAMPRIDEM
COMPOSITA, ET PRAELO
SVBMISSA.
Quibus tam voces humanæ, quàm cujusuis generis Instrumenta Musica
concentu non iniucundo applicari possunt.
AVTHORE
ORLANDO DE LASSO, Musicorum apud Serenis:
Bauariæ Ducem GVILIELMVM, &c. Rectore.
BASSVS.
Monachij excudebat Adamus Berg.
Cum Priuilegio Sacræ Cæs: Maiestatis, &c. peculiari, cuius
Argumentum pagina versa indicabit.
Anno Dñi M. D. LXXXII.

ドイツの作曲家オーランドゥス・ラッスス（彼の名前の表記にはいくつか異なるかたちがある）の1582年版の聖歌集。私がカールスルーエ時代に行なった彼に関する研究は、1896年に研究論文「ラッススの多声楽聖曲」の出版というかたちで実を結んだ。

そのプロセス全体が数日以上かかることはめったにない。なぜなら、私がいつも唱えてきたように、さかのぼっての推理はそう難しくないからだ。人はたいてい先を見ようとするもので、自分の考えていることや信じることがどんなふうに起きていくかということに注目する。たしかに、それが日常生活の出来事をあつかううえでの主要なプロセスだ。だが、私の方法は人々に強烈な印象を与えたものとはいえ、もっと単純なものである。要するにそれは、既知の事実に対する考察がもとになっている。それに対して、先のことを予測するのは、未知のものをあつかうということなのだ。

このことは私にとってつねに、人生における明白な事実のひとつにほかならなかった。賭けてもいいが、不確定なものにもとづいて推理をする人たちが五十人いるとしたら、過去に起こったことを分析し、それにもとづいて推理をする者はひとりしかいない。歴史についての知識が深いほど現在の人間についてよく理解できるということは、言うまでもない。それが最もあてはまる分野が犯罪の解決なのであり、数えきれないほどの私の成功例は、みな先例の研究によるものなのだ。

一方のスパイ活動は、まったく異なる仕事だった。それはまさに先を見ることであり、他者の状況と意志を見いだす問題なのだ。彼らが何をしたかではなく、彼らが何を、いつ、いかにするかであり、未知の利益は何か、なのである。聞いて、見て、待つ、というゆっくりとした骨の折れる作業であり、ほんのわずかな結果か、またはまったく何も得られないことすらあって、私のような気性の人間にはこれ以上むかない職業もないというほどだった。

だから、パーセルやモンテヴェルディと同じく、あまり演奏されず、注目もされていないラッススと彼の音楽を発見したときはうれしかった。メンデルスゾーン、ブラームス、リスト、サン・サーンスは当時賞賛されていたが、テューダー派とその海外の同時代人たちは滅多に聞かれなかったのだ。私はまた、リヒター、サラサーテ、ノーマン・ネルーダ夫人などの優れた演奏家を通じ、美しい旋律の十九世紀音楽も堪能した。延々と続く非活動的なカールスルーエでの生活のせいで、私の心はなんらかの刺激というか、私を夢中にさせて頭脳を働かせておくような知的冒険を求めて叫んでいた。

そんなわけで私は研究論文『ラッススの多声楽聖曲』を書くことになったのだった。論評したわずかな専門家たちの意見は、この主題に関する最終的結論となっている。論文は一八九六年に少部数の限定出版物として発行されたが、私は書籍出版業組合事務所に版権を登録したり国立図書館へ納本するという労を取らなかった。一冊だけ自分用にとっておいた論文をマーサと私はそこらじゅう探したのだが、無駄骨だった。残存している本はほとんどないし、参考にされることもないだろう。ラッススやその同時代人は、ほとんどの音楽愛好家が気づきもしない対象なのだから。

だが、五百を超えるいりくんだ声楽対位法の業績を研究しようという挑戦は、音楽学界に貢献しようというよりも、むしろ変化を求める心を満足させるためのものだった。論文を出版する前の年に、この研究の最終段階に取りかかっている私を見たワトスンは、彼特有の天真爛漫さで、私が最近習得した〝趣味〟であると考えた。それどころか、その時にはすでに数年間をつぎ込んできていたわけで、切手や葉巻の帯を収集する程度のことではないのだ。だが私は、ワトスンの音楽の好みを気にするのは随分と前にあきらめていた。ミュージック・ホールや『ギルバートとサリヴァン』よりも高級なものは望まないという音楽の好みに対しては、感銘を与えようとするほうが無理というものだ。

ついでに言えば、ラッススはスパイ業における先人だったのではないか、と私は考えた。彼の時代、音楽家、詩人、聖職者などは異国の宮廷に入る特権を持っていた。おそらく、彼がミュンヘンに帰ったときはいつも、マクシミリアン皇帝はその優秀な使用人を謁見させ、彼が見聞きしたことすべてを報告させていたことだろう。とはいえ、それを証明するに十分な事実はまだ何も発見していない。

だが、私がそうしたスパイとしての注意力を向けるべき相手は増えることになった。それに気づいたのは、モリアーティとともに再度ミュンヘンを訪問しているあいだのことだ。ミュンヘンでの私の目的は、ラッススの子孫探しだった。いまだ明らかにされていない一族の記録が存在するだろうという希望を持っていたのだ。ところが、やりたいことがあるので行きたいと漠然とした提案をしたのは、モリアーティだった。彼が犯罪稼業によって不正に手にした稼ぎは多くの国の無数の銀行に預けられており、そのひとつがミュンヘンにあることはまちがいなかった。

モリアーティが精神的に動揺しているらしい徴候は、日ましにはっきりしてきていた。おおっぴらに行動できないことからくる欲求不満を、私は抑えこむようにしていた。だが、図書館からの帰り道、私たちの目立たないホテルの近辺にある狭い通りに沿って歩いていたとき、私の少し前方にある門口に間違えようのない人影がぼうっと浮かび上がり、ホテルの方向に勢いよく急ぎ去るのを見た私は、いささかびっくりした。高い背丈、身をかがめた格好、扁平足ぎみの歩きかた、または――これが一番著しいのだが――絶え間なく揺れ動く頭を、間違えるはずもなかった。アストラカンのコートの襟を耳まで上げ、カメが甲羅の中へ入るように頭をその襟の中にひっこめており、いつものように目を引くことがないように努めている、という感じだった。彼は私に気づかず、私も彼に声をかけたり、彼に追いつこうとしたりはしなかった。そのかわり、私は通りを横切ると、彼が立ち去ったその建物を、表で立ち止まったり、よろい戸の閉じた窓に記されている名前を読もうと首を伸ばしたりせずに観察した。そこには、ひかえめなドイツ文字で『A・フォン・ヘルダー：機械器具』とあった。

　これ自体はたいした謎でなく、解くために時間を無駄にすることはないと私は決断した。再び通りを渡ると、店のドアを開けて勢いよく足を踏み入れた。

　そこは店というよりもむしろ作業場で、台帳をおいた小さなカウンターがあるだけだった。残りの空間は旋盤、作業台、そして頭上のホイールが駆動するベルトによって動く小さな機械で占められていた。金属とオイルの臭いが充満している。

　たったひとりいた人物は、白髪の小柄な初老の男で、衣服は油染みのついたキャンバス地のオーバーオールで保護されていた。その唯一印象的な容貌は、眼だった。完全に不透明で、瞳孔は青白色の薄膜で覆われているのだ。まったく眼が見えないのだということは、すぐにわかった。男がつかんでいる金属製の物体は、ライフルの銃身だった。

　私はドイツで使っている偽名、ヤーコブ・マウエルシュタインを名乗り、リヴォルヴァーを買いたいと言ったら同居人がここを勧めてくれたのだ、と言った。その同居人の名前を尋ねられ、シュミットという名しか知らないと答えると、男は何やら訳知り顔の笑みをうかべた。

「どんな様式のリヴォルヴァーをお探しですかね、ヘル・マウエルシュタイン？」

「大きくも不格好でもなくて、そう、……目立たないタイプがいい。目障りなふくらみができずに上着のポケットに入れておけるものだ」

　彼の表情はその盲目のゆえうつろな印象なのだが、困惑したように見えた。

「とすると、口径は大きくできませんし、他にも制限がでてきますよ」

「そうだろうな」

「しかも、私が間違っていなければですがね、お客さん。あなたは特別な細工抜きの、ごくふつうの武器が御入り用なんですね？」

「そのとおり」

「ああ、それじゃお気の毒ですが、あなたのお友だちのヘル・シュミットはあなたに誤ったことを伝えたようです。そういった種類のものは在庫にありません。私のところはすべて特別な注文によって、お客様の要求に合わせるのです。あなたがお望みのものは、街の銃砲店ならどこでもたやすく手に入りますよ」

私は少しいらだたしげな口調で言った。「時間を無駄にさせて申しわけなかったね、ヘル・フォン・ヘルダー。シュミットは十分たしなめておくとしよう。彼はもっとよく知っておくべきだったんだ」

老人は一向に気にしていないようだった。私は彼が推薦したいわゆる銃砲店の名前と住所をもらい、いとまごいをした。

だが、私はその店に行かなかった。フォン・ヘルダーの店への訪問は、私が必要とした知りたいことをすべて教えてくれたのだ。彼は特別な武器のみを作っていて、それらがカウンター越しに堂々とは入手できない種類のものなのは明らかであった。注文して盲目の機械工の台帳に名前と住所を書き、そのかわりにちょっとした額どころではない手付け金を支払った最後の顧客は、カールスルーエで私が最もよく知っている住所の、エサリッジという人物だったのである。

当然ながら、モリアーティの部屋をときどき調べるのは私の習慣になっていた。そして、私のちょっとした罠が作動していることからわかったのだが、彼はそれに対する返礼をしていた。私たちはお互いにわかっていながら、それに異議を唱えることはもちろん、口に出すことさえしなかったのである。

最後のミュンヘン訪問よりカールスルーエに戻ってからの数週間、私はあえてそうした検閲を行なわなかった。私は待つことで満足していたのだ。こうして、およそ二か月ほどたったころ、彼はミュンヘンにまた用事ができたと何気なく言ったのだった。今は旅行をする気にならないと言ってひとりで行かせれば彼が喜ぶはずだ、と私は思っていた。

「用事はうまくいったかね、教授?」戻ってきた彼に、私は機嫌よく挨拶した。

「ありがとう、ホームズ君」

「おや、見事な杖を奮発したものだね!」

彼は顔をしかめた。「生まれて初めてのことだよ。古い忠義者を辻馬車に置いてきてしまったのだ。馬車溜りに問いあわせたが、見つかったという報告はなかった。ああいった連中は信用できんな」

「これはまた、はりこんだね。メッキじゃない銀の握りかい?」

「そ、そう。ことによると少々贅沢だったが……」

彼は肩をすくめると、新しい杖を私にちゃんと見せもせずに立ち去ってしまった。私は彼を困らせるようなことはしなかったが、それはその必要がなかったからだ。銀製の握りを別にしてもいかに高価だったか、ライフルを仕込んだにしてはいかに軽いものか、ということを、私は完全に知っていた。ミュンヘンの盲目の男は、明らかに技を極めた名工なのである。銀の握りをねじってひっぱるだけで発射機構が現われ、骨組みだけのグリップが自動的に広がるのだ。

私が見抜くことのできなかったのは、なぜモリアーティが武装する決意をしたかということだった。マイクロフトの緊急指令でドイツ入りした私たちは、いっさい武器を持ち込まなかった。私たちは情報を収集するために送り込まれるのであって、暴力的な活動をするのではない、非武装で行けばその誘惑を遠ざけることができる、とマイクロフトは言明していたのだ。それに、もし疑惑を持たれて所持品を調べられた場合、武器が見つかれば無実を主張したところで説得力はないだろう。もちろん彼は、万一私たちがスパイの罪で告発されたとしても、英国政府は私たちとの関係をまったく否定するしなんの助けの手もさしのべない、と余計な警告をつけ加えた。

それなのに今、モリアーティはこの高価な武器を手に入れた。どこへでも疑われることなく堂々と持ち歩けるわけだし、いつでも撃てるように銃弾が装塡してあることはまちがいない。だが、なぜなのか? 少なくとも私に対して使うわけではない、ということにはかなり確信があった。もし彼が私を殺したければ、私たちはほとんどいつもふたりでいるか、同席の一座の中でいっしょにいるわけだから、好きな所で殺せたのである。

彼が私たちの捜し求める情報を自分だけで手に入れようと画策し、危険を冒しているのではないようにと私は祈った。彼が傷つくことにも、彼が秘密をふところに入れて持ち逃げし、彼と裏切りを共謀している他の勢力に引き渡してしまうことにも、なってほしくはなかった。共に派遣されたことによって私たちが築き上げた親密な相互理解は、彼の側で一方的にひっくり返すこともできるのだ。実際、そのころの彼に認められた緊張の兆候の増加は、行動にむけてしだいに高まっていたのだとも考えられた。私は以前にも増してきびしく彼を監視し、彼が交際する人物について詳しく記録を取りながら、うわべは知らぬふりをする、ということにした。特に、もし彼が亡命しようともくろんだならば、私のことを喜んで殺そうとするに違いなかった。当然、私は特別に警戒しなければならなかったのだ。

その一方で、物事はいつもどおりに続いていた。講義に出ていないときは、ほとんど人とのつきあいをしなかったのだが、私たちは工科大学の課外活動とでもいうべきコーヒーハウスやビアホールで、あえて学友と親しく交際した。そこでは愉快な会話が交わされ、チェスやチェッカー《ドラフツ》が競われた。ビールジョッキをリズミカルにごんごん打ちつけながら力強いドイツの歌をわめき、ビールやコーヒーを気さくなマナーで飲み干すのである。私はときどき借物のヴァイオリンで伴奏や独奏を披露し、心のこもった賛辞を受けるのだった。

学生たちは若者が圧倒的ではあったが、けっして全員が青少年というわけではなかった。私たちのような大人の学問愛好家も少なくなかったのだ。英国人は私たちふたりだけだったが、ドイツ人でない者はほかにも数多くいた。何年かのちに知ったことだが、そのうちのひとりは私たちと同じスパイだった。むしろ、出会ってまもなくスパイになったというほうが正しいかもしれない。彼の存在は、個人的には不快に感じたものの、モリアーティと私の任務にとっては幸運な偶然だった。

彼の名はイェーフノ・アゼフ。二十代初めのロシア系ユダヤ人だった。不快だったのは、彼の外見——短軀で、肥満体で、毛深く、汚い爪をし、衣服は見かけも臭いも清潔とは言いがたい——と個人的な性癖、そして野卑な会話だった。彼の主な話題は、自分がいかに女性を魅了するかということであって、その結果を彼はうれしそうに猥褻な言葉で描写するのだった。

私たちが英国人のためとりすましていると思ったのか、彼はからかうようにして私たちに直接話しかけてきた。ところが、私たちのほうは無表情のままで、モリアーティが無気味に頭をゆするだけだ。それにいらついたのか、相手はある日私たちに会うと、そばに寄ってきて私たちのために酒を注文し、おしゃべりを始めた。話題はすぐに彼自身のことに移っていった。

「おれがなんでここへ来たか知ってっか？　おれの故郷《くに》はロストフだ。ドン川のロストフだぜ、はん？　おれは金に困ったもんだから、じじいから金を盗んだのさ、はん？　あんな奴かまうもんかい——奴はたっぷり持ってやがったんだ。おれはなんにもなしだ。で、おれは盗んだのさ」

そして彼は騒々しい笑い声を轟かせた。

「そこで、サツがおれを捜しに来やがったから、ロストフからトンズラこいてきたってえわけだ。へっ？　そいからポーランドをぐるっとうろついて、ドイツに入った。そんで、ベルリンであのぐッとくるでっかい姉ちゃんをめっけたんだ……ああ、ゆんべ話したな——女の旦那がどんな具合に帰って

ドイツの学生たちが最もひいきにする類のビール・ケラー（パブ）。カールスルーエにいた私はこういった店に足しげく通い、騒々しいコーラスに加わったり、時々はヴァイオリンを弾いたりしたが、その結果として秘密研究所の場所を知ることができたのだった。

きたか。覚えてるかい?」

彼は再び、笑いに身を揺すらせた。

「そんでベルリンからもおん出て、汽車がおれをここへ下ろしたってわけさ。おれは工科大を見て、考えた。『ヘイ、イェーフノ、お前さんはどこかでちょいと落ち着かにゃならん。たぶんここでだ』ってな。そんでおれは、ここの電気工学科に入ったのさ」

このときモリアーティが私と同様に胸を突かれるような興奮を感じていたとしたら、実にうまく隠したものだ。いささかよそよそしい共同戦線を張ってきた私たちは、長いあいだ忍耐強く待ち続けてきたとっかかりに、やっと出くわしたのだ。

「もう一杯どうだい?」と私は言ってみた。

「ああ。シュナップス(オランダのジン)にしてくんな。このビールにゃゲップが出る」

彼は無遠慮にげっぷを放った。私はモリアーティのめくばせに気がついた。あいかわらず無表情であったが、これこそ好機の到来であり、そのためならどんな無作法にも耐えることができるのだと言っているのがわかった。

私たちはカールスルーエに来てから今まで、本来のねらいである電磁気学の実験に関する話題はいっさい口にしなかった。私たちはアマチュア数学者であり、それ以上のものではないと思わせたかった――若干変わり者で、世俗離れしているが、人を信じて疑わない英国人のふたり組。より好戦的なドイツの新聞や雑誌に載る一コマ漫画において、しばしば描写される典型の、生ける見本なのだ。一八五〇年代に英国に潜行して活動を行なっていたカール・マルクスやフリードリッヒ・エンゲルスが、当局から変わり者だが害はないとして見逃されていたことを考えると、私たちが発見されずにすむという見込みも十分あると思えた。とはいっても、不適切なことや気短な動きをすれば、不必要に注意を引きつけてしまうことになる。ドイツ人たちは、国境を海に囲まれていないので、英国人のような島国根性がないし、ひとりよがりにもあまりならないのである。

共に過ごし、任務について何度も議論してきたおかげで、モリアーティと私は相手の思考過程にうまく調子を合わせられるようになっていた。私たちが口に出さないで交換した意見は、犯罪者がこのようなことに走る——つまり異国の地で工科の課程をとるのは、奇妙なことだというものだった。もっとあり得るのは、彼が私たちと同様の調査をしているスパイで、ちょっと釣り糸をたらして私たちが見かけ通りの人物かどうかをためそうとしているということだ。もしくは、彼はドイツ側に雇われた不法行為をそそのかす工作員《アジャ・プロヴォカトゥール》で、私たちをためすときが来たと判断したのかもしれなかった。

「そいつは面白い学科なのかな?」と私はおだやかに尋ねた。

「ふぇっ? ああ、うむ、そう思うぜ。トラブルにはまりこむ前に、二年間ロストフでやってたからな。金持ちで年とった後家さんに眼をつけられるまで、自活するために何かやっておく必要があるからな。わかるか、おれの言ってること?」

「ああ、わかるよ。どのくらいここにいるつもりなのかな?」

彼は肩をすくめた。「金の続くあいだ——さもなきゃ後家さんが現われるまでだな」

もっと安全な場所にいたら、彼のその資金を補充してやることで情報交換をしようとしたことだろうが、ここではあぶない。それでも、私はあえてもう少しその話題を続けた。

「その分野の研究をするには、ここはかなり有名な場所だと聞いたけれどね？　あのプロフェッサー・ハートが……ハースだったかな？」

「ヘルッだ。彼はどこかへ移っちまった」

「彼の研究も一緒に？」

「あー、いや。そいつはまだ続いてる。けどな、秘密になってるんだ。シュロスの中でな。待てよ！」彼の顔は再び輝いた。「そいつをやりゃあいいんだ。オクラーナに手紙を書いて、もしおれを故郷《くに》へ帰らせてルーブルをたっぷりくれるんなら、報告してやると言ってやりゃあな。おーい！　ヘル・ディルト！　シュナップスとビールをくれ！」

「公の場でそんな冗談を口にするのは、やめたほうがいいぞ」とモリアーティが厳しく言った。「ドイツ人のユーモアのセンスには、限度があるからな」

「ふぇっ？　あー、わかってる。だがな、おれは冗談を言ってんじゃねえぜ」

彼は鼻の横を叩くと、横目でにらんだ。

私は、彼の話をまともに受け取ってびくついているふうを装った。「きみの言ってるのは、なんらかの方法で城に忍びこんで、ロシアの秘密機関のために秘密を盗み出すという意味かい？」

「なんでいけねえ？　ルーブルがたんまりだぜ。それに、もしかしたら金持ちで〝若い〟後家さんもだ」彼は唾を飛ばしながらひとしきり笑った。「英国人さんよ、あんたらはなんでも真面目にとりすぎらあ。もし本当に計画なんぞたててたら、あんたらに教えると思うかい、ふぇっ？」

私はほっとしたふりをした。「きみが私たちをかついでいるのはわかっていたよ」

「あー、いや。あんたの考えてることはわかる。イェーフノ・アゼフはとびきり切れる奴だからな。いいか――もしオクラーナが『オーケイ、イェーフノ、お前さんが連中の計画を手に入れたら、ルーブルをくれてやる』と言ったなら、そのとおりおれは手に入れるんだ」

「あの……城の上から？」私は苦労して、仰天したような声を出した。「でも、厳重に警備されているに決まってる。私が言ってるのは、研究所があそこに移ったというきみの考えが正しいとしたら……」

相手はひとことうなると、シュナップスを飲み干した。

「イェーフノが欲しいもんはイェーフノが手に入れる。いつもそうさ」

彼はそそくさと立ち上がると、他の者たちのところへ行った。

「まったくいらだたしいことだな、ホームズ君」とモリアーティーはつぶやいた。「奴が英国人だったら、今この場で彼の協力をあおぐところだが」

私はうなずいた。「彼はまさに本人が言う通り、十分な報酬のためならどんな危険な賭けでもするむこうみずなのだろう。だが、彼を信頼するのは致命的だ。少なくとも、彼はぼくらを脅迫しようとするだろうね。最悪の場合、ぼくらを仲間に引き入れて徹底的に危険にさらしておいて、売りとばすことだろう」

「とすれば、奴はわれわれにとって用なしだ。私たちにしゃべってくれた中身を捨て去るということではないがね」

「ぼくら自身でシュロスへ入り込むのかい？　賛成だ」

「唯一の問題点はいかに、という点だ——辺境伯のレセプションの招待状はないからな。素姓のはっきりしない外国人ふたり組が招待状をかんたんに手に入れられるとは思えんよ」

私も思えなかった。しかし彼の言葉が、私にアイデアを与えてくれた。ビアホールを出て、立ち聞きされない安全な環境でアイデアを教えよう。私はモリアーティに言った。彼は賛同して、仕込み杖を手に持った。私たちは新鮮な大気の中を散歩した。

私は今、後年見つけたイェーフノ・アゼフの写真を見ている。私が会った時よりも何歳か年を取っていたが、外見はよくなっていない。

彼がカールスルーエを去ったのは私たちと会話した数週間後だったが、実のところあれで彼は意を決し、専制主義者の秘密警察〝オクラーナ〟のための無慈悲な工作員になり、スパイになるという、悪名高い経歴に乗り出すことになったのでは、と思えるのだ。彼がオクラーナに手紙を送ったのは確かで、一か月に五十ルーブルという契約で（彼が自慢げに予想したほどではなかったと思う）ドイツにいる国外在住ロシア人の革命的集団に潜入した。彼のロシア本国での不品行が許されたのは、次にモスクワの地下革命組織をスパイすることになっていたからだった。

彼は皇帝のおじ、セルギウス大公の暗殺を計画し、実行したことで、さらに高みに昇った——私に言わせれば、落ちていったわけだが。ほかに彼の犠牲となった要人としては、評判のよくない内務大臣プレーヴェがいる。彼はオクラーナ自体の責任者であり、アゼフは彼を守っていると思われていたのだった。

その後、彼は再びドイツへ脱出せざるをえなくなった。一九一二年にフランクフルトで彼に会った

ロシアのスパイであり工作員であるイェーフノ・アゼフは、カールスルーエ工科大学で私の学生仲間だったころ、悪名高き経歴をスタートさせた。その外見と個人的習慣のひどさにもにもかかわらず、女性遍歴を誇っていた。

ある人物は、皇帝を暗殺するという終生の大望が果たせず苦々しそうだった、と述べている。

彼自身のその後の運命について、私は耳にしていない。この写真はどこかで海水浴をしたときのものので、背が高くていくぶん豊満な、なかなか魅力的な若い女性といっしょに写っており、彼は外見のことごとくに満足感を表わしてその手を握っている。イェーフノはおそらく、〝イェーフノが欲しいもん〟を手に入れ、他の多くの有名人たちと同じように、幸福な結婚生活のうちに他界したのだろう。

音楽の夕べ

「ホームズ君、きみは非常に頭がいいが、私に関するある重要な要素を見逃している」

「何がだね、教授?」

「もしきみがひとりで行ったら、何を探せばいいのかわかるまい。万が一それに出くわすことがあったとしても、きみはそれを確認できんはずだ。なのに、きみのうぬぼれのほどは、ほとんどあの嫌ったらしいロシア人なみと言ってもいい」

「いいだろう」と私は言い返した。「きみが行くがいい。だが、すぐにヴァイオリンのレッスンを始めたほうがいいぞ」

私は、街の中心にあるシュロスへの入場許可を得る計画をすでに練り上げていた。ドイツのほとんどの市や町と同様、カールスルーエも独自の劇場と劇場オーケストラを持ち、音楽学校も持っていた。だがけっして音楽と文化の中心というわけではなかった。州の統治者が宮廷オーケストラを維持することが盛んだった時代は終わっていた。十九世紀後半になって音楽の本質とオーケストラの構成そのものが大きく変わり、レベルの高い演奏が公衆のために行なわれるようになってきていたのだ。公国の大公や公爵、大司教たちは、宮廷音楽家の維持費を節約するようになり、レセプションや舞踏会を催すときには、軍隊に頼るようになっていった。当時の大陸の軍楽隊はむしろオーケストラに近く、英国の音楽堂では場違いともいえる、弦楽器などをそなえていたのだった。シュロスでの演奏はたまにしか行なわれず、客は招待者だけに限定されたものだった。たいていは外から身分の高い客が訪れた際に文化の程度を誇示するためか、少なくともダンス用の音楽を供するために行なわれるのである。辺境伯の役人たちは、そのつど街中にいるどこにも所属しない音楽家を雇い入れた。彼らはお抱え音楽家にはなれないが、コンサートごとに演奏料をもらうほか、つごうが悪ければ代理人をたてることができるという特権も持っていた。代理で演奏した者への支払いの額は、本来演奏するはずだった雇い主が自由に決めるのである。

カフェや酒場でヴァイオリンをひいていたせいで、私は何人かの音楽家と知りあうことができ、ともにおしゃべりや酒を楽しんだ——酒のほうが優先されることが多かったが。辺境伯のオーケストラで演奏するのには十分な腕前だと言われたことも何度かあり、とくに親しくなったある友人は、私にその気があればいつでも私を代理にすると気軽に約束してくれた。彼は可愛い恋人に求愛している最中で、彼女のためにあらゆる時間を捧げていたのだが、宮廷とのつながりも切りたくはなかった。次にそのような機会が来たら、彼の代理として喜んで演奏するよ、とひとこと言うだけでいい。彼はきっとそれに応じるだろうということは、わかっていた。

アゼフとの話のあとで私がモリアーティに説明したのは、こういうことだった。モリアーティも音楽好きではあるが、演奏家ではなく、よって彼をいっしょに連れて行くというのは問題外だった。私の計画に対して彼が不機嫌に返答をしたのは、彼の侵入できない所へ私なら入りこむことができる、という展望が気に入らなかったからだろう。自分のあずかり知らぬ所で起きたことが、何か不利益をもたらすのではないかという疑念から、いらだちを覚えているのだ。

　私は思いつくかぎりの言葉をつくして、彼を安心させようとした。秘密の実験室があるとわかった以上、シュロスに入り込むことはどうしても必要であり、そこは現在秘密実験室があるとわかっている場所なのだ。私には、彼には不可能な、入城が許される筋の通った理由がある。私が企てていることは、実験室の位置をつきとめ、私たちふたりで再び潜入できるよう、確認することだけなのだ、と。

「きみといっしょに行くことはできる」と彼は反論した。「楽器を持ち運んで音楽家を装うことくらいは私にもできるぞ」

「ぼくらの顔を知っている演奏者は、たくさんいる。彼らは、きみが演奏できないことを知っているんだ。みんなたちまち興味をもって、きみに質問することだろうさ」

「きみがひとりだったら、どうやってその場所をつきとめようというんだね？　きみはスツールに座り、ヴァイオリンを弾いているわけだが」

「休憩時間がある。かなり長いものがね。演奏家たちはそのあいだに食事をとることもあるし、トイレに行く必要もある。チャンスは作り出せるさ。ご心配なく」

「干し草の山から針を探すようなものだろう」

「まさか。ロンドン塔じゃないんだよ。宮殿といってもちっぽけなものだ。実験室がどのへんにありそうか、ここにいたって推測できる」

「どこだね？」

「可能なかぎり高い所だ。最上階か、もしくは屋上に特別な部屋を建造している可能性もある」

「なぜそう思う?」

「大気中に電波を発信する実験を行なっているからさ。彼らはきっと、電波の飛ぶ先にできるだけ障害物が少ない場所をさがすはずだ」

「だが、どこにあるかわかったとしても、実験室には入れんだろう。護衛がついているのは確実だからな」

「教授、きみが犯罪に従事していたころ、自分が関与していることを隠すためにほかの人間を使ったりせず、自分で直接動いていたのなら、こんなふうにしてくだらん論議で時間をむだにしてはいなかったろう。きみはいわば連隊を背後から指揮する将軍であって、成果は得るかもしれないが、それはほかの人間たちの努力を通じてのものだ。きみは天性の戦略家であり、ぼくは戦術家なんだ」

「待ってくれ! ホームズ君、きみは熱くなりすぎだよ。私はたんに、あらゆる可能性を検討していただけなのだ。すぐれた将軍ならそうすると、きみも思うだろう?」

私は思わず微笑みそうになった。たんなる思いつきではあったが、偵察用の部下を前線に送り出す司令官とみなすことで、彼に自分の重要性を再認識させることができたのだ。エリコを前にしたヨシュアが、斥候に「行って、その地、とくにエリコを探るのだ」と言ったように(1)。だが、その時が来たならば、ドイツ人たちがエリコの王の部下ほどにはスパイを見抜くのが素早くないことを望むだけである。

とにかく、私たちには計画があった。モリアーティのプライドは保たれ、自分が同意を与えたことに満足している。あとは音楽家たちに召集がかかるのを待つだけだった。そして、それは長く待つまでもなかった。私は〝たまたま〟ヴァイオリニストの友人に会い、手助けを申し出た。彼は大いに喜んだが、照れくさそうに口にした謝礼を私が断わったため、さらにうれしそうな顔になった。どのみち、かなりの少額でしかないのだが。

「私はアマチュアという身分を汚してはならないのです」と私は言った。「経験になりますし、シュロスの中を見るという特典があるのですから、それだけで十分です」

　夜会服に身を包んだ私は、コンサートの夕べにいつも集合する場所で、演奏仲間たちに加わり、いっしょに城へ向かった。私がオーランドゥス・ラッススの聖歌に没頭していることは、彼らのほとんどに知れ渡っており、その晩演奏されるはずの、シュトラウス一族、オッフェンバッハ、ミレッケル、ツェラー、ズッペなど軽歌劇《オペレッタ》音楽の作曲家の業績を私が否定するのではないかと、大いにひやかされた。実際は、そういった人々の傑作を私はずっと賛美してきた。音楽は、それがはやりものであるとか俗物の知識人に受けが悪いといった理由で、単純に「安っぽい」と嘲るべきではないのである。シュトラウスやオッフェンバッハは、ラッススやパレストリーナが賞賛されるのと同様、その分野においては価値を持っているのである。

　オーケストラのメンバー集めを担当する城の役人が一行を迎え、私が紹介されると礼儀正しく挨拶した。私は彼に、特別な演奏会に招かれたことを光栄に思うと言い、彼は、英国人を城へお招きすることは喜ばしいと答礼した。

「今回たまたま機会を得ましたが、シュロスに足を踏み入れるのは、これが初めてなのです」と私は彼に言った。

「シュロスを遠くから眺めているときは、自分たちの知る景観とあまりに違うことで賞賛しますが、中に入ってみると、たんに写真などで見るのとあまりに違うことで感動しますな」

私たちが集合しているロビーを、私はひと目見た。建築学的にも装飾的にも、とりたてていうべきものはなく、柱もアーチも多色塗りの小壁も縁飾りも、私にはむしろけばけばしいと感じられた。だが、私は聞こえるようにつぶやいた――「素晴らしい！　実に驚くべきものだ！」

私の望んでいた効果があった。「ヘル・フィッシャー」と相手は言った。「よろしければ、幕間のどれかを使って中をざっとご案内いたしましょうか？」

「他にもなさることがたくさんあるのでしょうに」

「どういたしまして。あなたのお仲間たちは仕事の手順についてよくご存知で、お世話をする必要はないのです。都合の良い時点で、あなたをお探ししますよ」

彼は一礼して立ち去った。この城の中で私が本当に興味を持っている部屋が案内人付き見学に含まれることはまさかないだろうが、多くの部屋を削除していくことにより、ひとりになってから行なう捜査の対象を絞り込むことができるのだ。不要なものを削除していって目的のものに到達するという手法を、私は推理における重要な原則のひとつとしてきたのである。

舞踏場の一方の端に常設の演壇があり、私たちはその上で演奏した。私の予想通りに、舞踏場もけばけばしい装飾で、原色が衝突しあい、金ぴかに見せる機会のあるものは何でも金色に塗りたくられていた。辺境伯とその一族も、ごてごて飾りたててはいるがぱっとしなかった。金のレースがたっぷり付いた青と緑と赤の軍服は、淑女たちのガウンの色彩や一般人男性の黒いフロックコートと、対照をなしていた。しかし私たちが曲を弾き始めダンスが始まると、たちまちに堅苦しさも消えて全体が楽しさいっぱいの雰囲気になった。曲は初見でも弾ける程度のものが多く、演奏に問題はなさそうだった。中には聞いたこともないような曲もあったが、とにかくやってみれば、この手の軽い曲の作曲家のたくみな効果を生み出す技術に助けられるのだ。第二ヴァイオリンということもあって私の失敗が大きな影響を与えることもなく、他の者以上にミスはしていないと私はひそかに自負していた。

人気のあるポルカはテンポの速い部分がほとんどなので、踊り手と演奏者の双方が息を整えるためにしょっちゅう休息がとられた。夜が更け、疲れ休めの時間を与えるよう、幕間はさらに長くなった。私は素晴らしい食事を豊富なシャンパンとともに楽しんだ。

ようやく、案内役が私を見つけだした。出し惜しみをしていたわけでもなさそうだ、と私は思った。「グラスを持って」彼はたっぷりと入った自分のグラスを一息で飲み干すと、新しいボトルを開けて渡すよう、給仕に言いつけた。

「さあ」と彼は言った。「私が案内しているあいだは、けっしてのどを乾かさせませんぞ」白手袋をした片手でボトルの首をつかんで持ち、もう一方にはグラスを持つと、彼は先に立って食堂から出た。道を先導し、ロビーから続く、幅広で湾曲した正面階段をのぼって行く。

私たちは、地方の大邸宅に特有のえんえんとつらなる部屋の前を歩いていった。さまざまなサイズの応接間のほか、音楽室や図書室があり、そのための調度品も備えている。家庭的な快適はあまり求められていないようだった。彼は辺境伯の書斎や、階上の寝室ものぞかせてくれた。そこから、さら

私がカールスルーエ辺境伯のオーケストラで演奏したときと同じようなレセプション。軽やかなダンス音楽は、私の厳格な古典嗜好とはまるで正反対であったが、シュトラウス一族やその他同類の楽曲については、私も大いに感心するところがあった。

に上へ通じる階段があった。その階段の一番下で小休止すると、彼はまたしてもグラスを満たしたので、私は飲んだ。

「主に、使用人用の部屋です」彼はそう言って階上を身振りで示したあと、一瞬ためらっているように見えたが、やがて言った。「あなたは工科大学で数学をやってらっしゃると聞きましたが」

私は笑い飛ばした。「ほとんどやってません。私は老いたる校長といっしょに、ここへやって来たのです――私は彼の補助教員だったのですよ。彼は財産を受け継いで引退し、以来ずっと数学を趣味としていたのですが、ここの学科のことを聞いて入学を決め、私にもつきあいで来るようにと言い出したのです」

「時を過ごすには、なんともうんざりするやりかたではありませんか?」

「いいえ、私はそんなに研究をしていませんのでね。それはエサリッジに――私のボスに任せてます。ご存知のとおり、私は知性の向上を試みて、いくつかの講義に出ていますが、数学はまったく私にむいていないようでした」

「教師としてあなたがあつかっていらした課目は?」

「歴史です――もっとも私たちの私立学校では、ひとりでなんでもあつかうことを求められていましたが。当時は、数学と化学と物理を除いてすべての分野をやらねばなりませんでした。この三つについては断わりましたよ。完全に私の理解を超えていましたからね」

「もう一杯どうぞ」

「ありがとう」

「あなたとヘル・……エサリッジは……どれぐらいの期間こちらに滞在するおつもりですか？」

「それは彼しだいです。彼をおいて帰ることもできるのですが、彼に留まってくれと請われるだけで、そうする価値があるように思えてしまうのです。彼は、ここでひとりぼっちの英国人となるのはいやだ、と言うのですよ」

「もし彼もまた、シュロスを見て回るのに興味を抱かれるようでしたら、私と約束をしてくだされば、喜んでもう一度あなたをご案内しますよ。いつでもです。ほかのレセプションを待つ必要はありません」

「まことにありがとうございます。あの爺さんは歴史や芸術やその他のことがあまりわかる人ではありませんが、ここを見て回ることを特権だと思うことは確実ですね」

驚いたことに、案内人は階段をのぼりはじめた。

「この上には、彼がもっと興味を持つだろうと思われる物があります」相手がふりむいてそう言ったとき、私は心臓がドキリとした。それは急勾配の階段をのぼりはじめたせいではなかった。

私たちは長く、狭い踊り場に達した。使用人たちの部屋らしい、たくさんのドアが並んでいる。そこからまだ上に続く階段があり、同様の廊下があった。階下に見られた使用人の数を考慮すると、彼らを収容するのに城の多くの部分を割り当てているのは、驚くことではなかった。

「もう一杯だけどうぞ」と相手は言い、ほとんど空っぽになったボトルから、ふたりのグラスにそそいだ。

最後の階段をのぼりきると、短い踊り場があって、ドアは少ししかなかった。私たちは一番奥のドアにむかって、進んで行った。そこには古いドイツ書体で〝立入禁止《アインガング・フィアボーテン》！〟と記されていた。

相手は私にウインクし、鍵束を出して見せた。

「ご覧のとおり、入室禁止でしてね。ですから、あなたに中を見せたことを、だれにも言ってはいけませんよ」

「も……もちろん言いません。これは何ですか？」

彼は電気照明のスイッチに手を伸ばした。がらんとした、地味な感じの部屋に、私たちは立っていた。実験室としか思えないのだが、私の知っているどんな実験室とも似ていない。

奥行き十五メートルほどで、幅はそれよりも少し狭かった。家具のたぐいはほとんどなく、厚板テーブルがひとつと、長腰掛けがいくつか、それに教壇のようなものがしつらえてある。蒸留器や試験管、液体や粉末の瓶のたぐいはなく、通常の実験室に似通ったところはなかった。そのかわり、金属製の装置があった。亜鉛のように見える四角い金属板から真ちゅうの棒が突き出て、その先端に小さな真ちゅう製の球がついており、磨きあげられて素晴らしい輝きを放っていた。銅のコイルからはワイアが引かれている。ライデン瓶（蓄電器）が表面の半分を銅で覆われ、銅線がその外被と内部を接続している。そして真ちゅうのシリンダーに、大型で放物線状の金属。おそらく何かの反射鏡だろう。

こうしたことのすべてを、私は部屋を横切るあいだにひと目で見てとり、モリアーティに情報を与えられそうなどんな細かなことも頭に焼きつけようと努めた。チョークで方程式を書いた黒板はなく、置きっぱなしのノートもなかった。

私たちのカールスルーエでの目的に、ドイツ側が疑いを抱くようになったのではないか、という考えが私の頭をよぎった。私はわざとこの秘密の部屋に連れてこられたのではないだろうか。そこでわがガイドは、自分は国を裏切るのだと打ち明ける。彼は私に問題の部分を見せ、さらにはその秘密を提供しはじめるのだが、その見返りとして、私たちの政府を説得して彼に送金させるのだ。もし、そうした誘いにちょっとでものるほど私が愚かだったら、モリアーティと私の真の滞在目的が彼にわかってしまう。

そうした考えが、ほんの一瞬私の頭をよぎったわけだが、次にいだいたのは、何も知らぬふりを続けようという決意と、詳細な調査のためここへモリアーティを連れてこられるような手段が見つかるかもしれないという単純な希望だった。

だが、それが私の最後の思考だった。その一瞬後には、後頭部へ重たい衝撃を受けて、私は床によろめいた。床板が私をめざして突進して来るように見えると、意識は完全に暗黒と忘却のかなたに失せていったのである。

（1）旧訳聖書ヨシュア記二章一節

警察本部

警察署長の部屋は、石造りの建物全体と同じように、茶色と灰色で構成されていた。署長本人の姿も、その環境にマッチしている。薄灰色のスーツに黒い靴の上の灰色のゲートル、引きつった羊皮紙色の顔、そして灰色と銀色に退色しつつある、かつては黒かった髪。

その日の朝早く、モリアーティと私は、彼の大きなデスクの前の椅子に座っていた。側面には工科大学の太った小男の学長が腰をかけ、もう一方の端には、シュロスの一巡りで私に付き添った案内役がいる。その顔が頭の痛みを思い起こさせた。ふたりの制服警官が私たちの背後に立ってドアを警護し、他の警官たちは離れて座って、用箋に記録を取っている。

署長は銀縁の鼻眼鏡をはずすと、長い鼻梁をもみほぐしたが、そこにはスプリングの跡がついていた。

「きみのほうにしても、何か言いわけ話があるだろうと思うのでな」彼は単調なドイツ話で言った。

「ひととおり聞いておいたほうがいいだろう」

「話すことは大いにあります」と私は勢いこんで言った。

「では始めてくれたまえ、ヘル・フィッシャー。すべて書きとめるので」

私はゆうべの記録をたどった。意識を回復すると、私は実験室の床から制服を着た召使いに引き起こされるところだった。案内人は冷静な表情で見つめていた。私はそれまでに起こったことをすべて、頭蓋骨へ与えられた一発の衝撃までも思い起こすことができた。

「何が……起こったんです？」と私は案内人にむかって訊いた。何も知らぬという役割を維持するのだ。「私は気絶したんですか？　シャ……シャンパンで？」

答えはなかった。私はあまりていねいとは言えぬやりかたで階段を運び下ろされ、階下の廊下のひとつにあるドアを通って、さらに下の階段におろされた。ようやくのことで重いドアのかんぬきがはずされ、冷たい夜気の中に連れ出されたのだが、そのさわやかな影響力に思わず感謝した。馬車と馬の暗い影が、ぼんやりと浮かんだ。警官がひとり開いたドアをおさえている。馬車に押しこまれた私は、別の制服警官が中にいることに気がついた。仲間の警官が乗りこんできてドアがばたんと閉まると、くぐもった声がして馬車が走り出した。

いったい何が自分に起こったのか、どこへ行こうとしているのか、私のコートとヴァイオリンはどうなったのか、と私は馬車の中で問い続けた——無害な外国人がわけのわからない事態に遭遇したときにするような質問を次から次へとぶつけてみたのだ。だが、添乗しているふたりからはいっさい反応がなく、聾唖者だったとしても不思議ではないほどだった。

十分ほど高速で走ったあと、大型車が止まって私は押し出された。今回は自分自身の足を使わせられたが、両腕をきつくつかまれて、拘束されていた。せきたてられながら階段をのぼり、通路に沿っていくつものデスクを通過したが、そこに座った警察官たちは私が通りすぎるのをじろじろ見ていた。

そしてさらに階段を下り――今度は石造りだった――狭い、明かりのない独房に連れ込まれた。金属製のドアが、私の背後でがつんという音をたてて閉まった。

すべては、私以外はほとんどだれもしゃべらないという状況下で行なわれた。私は、あの城の部屋でどれだけのあいだ気を失っていたのかさえも知らなかった。だが、空のシャンパン・ボトルで頭をなぐられたとすると――もちろんそうとしか考えられない――気絶していたのは、せいぜい数分間というところだろう。そのあとのことは驚くべき速度で起こり、質問なし、懇願なし、騒動なしだった。馬車と付き添いの警官が待っていて、たちまち独房に放りこまれたのは、事前の準備がすっかりなされていたことを意味していた。あきらかに、私は罠にはまったのだ。

私は独房に備えられたせまく堅い寝台を手探りし、横になると、割れてはいなかったものの相当大きなこぶができた頭をもみほぐした。

その晩の一連の出来事について考えてみた。どう考えても、疑う余地のないような意味づけはできなかった。あの案内人が実験室を見せようと言ったときから、私はずっと見張られていたわけだが、私の予期していた罠は会話上のもので、偽の申し出で私の反応を調べるというものだった。それに対し、私は単純に驚き、何を申し出られるも理解できないふりをする、というつもりだった。そういった消極的なふるまいをしていれば、案内人の試験をパスしたはずだ、と私は確信していたのだ。そうなれば、彼は私を階下に連れ戻し、オーケストラへ再合流させただろう。このすべてを手配した彼の上司への報告では、私はたんに自称のままの者、つまりどこにでもいるつまらぬ英国人であり、大陸に逗留して風変わりな楽しみにふけっているだけとされるところだった。しかも、禁断の部屋の内部を私に見せることによる危険性は、いずれにせよゼロだった。あの中に見るべき特別なものは何もなく、何もいじる機会はなく、盗み出せるような書類は何も置きっぱなしにはしていなかったのだ。

彼がボトルで私を気絶させたのは、戸口を過ぎてすぐのことだった。今にして思えば、彼は何も考えていないようで実は意図的に武装していたのである。彼の意向ははっきりしていた。懐かしきピンカートンの同僚たちがやったように私を酔わせ、禁断の領域に誘い出し、打ち倒した。そして私は都合良くそこで発見され、不法侵入の現行犯で逮捕されたというわけだ。

おもしろくなってきたぞ。私は起き上がってよく考えた。彼の行為が自発的なもので、鋭い機知と素早い行動を見せたのであれば、いったい何が彼にとっての報酬なのか？　それとも、彼はただ命令に従っていたのか？　もしも後者ならば、だれの命令によるもので、何の疑惑、または告発――もしくは裏切りのためなのか？

この最後の考えかたは、私に衝激を与えた。モリアーティだ！

かつて、ある犯罪がまちがいなくモリアーティのやり口だとわかったとき、私はワトソンに言ったことがある――「絵筆のさばきぐあいを見て大家の作品だと知ることができるように、ぼくにはモリアーティの仕事がひと目で見抜けるのだ」(1)。そして、もしもこれまでに同じ筆づかいを確認したとすると、それこそ今この時なのである。ここしばらく、彼の行動は私の注意を引きつけてきた。こそそして、神経質で、普段の冷淡さとは異なって、くよくよと何かを気に病んでいるかのようだった。例の精巧な仕込み杖ライフルを身につけたことで、あの偉大なる頭蓋骨の内部でなんらかの行為が計画されたのだと、私は確信したのだった。

モリアーティのことを掌握しているとみなしているマイクロフトは、彼にとっての報奨がなんであるかを確認し、それにむかって再出発するような立場に彼を置いた。彼にはふたつだけ大きな邪魔物があった。ドイツ人と私だ。考えに考えた末、モリアーティは、片方は克服しがたいものの、もう一方は放棄できる、という結論に達した——そのもう一方というのが、私自身だったのである。

私たちの任務も二年目に入ってだいぶ経っていたが、これまで無償の幸運などというものはなんら起きていない。私たちはそうしたことがなければ行動を起こさないことにしていたし、何かが突発的に発生するとも思えなかった。彼の立場に身をおいて考えればわかるのだが、モリアーティはすでに数週間前から、じっとしていることに飽き飽きしており、ついにドイツ人に対して運を賭する決断をしたのである。

とはいえ、彼は警戒してことを進めねばならなかった。私に隠れて彼らに接近し、自分の正体をすべて明かし、いかにして死を装ったかを説明し、ヘルツとブラウンによって始められた研究を進展させる協力を申し出たところで、内密の面談約束、会見、歓迎の握手といった単純な図式になるとは限らないのである。剛直な気質のドイツ人たちは、即座にペテンではないかとの疑惑を抱くだろう。だが、彼なら屈せずにやり通せるだろう。彼の裏切りの能力は、自分の組織全体を破滅するにまかせた一方で、自分は助かる方法を受け入れたというそのやり口に、十分表われているのだ。

いや、彼ならばもっと先まで行きそうだ。ドイツ人たちに受け入れられたならば、彼はマイクロフトの支配力から脱することになる。まがいものである過去の学術的地位とひきかえに、自分の国で拒絶された身分をこの科学の母国で与えられ、歓迎されたことだろう。少なくとも、私を危険にさらすことで、いまだに望んでいるはずの個人的な復讐を、遂げることができるのだ。

独房でひと晩をすごすうちに、通路で揉みあう音と、まぎれもないモリアーティの声で文句を言っているのが聞こえたが、すぐにドアがばたんと閉じられて、消えた。首尾一貫していると思えた。状況を自然に見せるには、彼を逮捕するのも当然のことなのだ。

警察署長室で顔をつきあわせたとき、モリアーティと私はお互いに渋い顔をしていた。私は自分の夜会服が、汚れているし場違いであると感じた。粗悪なコーヒーと黒パンが、まずい朝食として与えられた。

「わしは待っておるのだがね、ヘル・フィッシャー」署長が私をうながした。彼の態度は、私が語ろうとしていることなど何も信じないのだ、最大の関心事はほかにあるのだ、ということを明白に示していた。前夜、シュロスの立入禁止区域に私が押し入ったのを発見されたことについての陳述から、彼は尋問を開始した。質問は、いかにして私がシュロスそのものへ入りこむべくたくらんだかということだった。注意深い案内係がオーケストラの中に英国人がいることを奇妙に思い、幕合のあいだ私を監視した結果、内部領域に私が忍びこむのを見つけたというのだった。彼は私のあとをつけ、私が明らかに境界を越えて侵入する現場で捕らえたのだ。当然の推測がされた——私はスパイだというのである。

「なにもかも、不愉快で馬鹿げたことです」と、私は供述を始めた。「私は、自分の演奏をよく聞いてくれていたヴァイオリニストたちのひとりに、代理として招かれたのです。そのことは彼らの何人もが知っているし、私が真実その楽器の演奏家であることを証言してくれるでしょう」

「おそらく彼らはそうすることだろうし、きみがそのとおりの人間であると思っておる」と署長はものうげに言った。「もしきみがそうではなかったならば、あの策略はとても使えなかったのだから、きみの腕前を実演するような手間を取らせるつもりはない。続けて」

「こちらの紳士が非常に丁重に私を迎えてくれました」私は案内役を指した。「私が初めてのシュロス訪問に興味を抱いていると言うと、幕合のどこかで私を案内して廻ってくれると言ってくれた」

「そして、関係者以外立入禁止の部屋にきみを連れて行ったと？」

彼は案内役をちらりと見たが、相手は両手を広げてしかめつらを見せた。何もかもばかげたことだと主張しているかのようだった。署長はうなずいて案内役に賛同し、再び冷笑するような眼を私に向けた。

「彼の目的がなんであるにせよ」と私は力説した。「彼は自分の持っていた鍵でドアの錠を開け、私に部屋の中を見せました。そして彼は持っていたシャンパン・ボトルで、背後から私の頭を一撃したのです」

案内係が口を開いた。「疑惑を抱いて、彼のあとをつけようと決めたとき、万が一武装している場合のために、手ぶらでいかないほうが良いと思いました。唯一手に入る武器だったので、私はボトルをつかんだのです。閣下もご存知の通り、シャンパン・ボトルは太くて重いからです」

「ではあなたは、私とは同行しなかったとおっしゃるのですか？」と私は言った。

「ばかな。私はきみに見られずに尾行したのだ」

「私はどこか特定の部屋を探しているとでもいうように——ドアを開けようとしていましたか？　ト

イレを探していたのではありませんか?」

「きみには自分の行き先がわかっていた。ためらうことなく、あそこへまっすぐ向かったのだ」

「では、私はどうやって入ることができたのでしょう?」

「鍵だ。合鍵を持っていたのだろう」

「その後、私が持っているのを見つけられましたか?」そう言ってさっと署長のほうを向くと、彼は椅子の中でこわばった。

「証拠品として集められた品の中にあるはずだ」と彼は答えた。「わし自身は、まだ調べていないが……」

「それはお気の毒です。閣下。あなたが合鍵を見つけることはありませんからね」

「わかった、見るとしよう。すぐにな」

そうだ、と私は考えた。おまえはその点を見逃していたのだ。だが、手ぬかりを正すのにじゅうぶん間に合うだろう。

「すると」私は再び案内役に話しかけた。「あなたは私に対する嫌疑にはじゅうぶんな根拠があると確信していたわけですね?」

彼は鼻で笑った。今朝の彼の態度は、前夜とはまったく異なるものであった。「そう思わない人間などいるかね?」

「なるほど。そして、その確信に勇気を得たあなたは、前に飛び出てシャンパン・ボトルで私をなぐり、気絶させた」

「一刻の猶予もないと判断したからだ。さっきも言ったように、きみは武装していたかもしれないのだから」

ここで私は、記録係の警官に向きなおった。相手はびっくりしたような顔をした。

「申し訳ありませんが、先ほどシャンパン・ボトルについて最初に言及したのは私であることを、あなたの記録から確認していただけませんでしょうか?」

警官は署長をちらりと見て認可を求めた。何の合図ももらえなかった彼は、ページをめくって戻り、その場所を見つけ、私の言葉を読み上げた。「『彼は自分の持っていた鍵でドアの錠を開け、私に部屋の中を見せました。そして彼は持っていたシャンパン・ボトルで、背後から私の頭を一撃したのです』」

「私を打ち倒した物体についての言及は、それが最初ですね?」

「ええ、そうです」

「ありがとうございました」私は案内役に振り返った。「あなたが昨夜使用したが、あなたのお話によれば私が見ることのできなかった武器のことを、いったいどうすれば私が述べることができたのか、ご説明いただけるでしょうかな?」

「私は、あー……そいつはただの屁理屈です」

「いえ、違います。これは観察力の問題ですよ。あなたは私の背後から不意を襲い、なぐって気絶させたと言いました。あなたがシャンパン・ボトルを持っているところを私に見せていなかったのなら、どうしてあなたがそれを使ったことを私が知っていたのです?」

「ブラヴォー！」と私の横で不意に声がした。「すばらしい、フィッシャー君」

私は思わずモリアーティを凝視した。彼はうなずくのと揺れ動くのとを同時に行ないながら、あからさまな賞賛の言葉を送っていた。今度は彼が署長に向かう番だ。

「おわかりですな、閣下、この事件はすべて途方もない誤解か、もしくはわが友人の評判を傷つける策略のどちらかです。私自身にとっても十分不愉快だったことに、真夜中にベッドから引っ張り出されて、牢屋の独房という侮蔑的待遇に従属させられました。しかしわが友人は、それに加えて肉体的な危害までこうむったのですぞ」

私は、自分をおとしいれようという策略におけるモリアーティの役割についてすっかり確信していたため、彼のことはほとんど頭になかった。だから、椅子から飛び出した署長が、この灰色の服の男からは想像できなかった活発さで、まるで舞台のセットのように室内を闊歩して怒鳴ったときには、本当に驚かされた。

「黙りたまえふたりとも！　私が喜んでここに座り、ふたり組の罪人がしゃべりまくるのを、喜んで聞いているとでも思っているのか？」

「お間違えになってます、閣下」私は控えめに言った。「私が説明しようと骨折っておりますのは……」

「黙れ！　きみらはスパイだ。英国のスパイだ。わかっておる。きみらがカールスルーエに到着するのとほとんど同時に、わしらは疑惑を抱いたのだ。年寄りの校長とその忠実なる助手が、数学を研究したいだと！　あまりにも愚かで、笑い話にもならん」

笑い話にもならないと言いながらも、署長は速射砲を撃つような勢いでわざとらしい笑い声をたてた。

「じつにうぶというか」彼はクスリと含み笑いをした。「愚直なものだ。わしはきみらをほうっておいて、時間を無駄にさせるだけで満足していた。きみらにできることは何もないのだからな。だが、きみらがシュロスに侵入しようともくろんでいることを知らされてからはちがう……ほう、やっと反応が現われたようだな。だが、きみらがあの嫌らしいロシア人たちと親しくしているのなら、驚くにはあたらんよ。きみらは期待はずれだったな、わしは英国人に大いに敬意を払ってきた。きみら以前の密偵にも長期間つきあってきたが、彼らは大いなる業績と魅力の両面を見せてくれた。ところがきみらは、あのアゼフのような悪臭ふんぷんたる男に計画を打ち明け、あまつさえやつの助力を求めた……」

署長は両腕を振り上げると、絶望的だという身振りで脇腹をぱんとはたき、どさりと椅子に身を投げ出した。

「私たちは、そういった類のあてこすりに対しては、強硬に抗議しますぞ」とモリアーティは言った。

「そうではないか、フィッシャー君?」

「もちろんですとも、ミスター・エサリッジ。閣下、この会見の記録のために、シュロスに入るアイデアを提唱したのはアゼフだということを知っておいていただきたい。彼はオクラーナに手紙を書き、取り引きを持ちかけたのです」

署長は再び笑った。「一石で何鳥やら！　きみらを信じる気になってきたよ。だがあの男は！　やつがきみらのことを知らせにここへ来たとき——もちろん報酬目当てだがね——どうにも虫が好かなかった。やつの話はあやしかったので、やつを拘留しておいて調べたのだ」

「でしたら、やつが嘘をついていることがわかったに違いありません」

「おそらくはそうだろう。だが、やつにも使い道があることは判明した。わしらはそれまで、あえてきみらの持ち物を調べようとは思わなかったが、そうすることを決断した。特にミスター・エサリッジについては、意外な事実がわかった。一八八八年の『ヴィーデマン年代記』三十四巻を例にあげれば十分だろう。これにはヘル・ドクター・ヘルツの電磁波についての論文が載っており、きみ自身の手によると確認できた筆跡で、びっしりと注釈が書き込まれていた。きみ自身のメモと数式については、わしらの科学者に評価を下させたよ。わしはここにその報告書を持っている。きみの計算は興味深いもので、極度に高度な数学の技能を発揮していると、彼らは断定した。わしらの優秀なる工科大学での勉学から、きみは明らかに恩恵をこうむったようだな、ミスター・エサリッジ」

「ありがとうございます」モリアーティは低い声で言った。

「どういたしまして。とはいえ、参考までに言えば、わしらの科学者が確認したところでは、きみの努力は賞賛に値するものの、わしら自身の仕事の前進を意味するものではなかった。きみにとっては良かったのだがね。さもなくば、きみらふたりのあつかいに関して、わしは厄介な立場に置かれていたことだろう。だが実際のところ、幸いにもわしは寛大な措置を取れると言える。ちょっとコーヒーでもどうかね。ロイベル！」彼が合図をすると、警官隊のひとりが部屋を出て行った。

署長はいまや、くつろいで楽しそうな表情を浮かべている。

「最近きみのステッキ銃を発見したのは、あまり愉快なことではなかった。それにアゼフの情報が加わったので、わしらも行動を起こしたというわけだ。きみら個人の部屋に侵入したことは遺憾に思っておる。だが必要なことだったのだ」

「あなたがあの悪党の汚い策略に報酬を払っていなければよろしいのですが」と私は言った。「ご存知の通り、あのおかげでこうなったわけですから」

「ああ、もちろんだとも。やつが手に入れたのは、ドイツから出ていく鉄道料金のみだ。一週間ほど前、きみらふたりのことが確認できてからすぐ、わしらはやつを国境に護送した」署長はため息をついた。

「いつの日か、やつがだれかの側に回って悩みの種になることがあるかもしれないな。だがわしらにはやつを有罪にするような証拠があるわけでもない」

かぐわしい香りとともにコーヒーが運ばれ、私たちはうれしそうにそれを受け取った。私たちの計画は失敗に帰した。みんながそれをわかっているのだ。モリアーティと私は、ロンドンの犯罪者集団の友人たちなら「情け深いおまわり」と呼ぶような相手に従うより、仕方がなかった。城の案内人さえも——どうやら警察の刑事らしいのだが——私に一撃を与えたことを陳謝した。

「とっくみあいをやる覚悟はなかったのでね。おそらく打ち倒されるだろうし」と彼は説明した。

「少なくとも最初のシャンパンは楽しめましたよ」と私は笑ったが、彼はそれ以上何も言わず、笑みを浮かべただけで立ち去った。

署長が屈託なく言った。「きみらをこれ以上わずらわせるつもりはない。きみらがわが国に対して害をなすことはなく、わが国民のだれに対しても暴力をふるうことがなかったということに、私は満足している。もちろん、もしきみらが公判に出ることを主張するなら……いや、それはないだろう。とすると、きみらは宿を経由して国境へ護送されることになる。スイスが便利だと思うがね。一番近いのではないか？」

私たちはうなずいた。

「よろしい。きみはあの銃を持っていてもよろしい、ミスター・エサリッジ。美しい銃だ。フォン・ヘルダーではないかね？ うむ、そうだと思った。もっとも、ドイツの地にいるあいだそれをまったく使わなかったのは、賢明だった。もし使っていれば、事態はきみらふたりにとってまったく異なった展開になっていただろうからな。ところで、コーヒーをもう一杯いかがかな？」

（1）《恐怖の谷》のラストシーンにおける、ホームズのせりふ。ホームズは当初からこの事件がモリアーティによるものと見抜いていた。ただ、ここではワトスンにむかって言ったことになっているが、《恐怖の谷》ではセシル・バーカーとの会話の中で言っている。ワトスンの記述のあやまりか、老いたホームズの記憶ちがいか。

任務の終わり

私たちの乗ったドイツの列車は、来たときにたどったのと逆の方向に進んだ。一等車の貸切の個室で、私服刑事がふたり、私たちと旅をともにしていた。彼らは愛想がよく、不自然なほど礼儀正しかった。彼らに遠慮がちに請われてモリアーティがステッキ銃を広げて見せると、彼らも私も、その精巧な構造と操作方法に感嘆した。ドイツの領土内にいるあいだは装塡しないように、と刑事たちは強調したが、小型の弾丸を没収されることはなかった。

私たちはバーゼルで温かく握手を交わし、ほとんどこっけいに思えるほどていねいな別れのあいさつをした。そして彼らはカールスルーエへ戻る列車に向かった。私たちは駅のすばらしいビュッフェで朝食をとり、チューリヒへ向かうスイスの列車に乗りかえた。

モリアーティの神経をさかなでしないように注意しながら、私は情況の変化にあわせて自分たちの行動を暗黙のうちに決めていった。バーゼルから、マイリンゲンにある英国館のシュタイラーにあて、そちらに行くことになると電報を打っておいた。チューリヒへ行くと回り道になるのだが、ドイツ人が私たちに密偵をつけてどこでだれと接触するのか探ろうとしている場合も考えて、わざわざそうしたのだった。ルツェルンよりもチューリヒのような大きな街の中のほうが〝尾行者〟をまきやす

スイスで二番めに人口の多い都市バーゼルは、ドイツ、フランスと国境を接している。逮捕後国外追放となった〝エサリッジ〟と私は、ここでドイツ当局から解放された。

いから、ほかのルートでマイリンゲンへ入る前に、チューリヒで一日か二日滞在するのが賢明だろう、と私はモリアーティに説明した。彼は私の決定をあっさりと受け入れた。マイクロフトにも暗号で打電し、彼からの次の指令を、へんぴなマイリンゲンにひきこもって待つことにすると連絡した。

チューリヒに向かう列車で私たちは専用の一等個室に乗ったが、モリアーティがすぐさま銃に弾を装塡したことに私は気づいた。バーゼルでの彼は落ち着かず、出発を喜んでいる様子だった。またマイリンゲンに行けるとはうれしいことだと、彼は言った。その言葉にはもしかして何かわけがあるのか、また、なぜ早々に武器の準備をする必要があると考えたのか、問いが口もとまで出かかった。彼は私のことをまったく恐れていないし、銃を私に向けようとしているとは考えにくい。カールスルーエ警察の署長は否定したが、私としてはこの連れがアゼフと手を組んで何かをたくらんでいるという可能性を、まだ完全には捨てきれなかった。ちょっとしたスパイ心理が刷り込まれて、何者でもどんな情況でも額面どおりに受け取ることができないようにされてしまったのだと思う。これはおそらく探偵業には強みだろうが、皮肉な見かたやうたぐり深さが度を越せば、性格がよくなることはない。一般に私は性格がよくないという印象がまかり通っているが――そんなふうに宣伝してしまったのはワトスンだ――自分としては、彼の書いた物語にあるように、生まれつき冷淡で感動することもほとんどないと思っているわけではないのだ。

ときおり見せる神経質なふるまいの原因を、もしかしたら特定できるかもしれない。そう思った私は、旅の道連れに話しかけて、安心させようとしたのだが、彼のほうが先に別の話題を切り出した。

「ようやくわれわれだけになったな、ホームズ君。言っておきたいが、起こったことをきみのせいにするつもりはない。われわれはあの卑劣なアゼフに裏切られたのだ。だが、われわれの正体についてどの程度真相に迫っていたかは、やつもわからなかったようだな。もしこちらに落ち度があったとしたら、やつへの軽蔑の気持ちを見せてしまったことだ。それに、やつはこちらの国籍にあからさまな敵意を持っていたので、われわれを利用したのだ」

彼が考えているほど私はだまされやすくない。そのことを気づかせるいい機会だと私は思った。

「そう言ってもらってうれしいよ、教授。実は、きみ自身がこの一件にかかわっていたのかと、ちょっと疑っていたんだ」

「おやおや、ホームズ君、なんということを！　信じてくれたまえ。きみとは和解すると約束したし、この一件については十二分なまで徹底的にやってのけただろう。もし私がきみをドイツ人に引き渡していたら、今きみが自由の身で旅をしているはずがないではないか。銃殺隊の前に引き出されることはないにしても、長期の禁固刑になっていただろう。きみがみすみすわなに踏み込んだのも許そう。失敗の責任を私にかぶせたりもしないと信じているよ。まちがいだというだけでなく、きみらしくないことだからな」

「それは申し訳なかった、教授」私は心を動かされてそう言った。「いずれにせよ、非難しあっていても何にもならない。兄に報告するなけなしの成果を、もう一度吟味したほうがよさそうだな。それが否定的なものだとしても」

「賛成だ。まず第一に、私の計算が役に立たないと、あの警察署長がわざわざ言ったのはなぜか、きみは気づいたかね？　あれは私が研究を進めるのを思いとどまらせようとする、はったりなのではないだろうか」

「そうかもしれない。それについて言えば、教授、書類を彼らが見つけられるようなところに置いておいたのは、ちょっと不注意だったのでは?」

モリアーティの目が一瞬怒ったように輝いた。「化粧机の上にでも置いてあったと思っているのか? 彼らの調査など十分に考慮のうえだ。むしろ私は、きみのほうが別にもっと徹底的に探りに来るんじゃないかと考えていたよ。ああ、否定しないでくれ。きみが私の身のまわりを詮索していたのは、いつでもわかっていたさ」

「ほう」私は微笑みを浮かべて、彼の機嫌がなおるように努めた。「だが、反撃も早かったようだね」

そこで私は、あることに思い当たった。「とにかく、率直に話そう。きみ自身の計算はもちろん、ヘルツの資料にしても、きみの身のまわりにはまったく見当たらなかった。もし見つけていたら、あえて警告していたところだが」

「常識的な範囲内しか捜さないから見逃したのさ。きみも目をつけないと私が見込んだところが隠し場所だったんだがね。トランクの裏地までは切り裂いてみなかっただろう」

「連中はそこまで?」

「裏地の下に書類をしまっておいて、使うたびにていねいに縫い直したんだよ。そうしょっちゅうではなかったがね。最近気づいたのだが、きみはこれまでになかったような表情で——当惑したとでもいいたげな目で私を見ていた。裏地を切って書類が取り出されてからもとに戻されていることに気づいたときには、きみが好奇心に負けて慎重さをかなぐり捨て、もっと徹底的に捜すことにしたんだなと信じこんでしまったよ」

私は、彼の足もとでいすにもたせかけてある杖を、喫っていたパイプで軽くたたいた。「ぼくの好奇心のもとはこれだよ、教授。それと……」

私はためらったが、彼は問いかけるように眉をつり上げた。率直に言ってしまおう。「……きみがどんどんゆううつそうになっていくことだ。最初の兆候は、イギリスの新聞をどうしても見たがったときにあったね。無理もないことだ。熱心に部下たちの裁判の記事にじっと見入っていたが、推測するところ、自分の名前がとうとう白状されたのではないかと気をもんでいたのだろう。ぼくも記事を読んで注意していたが、予測していたとおり、きみのことは一度も書かれていなかった。そして、きみのゆううつは変わらないまま、いくつもの裁判が終わっていった。記事を読み終わるたびに唇をゆがめて、新聞を脇に投げ出して思案にふける様子を見ていると、手を引くどころではなく、きみはどんどん深入りしていくように見えた。きみがいたずらに捜し求めていたもの、やがては見つけることをあきらめたが、きみを悩ませ続けたもの、それは何だったのか? 明るみに出なかった犯罪ということはありそうにない。それよりもありそうなのは、一味のうちのだれかの名前が記事の中に見当らないということだ。その人物が網から逃れたに違いないと、きみは思っているんじゃないか?」

「ホームズ君」モリアーティは言った。「手厳しい意見を聞かせてもらった。きみの洞察力に疑問を持ったことはなかったよ。その推理の過程に賛辞を送ろう」

「あさはかな推理だよ」と私はつぶやいた。

「きみには並みの推理なんだな、たぶん。だが、正確には違いないものの、最後の詰めが足りないところが少々残念だ」

「ああ、銃のことだね」

「そのとおり。あの日、私のあとできみがフォン・ヘルダーの作業場を訪ねたとき……」

「知っていたのか！」

「当然だ。私は曲がり角を曲がるときには必ず、何者かに尾行されていないかうしろを確認するのだ。きみがちらりと見えたから、入るところを見届けようと待ったのだ」

「念を押しておくが、教授、きみをつけていったわけではない。まったくの偶然と、好奇心からだ」

「あのときは非常に不愉快に思ったと認めなくてはなるまいな。とはいえきみは、私の新しい杖について、特に何も気がつかないふりをしたわけだ」

「でも、その杖がぼくに向けられるのではないかと、よく思ったよ」

「自然ななりゆきだな。きみにそう思わせておくことにしたのだ」

「いまでもそう思っているよ、教授」

「それももっともだ。あらゆる状況からそう考えられる」

「だが、ついさっきその考えは捨てた。ぼくを殺したり傷つけたりするつもりならば、そんな巧妙な武器がなくたってチャンスはたっぷりあったはずだと思いついたんだ。そして、ぼくの推理を完結させたのは、新聞記事に何かを見つけられなくて失望していたこと、旅行中に苦悩の様子がだんだんはっきりしてきたこと、どこへでも携帯でき、常に手にあって即座に使えるような武器を用意したことだ――すべてを考えあわせると……」

「すると？」

「きみの組織の一員で逮捕をまぬがれた者がいるが、きみはどちらかというとその男に会いたくない。彼は下っぱの手先などではなく古参のメンバーで、雑魚とちがってきみの顔を知っている。そして、よく外国へ行く男だ。そうでなければ、イギリス国外で出くわす可能性などきみは考えないだろう。そして、偶然にであれ、きみがまだ生きているかもしれないと考えて彼が追跡した末であれ、見つかったらきみは身を守らなくてはならない。要するに、きみは彼を見捨てて他の者とともに責任を取らせようとしたため、彼も仲間といっしょに刑務所に入れられるはずだと思って、警戒していなかったわけだ。まあ、教授、こんなところで十分かな？」

彼はうめき声をあげて、シートのクッションに身を沈めた。

「十分以上だ。細かいところまでことごとく正確だよ」

列車は谷間をガタガタ走り、線路は細い川と同じ方向に伸びていた。よく晴れた午後で、空は青く牧草地の草は緑、スイスの家並はこぎれいで、遠くに山々の頂を望むことができる。懐中時計を見た私は、日のあるうちにチューリヒに到着するはずだとわかった。到着する土地ごとにモリアーティがどんな気持ちであたりを眺めなくてはならなかったのか、私にも今では理解できた。そこの群衆の中に、怨恨を胸に、すぐさま彼を殺すこともいとわぬ人間がいるかもしれないのだ。

「いっそきみを信用してしまいたいと思ったことが何度もあったよ、ホームズ君」と、彼は打ち明けた。「とはいえ、昔ながらの習慣はなかなか捨てられず、きみが私を信用していた以上に私がきみを信用することはなかったというのが本当のところだ。きみはもう真実に迫るところまで推理しているわけだから、もし聞こうというのなら足りないところを補足しよう。結局のところ」そう言って、彼は冷ややかな調子で付け加えた。「きみが私の護衛をすることになったのは、きみの兄さんが私の人生に興味を持ったからだった。いきなりの場合は防ぎようがないかもしれないが、きみが相手のことを知っていてくれれば、対決を避けるチャンスが少なくとも倍にはなるだろう」

私はうなずいた。「恐れていると認めるのは、勇気のいることだよ、教授。ぼくを信用していないからというよりは、むしろ誇りがあったからこそ、これまで話さなかったのだろう」

「そう思ってくれてもいい。セバスチャン・モラン大佐を知っているかね？」

「聞いたことのない名だな」

「そうか――そうだろう。私は自分と同様、彼も人に知られないようにしてきたのだ。それも同じ理由から。きみは私を追うことに全精力をかたむけるあまり、彼のことは見逃してしまったのだ。そう、彼は私の副官といえる。私と同じように彼も、自分の専門分野で高い地位にのぼったが、嫉妬にかられたペテン師どもに蹴落とされた。彼の場合は、たくましさで彼にかなわない、つまらぬ人間たちにね。そいつらは共謀して、連隊の会食の席で、トランプのいかさまをしたと彼にいいがかりをつけた。彼は否定したのに、上官である将軍に、二度と賭け事はしないという証文にサインするよう要求された。モランはそれを拒否して、軍隊を辞めた」

「少しばかり強情な意思表示だったのでは？」

「彼の性格ではそうなるのさ。溝を這って手負いの人食い虎を追いかけ、とどめをさすことができるような男が、たかだかトランプをめぐる懲罰におとなしく従うのは無理な話だ」

「本当にいかさまをしたのだろうか」

モリアーティは椅子の背をじっと見つめていたが、やがて笑いだした。「間違いない。それもまた、彼の性格からすれば確かなことだ」

「そんなわがままな男が、きみの仕事で理想的な相棒になるとは考えられないが」

「彼は、いろいろなところで自分の価値を証明してみせたのだよ。だが彼は、私がそれまでに個人的な友人となったようなタイプではない。尊大で獰猛《どうもう》で、気性が激しい。経歴がだめになってからは、ますますそうなっていると思う。彼は今、五十代になったばかりで、本来なら軍でも最高位に達していたはずだ。『紳士録』を見る機会があったら確かめてみたまえ。詳しいことまでわかるよ。軍人としてだけでなく、大物狩りのハンターとしても、彼の右に出るものはいない」

「そして、今度は自分が獲物になるんじゃないかと、きみは恐れている」

「わからない。もし私が死んだという伝説がはばをきかせていれば、彼もほかの人間と同じように信じているかもしれないが、私がまだ生きていると知ったら危険だ」

「彼は捕まっていないのだから、きみを責めるいわれはないだろう」

「警察の動きが差し迫ったものになっていることを、私は彼に警告しそこなったのだ。その前にきみの兄さんからディオゲネス・クラブに呼び出され、そのあとになっては、もはやモランにひそかに知らせることはできなかった。私が〝失踪〟することになっていて、それがなぜかということも言わなくてはならなかっただろうが、彼のような人間にそんな秘密を守れるとは思えなかったのだ」

「その後きみが死んだという記事を読めば、ぼくを追っていったきみが途中で死んだのだと彼は思うだろう」

「モランの性格から言えば、まず私が裏切ったと考えるだろう――国外へ逃げた私をきみが追っていったのだと考えるほうが自然なのだ。私が自分の保身だけを考えて、残された者とともに彼がそのとばっちりを受けるのはかまわなかったのだと、思ったことだろう」

「だが、彼はまんまと逃げおおせたようだ。それでいい気になって、恨みつらみは忘れてしまったとは思えないかな」

「そんなことを言うのは、モラン大佐のことをわかっていないからだ」

「だとすると、警戒するしかないわけだ。でも、彼がほかの国ではなくここにいるはずだと考える理由があるのだろうか。スイスに人食い虎がたくさんいるとは思えないが」

「もちろんそのとおりだ。だが、世界はせまいし、命の心配をしていればさらにせまく見えるものなのだ」

「教授。きみはぼくを信頼して打ち明けてくれた。このうえは何かほんの少し疑わしいことがあっても、ぼくに教えてくれたまえ」

「ありがとう、ホームズ君。しかし、われわれがここにいる理由に戻ろう。任務は失敗したが、その努力の跡を示すものがほんの少しでもなかったかどうか、よく考えてみたかね?」

独房で過ごしたあの情けない夜のほとんどの時間、大部分は仮定にもとづいていたとはいえ、私は彼を責めるのに忙しかった。以来、私の頭はその推測でこりかたまっていたのだ。

「しかし、これ以上何があるというんだね?」私は降参した。「研究室がシュロスのどこにあるかは、わかった。だが、あそこにあるというのはすでに推理していたことだ。部屋のようすについては、漠然とした記憶があるだけだし」

「それを話してくれたまえ。記憶の焦点を合わせて、じっくり思い出すんだ。どんなささいなことでもいい」

あの部屋の中でごく短いあいだに知ったことを、私はとぎれとぎれに記憶から引き出した。この任務について以来、電気の生成に関する文献は見つけしだい読んできたし、実験に使われる装置についてもごく基本的な図まで目を通してきた。そのおかげで、磨いた真ちゅうの棒と球体の付いた亜鉛板と、銅メッキのライデン瓶(蓄電器)とその配線からなる発振回路が確認できたのだった。

モリアーティは頭を横に振ると、陰気な声で言った。「そうした装置は、私にとっての公式のようなものだ。偉大な作曲家は、鍵盤に向かわなくとも、紙と鉛筆を使って頭の中だけで複雑な曲を生み出すことができる。私の研究方法もそうだった。あることが公式化できるなら、それは機能するのだ」

「空中線《アンテナ》と思えるものがあった」私は、記憶を探りながらつけ加えた。「まっすぐに立った棒に腕木が一本だけ水平に取り付けられ、さまざまな線がつながっていた」

「ふむ。指向性のある電波を送り出す方法を探っていたのだろう。空中線があるというだけでは、さして意味はない。おそらく部屋はシュロスの最上階にあって、しかも裏側に面していたのだろう。障害物のない土地が広がっているほうにな」

私はためらい、しばらく目を閉じて、見たものをよみがえらせようと努めた。記憶をたどっていた

「下は春の優美な緑、上は冬の汚れなき白」。ヴェッターホルンから見おろすマイリンゲンの村にある英国館《エングリッシャー・ホフ》は、ワトスンと私が短いながら一緒に滞在した最後の場所だが、私はのちに〝エサリッジ〟とともに、もっと多くの時をそこで過ごした。

心の目が、おぼろげな細部からふいに遠くへ引き上げられ、あの部屋にいるような感じがした。あのとき最初にしたように、部屋をひと目見わたした。ドアが開き、照明のスイッチが入った。再び目を開けた私は、モリアーティを見つめた。彼はシートで背を丸めて頭をクッションにもたせかけ、ほとんど身じろぎもせず私をじっと見ていた。

「いや」と、私は言った。「違っていた。障害物のない土地に面していたわけじゃない。そもそも、あの部屋には窓がなかったんだ」

彼はばねでも仕掛けてあるかのようにぱっと身を起こし、いつものように頭を神経質に動かし始めた。

「確かなのか？　窓がまったくなかっただと？　閉まっていたか、隠れていただけじゃないのか？」

今度は私が頭を横に振る番だった。

「窓があるはずの場所には、金属板がはってあった。全部の壁に金属板があったのを、はっきり覚えている。あらゆる壁を、大きな金属板が覆っていた」

モリアーティは、閉じた口の端にあの狡猾《こうかつ》そうな笑みを浮かべた。頭を揺らす癖とこの笑い顔が、かつて彼が卑劣な悪人だったころを思い出させた。

「ホームズ君」彼の目が、また以前のようなきらめきを見せた。「われわれが見なくてはならなかったものを、きみは間違いなく見た。任務は成功したのだ」

空中における電磁波の伝搬とその反射に関して、ハインリヒ・ヘルツ博士の研究をさらに推し進めたジェイムズ・モリアーティ教授の研究記録を科学文献の中に捜し出そうとしても、いたずらに時間を浪費するだけだろう。そのテーマについて発表された文献すべてを見わたしても、彼の名前は一度も現われないのだ。

彼が今でも生きていれば、そのことは絶えることのない無念のもととなったことだろう。逮捕されずにすむかわりに、また、過去の悪行をつぐなう道として、国のための任務を引き受けるなら懲罰を逃れられるというのは、当初から、あの晩ディオゲネス・クラブでマイクロフトが彼につきつけた条件の眼目だった。私自身が死んだということとともに、彼も死んだのだと、世間では長いあいだ思いこまれていた。最初から私は生きて世間に復活するようにしくまれていたし、何があったのか説得力のある言い訳が必要だった。だが、オスカー・ワイルドがレディ・ブラックネルを通じて言っているように、ひとりの死者をよみがえらせるのは好運だとみなされもしようが、ふたりとも生きていたという演出はいかにもうさんくさい。

モリアーティは、その先は別人として生きるほかないということにしぶしぶながら同意した。偶然にモラン大佐に出くわす危険がひそんでいることに警戒心をつのらせているので、彼はその取り決めをむしろ歓迎するようになっていたのではないだろうか。事実上彼の身体は国外に拘束されており、「さまよえるオランダ人のように永遠に放浪する運命」なのだと、ふと内省的なゆううつにとらわれて私に言ったことがあった。それでも、少なくともその先無事に生涯を送るきっかけにはなっただろう。「自分の身の安全は守ったが、アイデンティティはなくしたのだ」と、彼はため息をついた。「まあ、しかたがない、エサリッジとしてやっていくさ」

ところが、エサリッジの名前も科学関係の文献には出現しないのだ――もしその名があったとしても、それはまったく別の人間のことで、この事件とはかかわりはない。理由を説明するためには、この物語を最後まで続けるほうがいいだろう。

私たちが無事にマイリンゲンに着いてみると、ワトスンと私が滞在していくらもたたぬうちに、村は火事で焼け野原となっていた。だが英国館は焼け残っていた。

モリアーティは、ひとりで部屋にひきこもって計算に取り組みたがっていた。何の計算なのかは言いたがらない。数学に没頭する姿を見た私は、よろこんで彼を放っておいた。私たちの〝死〟以後二年かそこらのあいだで、シュタイラーは英国館にさまざまな客を迎えていたが――私とワトスンが最後の晩をともに過ごしたホテルは、ライヘンバッハの滝上方の岩棚とともに、巡礼の旅の目的地のようなものになっていた――モリアーティと私のあいだに起こったことに疑問をさしはさむような者は、ひとりもなかった。詳しいことは伏せておいたが、シュタイラーには、ここへ私たちをつけてきたような気配のある者がいないか見張っているように注意しておいた。

到着して一週間とたたぬうちに私たちに会いにやってきた唯一の人物は、兄のマイクロフトだった。ロンドンのごく狭い範囲でしか生活しない兄がここまでやってきたことは、それだけで驚きだったが、都会ふうの服装から田舎っぽい格好に着替えた兄は、まったくの別人に思えた。それでも、座りっきりでわがままな生活をしているという雰囲気はつきまとっていた。

私は、これまでのあらゆる出来事をこと細かに報告した。彼は批判も賞賛も、叱責も同情もしなかった。ただしきりにうなずくので、顎がコンサーティーナ（鍵盤がなく半音階的に配列したボタンのある六角形のアコーディオン）のように見えた。

「それでモリアーティは、もう十分に研究を続けられるようになって、いい結果を出せると思っているわけだな？」私が話し終わると、彼はやっと口を開いた。私たちは、ホテル内にあるシュタイラーの私室で、額をつき合わせて話をしていた。

「まるで悪魔がとりついたように働いているよ」私は答えた。「なんとか食事におりてこさせるのがせいいっぱいだ」

「部屋を出るときは研究の成果をしっかり隠しているんだろうが」マイクロフトが鋭く切り返してきた。「夜のあいだはどうなんだ？　彼は、眠っているあいだにだれも入ってこないようにしているのか？」

「ここじゃ、窓を開けて眠れる者はいないよ」私は笑った。「彼の部屋は二階のぼくの部屋の隣だし、シュタイラーがぼくらの部屋に非常ベルをつけてくれた。ホテルの客は細心の注意を払って調べている。やっかいなことが起きるはずがない」

「彼をイギリスに連れ戻したほうが安全なんじゃないかと思えるがね」マイクロフトは考え込むように言った。「そうしたら、私の手の者で護衛できる」

「彼は、ここにいれば安全このうえないと思っているよ、マイクロフト――故国《くに》にいるよりもずっとね。ぼくだったら事情が違っただろうが。ぼくの場合は、必要とあらば何か月でも変装して生きていけるし、好きなところに行ける。しかし教授のことを知っていた人間なら、ちょっと見ただけですぐ彼とわかるだろう」

「こいつが終わっても、彼には国外にいてもらわなければならん。それ以外に道はないのだ」

「彼もわかっているさ。それに、古いしがらみは断ち切りたいと心から願っているし、以前のような環境は彼の心の平安には荷が勝ちすぎると思う。ただ、心配なことがひとつだけあるんだ」

私はセバスチャン・モラン大佐のことを話した。

「全精力をかたむけて仕事をしているあいだは、大佐のことで不安に思ったりしないんだろうが、のらくらしていれば、いつなんどきモランと顔を合わせるかと考えるひまがある。大佐のことを、ロンドン第二の危険人物だとまで言っているよ。もちろん、教授自身が第一の危険人物だとは、謙遜して言わなかったがね」

「ふたりが顔を合わせないようにするのが、きみの責務だ」マイクロフトは重々しく言った。「われわれが手の内にした天才に、この期におよんで何事も起きてはならないのだ」

「このモラン大佐については、兄さんもまったく知らなかったのかい?」

「いや、実を言うと、知っている。モリアーティの線からではないが。モランはときどきボールドウィン・クラブでトランプをやっているんだよ。ディオゲネスから一、二分と離れていないところだから、その気になればかんたんにのぞきに行くことができる」

「どんなやつだい？」

「五十代に入ったばかりだな。かなりの放蕩者ふうだ。やつれてしわの深い顔に、堂々たる眉毛、それと同じくらい堂々たる口髭。けっこう迫力のある人物だ。目に見えて猫背だがね。今よりも軍隊にいたころのほうがはなばなしかっただろうと言わざるをえん」

その後、マイクロフトはモリアーティとふたりだけで一時間ほど過ごし、私たち三人はなお慎重に人目につかぬように気を配りながらいっしょに夕食をとった。モリアーティの話から、彼のかつての〝参謀長〟——モラン大佐のことを彼はそう呼びたがった——についてもっと詳しく知ることができた。

「彼は職業軍人としては教養のある男だ——イートンとオックスフォードを出ている。亡くなった父親は、ペルシャ公使だったバース勲爵士のサー・オーガスタス・モランだ」

「そう、そうだったな」マイクロフトが思い出したように言った。「彼はどこに住んでいるのかね？ボールドウィンのほかにも出入りのクラブがあるのか？」

「ケンジントンのアルバート・ホールの裏手にある、独身者むけ下宿だ。ほかのクラブというと、そうだな——アングロ・インディアンにタンカーヴィル、それから何とかいうカードクラブ——バガテルだ」

「聞いたことがある。ボールドウィンじゃホイストをやって半クラウン負けるのがせいぜいだが、あそこなどよりはるかに賭け金が高いところだな」

「一度いかさまをしたら、やめられないのでは?」と、私は言った。

「言いたいことはわかるよ、シャーロック。調べてみよう。何かこの男の急所を握るのに役立つだろうし、そうすれば合法的に拘留して尋問もできる。教授、きみ自身の安全確保のためにもう一度聞くが、彼を引っ張れるような、もっと大きな犯罪はないのだろうか」

モリアーティはしばらく考えこんでいたが、重い口を開いた。

「残念ながらないね、ホームズさん。起訴するに足る重要な証人はただひとり、私ということになる——私が証言するのが難しいのは言うまでもない」

「ふむ……彼は武器を持っていると思うかね?」

モリアーティはまたためらいを見せた。

「銃を持っているかどうかは、わからない」かなり長いあいだ黙りこんだ末に、彼は答えた。

「まだ何かあるだろう、教授。言ってないことが」と私は言った。

「ああ……空気銃《エア・ガン》のことだな」

「空気銃?」

「あれは……正確には空気銃ではない。空気銃と同じ原理で作動するライフルだが、はるかに破壊力が大きい。弾丸はリヴォルヴァーのものを使うが、ほとんど音をたてないのだ」

「聞いたこともない代物だな」マイクロフトはそう言って、上等のスイス・ワインに口をつけた。モリアーティは黙っている。

「ぼくのまちがいでなければ、フォン・ヘルダーの作品だろう。ミュンヘンにいる盲目の職人の」私はマイクロフトに説明した。「その道の天才なんだ。教授が、彼の作品のひとつを見せてくれるだろう」

私は、モリアーティの椅子にたてかけてある先端が銀色のステッキを意味ありげに見た。彼はおどおどしているように見えた。

「きみの言うとおりだ、ホームズ君。今話したエア・ライフルは、フォン・ヘルダーが四年ほど前に作ったものだよ」

「それも杖の形をしているのか？」

「いや。折り畳み式だ」

「私の手の者に言って、そうした武器を捜させよう」とマイクロフトが言った。「正当な理由で押収できるはずだ。法を守っている市民は、そんな武器を持たないからな」

「それはやめていただきたい」モリアーティが言った。「そんなものがあることを教えられる者は私しかいないのだから、情報の出どころがたちどころに彼に知れてしまう」

「もっともなご指摘だな、教授。ただ少なくとも、彼が国を出ようとすれば、各港に配した者たちが厳重に見張ることはできる。その武器が〝偶然に〟発見されたのなら、彼は疑うすじあいもないだろう」

モリアーティの表情がぱっと明るくなった。「そうだ。それならまったく不都合はない。さすがホームズさんだ」

マイクロフトも微笑み、なんとふたりは互いにグラスを掲げあった。かっぷくがよく血色のいい顔つきの兄と、テーブルをはさんで彼に向きあっている痩せて青白い男を見ながら、私はふたりに共通している素質について考えた。ふたりが互いに相手の立場にとって必要な頭を持っていることには、感嘆させられる。私は、自分の兄がどんなに正道をはずれたやり口に出ることがあるか、状況によっては情け容赦ない手すら使うこともあり、恐るべき犯罪をおかしていたかもしれないということを知っていた。同じことは私自身にも言えるのだが、思うに、マイクロフトはひとつ間違えば悪の道で私をしのぐのではないだろうか。

ずんぐりした外見や、ものぐさな態度、あまりにものうげなしゃべりかたのせいで、ときとして、話すだけでも肉体的な負担となるのではないかと思えるほどだ。それは、テレパシーで人と交流できたらいいと思っているのではないかという印象を与えるほどなのだが、実は怠惰で不精に見せかけているだけで、彼の頭脳はかみそりのようにとぎすまされ、つねに鋭敏に活動しているのだ。一見何もしていないようなときこそ頭は最高によく働いているわけで、外見に表われないから、軽率な人間はすっかりだまされてしまう。

モリアーティはそわそわしはじめたかと思うと、部屋にもどって研究にかかりたいと言いだした。マイクロフトは、銃を仕込んだ杖を見せてくれとは、あえて言わなかった。彼と握手すると、研究がうまくいくようにと言って見送った。そして懐中時計を見た。

「午後の列車に乗らなくてはならんのだよ、シャーロック。首相が私の報告を待って気をもんでおられるんだ」

「モリアーティが何を研究しているかを探りに来たんだろう?」

「そういうわけだ。彼は最初いやそうだったが、私個人に説明してくれればいいというかたちにしたし、私がわざわざやってきたのは彼が元気がどうかを知るためだけではないと、思い出させてやったからな」

「それで?」

「何が?」

「ぼくに話してくれるね、もちろん?」

「ああ、それは許されないことだ。非常にまずい」

「話してくれないというのなら、兄さんといっしょに変装もしないでロンドンに戻って、白昼堂々とフリート街を歩くことにしよう」

彼はため息をついたが、降参した。

「電波の送信の原理は、ヘルツがクラーク・マクスウェルらの初期の理論を研究して打ち立てたものだ。わが国でも、同じ道筋をたどって相当の成果をあげてきた。ということは、フランスやイタリア、その他の国でも、ドイツが機密事項にしてしまう以前にヘルツの論文を一生懸命調べてきたはずだ。しかし、ヘルツは電波を伝搬させるだけでなく、反射させることもできるということを実証しているんだ。きみは運よく、研究所の壁が金属板で覆われていたことに気づいたわけだが、そのことからモリアーティは捜していたものを得たのさ。カールスルーエの人間たちが一心にやっていたのは、送信した同じ電波を受信すること——とすれば、金属の壁は反射板だったんだ」

「首相が私の報告を待って気をもんでおられるんだ」。グラッドストーンの任期も終わりのころ、1893年末、兄マイクロフトは〝エサリッジ〟のきわめて重要な発見を彼に報告した。その２年前、マイクロフトの巧妙な策略を認可したのは、彼の前任者であるソールズベリー卿だった。

「それほど価値があるとは思えないが」

「それは違うよ、シャーロック。太陽系がかくも長きにわたってかわらぬ活動を続けていることを、なんとも思わないと言うようなものだ。反射する電磁波にどれほどのことができるか、きみには想像がつかないらしい。電磁波が指向性のあるビームとなって伝播するとなれば、金属にぶつかって元の場所にはね返ってくることで……」

「そうか！　戦艦の位置を知ることができると？」

「そのとおりだ。われわれはじめ列強の国々が今盛んにつくっているのは金属性の戦艦だから、この発見は非常に大きな意味を持つ。視距儀が発明されて以来の、ただしはるかに進んだ、飛躍的な進歩になるのだ。海岸線に送信地点をはりめぐらしておけば、わが国は二度と侵攻されずにすむ。モリアーティはこのシステムが、暗闇であろうと濃い霧の中であろうと変わらない働きをすると請け合った。戦艦が近づいてこようとも、海岸に寄るはるか手前で見つかってしまうというわけだ。戦艦自体にこういう装置を備えて、装備のある戦艦どうしで追い詰めることもできるだろうと、彼は言っている」

「すごいことだ。考えてもみなかったよ。それにしても、ドイツが実際にどこまで研究を進めているか、なんとしても調べ上げなくてはならないな」

「そうしてほしい。だが、私にはどうしたらよいのかわからない。もう一度好運に恵まれれば別だがね。エージェントには探るべきことをはっきりと言いたくないんだよ。寝返る者があってはいけないし、捕まって尋問されて――きみたちはそうならずにすんだが――われわれが相手の機密を探っていることをもらす者があってはいけないからね。モリアーティの意見では、心配することはないという。

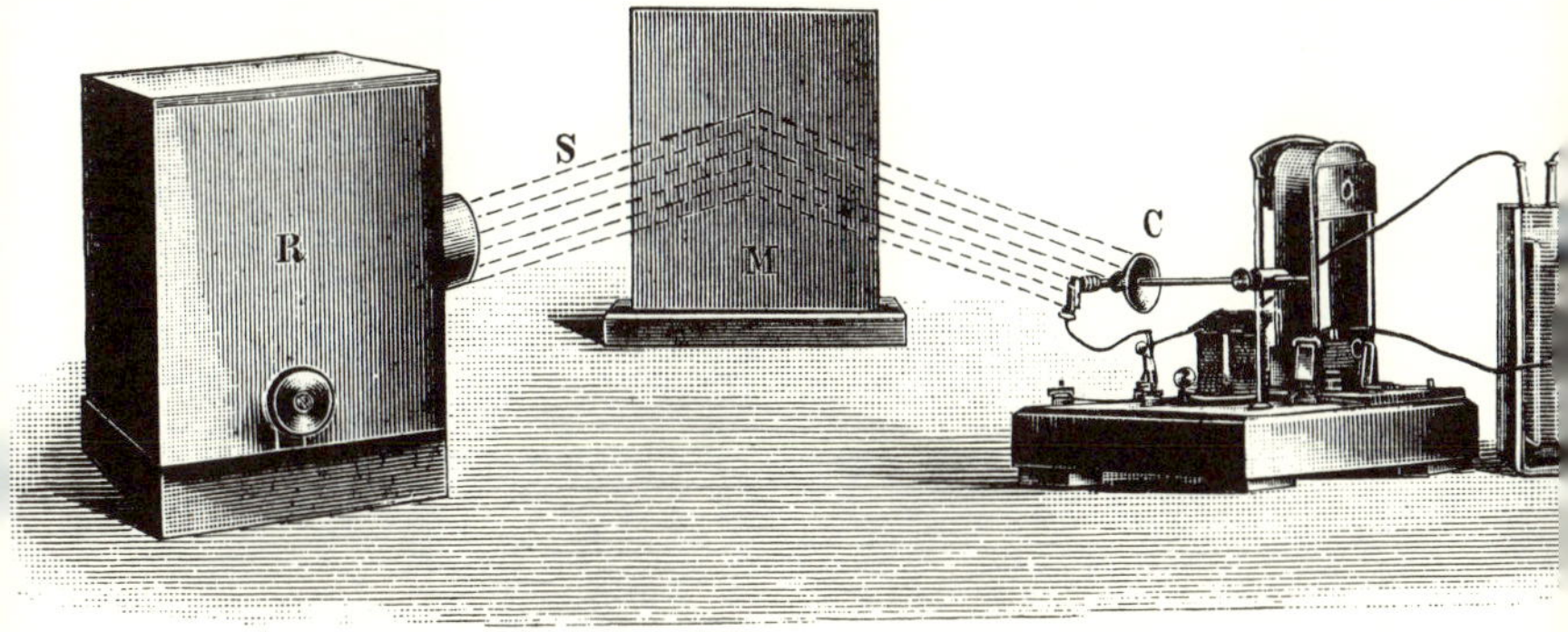

金属の表面が電磁波を反射するというクラーク・マクスウェルの主張を実証したところ。右側の共振器からの電波が金属の鏡に反射して、反対側の共振器に受信される。ここに含まれる意味の大きさに、ドイツ政府はこの研究を機密事項にした。

複雑な試験をするような段階まできていれば、カールスルーエの実験室なんぞでごちゃごちゃやっているはずはないというんだ」

「それで彼自身は？　今何をしてるのかな？」

「彼はすでに、いくつかの問題をはっきりさせた。あの研究所の規模の小ささ、それにヘルツの論文にある図の種類から、伝搬できる電波は微弱で実用化できないのではないかと思われる。長距離を越えて届くように、また受信装置まで戻ってくるほど効果的に強く反射させるために、電波を相当増幅させるような方法が不可欠だ。彼は、伝搬と反射波受信の時間差、反射させる物体の距離、このふたつのあいだの関係を計算する方法を模索している。もちろん、数字の上だけでやっているわけだがね。彼が満足いく結論を出したら、わが国の科学者たちがその結果を研究室に持ちこんで実地に実験することになる」

「ぼくたちは、しばらくこのマイリンゲンに滞在するのかな？」

「一番安全で、彼が恐れたりじゃまされたりせずに――特に暴力にじゃまされずに――研究できるときみが判断したところなら、どこでもいい。頼んだぞ、シャーロック。さあ、もう行かなくては」

「モランのことはまかせたよ。ぶちこわしにしてくれる心配がある唯一の人間だからね」

「大至急調査して、ほんのちょっとでも難癖をつけられそうなら拘留するさ」

「ぼくが留守にしたあいだ、暗黒街のそのほかの連中はどうしているだろう？」ドアに向かいながら、私は尋ねた。

「ああ、スコットランド・ヤードの連中は一生懸命がんばってるよ。新しいビルには、首都圏警察の面々を落ち着かせる効果があるようだ。ぶつくさ言うことが少なくなったし、当局にたてつくような好戦的な物言いも減った」

「給料と恩給がよくなれば、もっとうまくいくだろう。新任の警視総監、ブラッドフォードはどんな具合だい？」

「なかなかよくやっている。昔のインドのころとは違ってね。所轄区域の各署にわざわざ出向いていって、部下たちに意見を出せとたきつけているよ」

「それはすごい！」

「新しい署もいくつかできているところだし、古い署は改修された。夏場は制服が軽装になったし、スポーツクラブもできている。あげくの果てに、独自の週刊新聞まであるんだ。『ポリス・レビュー・アンド・パレード・ゴシップ』だとさ」マイクロフトは含み笑いをした。「創刊号にさっそく、おまえについての不名誉な記事が載っていたぞ」

　サー・エドワード・ブラッドフォード大佐。ロンドン首都圏警察の警視総監。在任1890年〜1903年。陸軍で頭角を現わした後、インド省で政治部、諜報部の長官を務めた。警官の闘争や不満にしっかりと対処し、結果的に数々の有益な改革を行なった。

「死者に鞭打つとはね！」

「ああ、そういえば、おまえの友人のレストレード警部を先日見かけたな。話しかけはしなかったが。彼はおまえの遺志が自分の双肩にかかっていると思いこんでいるらしい。『ミスター・シャーロック・オームズのご冥福を祈る。いろいろあったが、ありゃ、おれの流儀じゃねえ』とかいったところだろう」

　私たちは声をたてて笑ったが、私はちょっと声をひそめて尋ねた。「ワトスンはどうしたろう？　彼を見かけたかい？」

「いや。彼は奥さんを亡くしたんだよ。気の毒に」

「あのかわいい奥さんをか！　全然知らなかった」

「そうだろう、きみには言えなかった。うっかりお悔やみの言葉を送りたい気持ちにかられるかもしれないと思ってな。そんなことをしたら、彼はきみからだと気づいてしまうかもしれん」

「かわいそうなメアリー。ワトスンも気の毒に。この仕事が終わったら、もうこんなことはごめんだぞ、マイクロフト」

「すべてがうまくいきさえすれば、スパイなんていう商売もなくなるだろうさ。ブリテン島は難攻不落になる。それに、いつかはわからんが、早晩電磁波のスパイが人間にとってかわって——ひょっとしたら敵国の裏町まで入っていけるようになるかもしれんよ」

「スパイがなくなる？　退屈で死んでしまうんじゃないかい、マイクロフト。でもまだ、ディオゲネス・クラブがあるか。だいじょうぶ、刺激はなくならない」

兄弟らしく別れのあいさつをしたあと、私は栄養たっぷりの番犬という役目に戻った。ワトスンは悲しみに暮れ、レストレードはいばりくさり、犯罪のひしめくロンドンが私にむかって警鐘を鳴らしているというのに。

〃ユリーカ！〃

夜明けがやっと訪れたころ――まごうことなき日の光、文字どおりの夜明けだった――英国館の私の部屋のドアをドンドンたたく音がした。私はベッドから飛び起きてドアに向かい、どんな緊急事態にも備えられるよう警戒体制をとった。

鍵を回してドアを開けたとたん、まず私は恐れていたことが現実になったのだと思った。モリアーティが化粧着姿で立っていたのだ。チョークのような顔色、頭の両脇からぼさぼさとつっ立った髪の毛、まわりを取り巻く眼窩に沈んでしまうほど深くくぼんだ目。

しかし、その奥にある両の目は炎のようにきらめいている。部屋のしきいを越えてすばやく入ってくると、彼は紙きれの束をひらひらさせ、たったひとこと言った。「ユリーカ（わかったぞ）！」

私は彼を自室にせきたてていった。興奮のあまり無防備に鍵もかけないで出てきたかもしれないと思ったのだ。私たち以外、ホテルじゅうはしんと静まりかえり、通路は夜の最後の影の中で人けもなかったけれども、どんな危険があったものかわからない。思ったとおり、彼の部屋のドアは大きく開け放たれていた。紙きれがベッドカバーの上一面に散らばり、そこで彼が眠った形跡はまったくなかった。

彼は自分のへまに気づいて黙ったままうなずいてみせたが、空いているほうの手で私の肩をつかんだ。彼がついに計算の結果に到達したということをわからせるには、私のからだを揺さぶらなくてはならないとでも考えているようだった。

「反論の余地はない！」だいじょうぶなのかときく間を私に与えず、彼は言った。「軍艦のような実在の金属製物体の位置をつきとめることはできる。そして、反射波の強さと方向から、物体の位置を正確に計算することも可能だ。従来の視距儀は、小型武器が近くで爆発した場合以外では、あっというまに時代遅れになるぞ！」

「やったな、教授！」私は声をあげて彼と握手した。彼の手は蒼白な顔色と対照的に、熱でもあるように熱かった。「前ぶれもなく結論に達したのか？」

彼は興奮してうなずいた。「潜在意識ではよくあることだよ、ホームズ君。きみだって、長いあいだ取り組んできた問題、なんとかしようと意識的に努力してもどうにもならないように見えたことが、何の苦もなかったかのように突然、ひとりでに解決するものなのだと知っているはずだ——思いがけない霊感のうねりの前に、障害物がとけてなくなったようにね」

「ぼくの場合はシャグ煙草が一ポンドあれば、そういうことが起きるがね」私は微笑んだ。「でも、言いたいことはわかるよ。霊感というものの本質は、人間に見極められるのを待っている最大の課題のひとつだ。でも人間は、その究極の実体を教えてくれるものは霊感そのものだと気づくほかない。ということは、われわれはどう結論づけることになるのかな？」

私が哲学者ぶったのを彼は気にもとめていなかった。

「ベッドに倒れこんでしまいそうだが、もうひといき、もう何度めになるかわからんが研究の詰めのところに目を通そう。何かにひっかかって手間取っていたんだが、そのあと覚えているのは答えがわかったということだった。今何時だろう?」彼は目を細めてあたりを見回した。早朝だということだけは気づいているらしかった。

「四時半だ」

「なんと! あっという間だな。だが、私はわかったんだよ、ホームズ君。断言する。私はつかんだのだ——さらに先も」

「先も? それはどういうことだ、教授?」

彼は急に警戒するような表情になった。

「言わないほうがいい」彼は答えた。「私が発見したことを知る者は少ないほど安全だ」

「それなら、すぐにその秘密を兄のところで守ってもらうようにしたほうが、もっと安全だろう。公文書送達吏《クィーンズ・メッセンジャー》に書類を取りに来てもらうように、兄に電報を打とうか? 彼が自分でまた来ると言うかもしれないが」

「私自身がロンドンに行って詳細を説明したい」彼はすねてでもいるようにベッドにこぶしをたたきつけていた。「そうできないか? たとえ、私を待ち受けている危険が増えることになるとしても。私は変装など無理だと思う」

ここに来てから数週間のうちに、マイクロフトはセバスチャン・モラン大佐について調査したと報告してきていた。モランはロンドンの自分のアパートには何か月も姿を現わしていない。その居住区の管理人は、漠然と外国に行くと聞かされただけだった。その男は、彼がどこに行くつもりだったのか思い当たらず、大佐が持っていた荷物からも参考になることは何も思い出せないらしい。

私は自分で言ったことを考え直した。「公文書送達吏は危険かもしれない。彼らには全幅の信頼がおけるが、その荷物が政治的なものだろうと考えられて、外部から襲われる機会が常にあるからな。マイクロフトが来るにしても、ロンドンのウエストエンドから外へ出ないと知れわたっている男が二度までもこんなわけのわからないところに向かうということになると、関心ある筋が疑うかもしれない。結局、ぼくが行くのがよさそうだ」

モリアーティは揺れる頭を、問いかけるようにもたげた。

「安心して書類を託してくれたまえ、教授。ぼくならずっと変装して行けるからね——何通りにも姿を変えるんだ。ぼくが行けば、マイクロフトから次の計画を聞くことができる。特に、きみに関してね。きみのほうは、ここにいればこのうえなく安全だ」

「私を保護するのがきみの任務のはずだ」彼は念を押した。

「われらが有能なる主人に、その仕事を肩代わりしてもらおう」

「シュタイラーに？　彼がどんな役に立つ？」

「話していなかったがね、教授、ペーター・シュタイラーはこの計画のおしまいまで信頼するに足るエージェントなんだ。初めから彼は、ぼくらがふたりそろって〝死亡〟したことについて真相を知っている、数少ない人間のひとりだった。そしてぼくらがここに戻ってきてからは、ふたりのために警戒を怠らずにいてくれたんだ。ぼくが一時的にいなくなれば、彼が全身全霊できみを守ってくれるだろう」

付け加えるまでもないことだが、私が出かけているあいだ、シュタイラーにはモリアーティが勝手にマイリンゲンを出ていくことがないようにしてもらわなければならなかった。私が彼の書いたものの写し——それが真性の写しで〝ごまかし〟のあるものでないと断言できるだろうか？　——を持って離れているあいだに、原本のほうを持ってゆくえをくらまそうという考えが起こらないとも限らない。モリアーティは言外の意味を逃すことなく察知したのだろうが、それでも彼はめったに見せることのない笑みをゆっくりと広げた。

「願ってもないことだよ、ホームズ君。きみが出かけていくことは無駄にはならないから、安心してほしい。兄さんとその科学顧問たちは、きみが運んだものに満足するどころではなく、手放しで喜ぶことだろう」

というわけで私は、次々に変装を変えながらロンドンへ向かった。口髭と顎髭をたくわえて葉巻をふかす、がっしりしたスイス人ビジネスマン。くだけた田舎ふうのなりをして、絵筆とパレットがのぞくナップサックを背負った、フランス人芸術家。そして、海峡を渡るときには、外国人にいらだち、早くマンチェスターの〝かみさんとちびども〟のところに帰りたいもんだとこぼす、出張中の青ざめた顔のイギリス人セールスマン、という具合だ。

モリアーティは、自分の研究をおびただしい数式や注の入った何ページにもわたる長さの文書にまとめあげた。出発の前に私は、研究メモを全部シュタイラーの手にゆだねて、安全確実な場所に封じておいてもらうように言い張った。教授がすべてを自分の頭ひとつに納めて、シュタイラーの監視をかいくぐって記憶がそこなわれないまま遠くに逃げだすことがないかぎり、彼の背信行為に対する保険になるからだ。

ほぼ三年もたってから再びロンドンに戻るというのは、奇妙な気分だった。今回の使命が始まるまでは、そこが私自身の活動の中心であり、私はそこから思索と推理の手を広げていたのだ。相談ごとを持ちこんでくるさまざまな境遇の男性や女性から話を聞いて、頭の中でいろいろな場所、いろいろな場面に旅することで、ベイカー街二二一Bの安息の場を一歩も出ずに解決してやることも、よくあるのだった。

こざっぱりとしたドイツとスイスにいたあとだったためか、大都会ロンドンは薄汚れて騒々しく感じられた。一八九三年初冬のことだ。酸性を帯びた霧のせいで空気はずっとじめじめしていたし、いたるところで道路工事が行なわれ土が掘り返されていて、街の顔つきは広範囲にわたって変わろうとしているようだった。

マイクロフトは、専門家たちが大急ぎでモリアーティの文書に目を通しているあいだ、私をディオゲネス・クラブの奥まったところにかくまおうかと言った。そこでなら、正体に気づかれる危険は冒さずにすむからだ。だが私は、初老の紳士にでも変装してストランド街のはずれのホテルに泊まりたいと言って、きっぱり断わった。そうすれば自由に街を散歩でき、私がいなかったあいだに、はなはだしく、あるいはささやかに変わったところを確かめられるからだ。

なかでもいちばん感慨深かったのは、三十年近くもかかって完成されたタワー・ブリッジだった。橋の車道部分が中央でせりあがって半分ずつに分かれ、船を通すところを、やっと見ることができた

1893年のおわり、ひそかにロンドンに戻ったため、30年近くも工事に費やした末にほぼ完成したタワー・ブリッジを見ることができた。私は上部の歩道から広がる風景を見渡し、その下の車道がはね上がって船を通すところも見た。

のだ。私は橋の上部の歩道を歩いて渡り、不規則に広がる首都のすばらしい全景を楽しんだ。

サウス・ケンジントンのインペリアル・インスティテュートもとうとう完成しており、その巨大なルネッサンスふうの建築がどことなくイギリスの風景にそぐわないような感じを受けた。それと同じ建築家、T・E・コルカットの作品でもっと目をみはったのは、ケンブリッジ・サーカスのシャフツベリー・アヴェニューとチャリング・クロス・ロードが出会うあたりにある、正面が凹面になった劇場だ。文化はここまできてしまったのかと、私は堕落を見る思いがした。私が異郷での生活を余儀なくされるほんの少し前にドイリー・カート（ギルバートとサリヴァンのオペレッタで知られる、英国のオペラ興行主。一八四四～一九〇一）が〝金に糸目をつけず〟開業したときには、自国のクラシック音楽を再生させてその永住の地をつくることを目的とした、ロイヤル・イングリッシュ・オペラ劇場だった。私はそこでの最初の公演、サリヴァンの唯一のグランドオペラ『アイヴァンホー』を観にいった。だが出てくるときには、ほかの人たちもたいていそうだっただろうが、ギルバートと共演しているときの独特の生彩を欠いていたことをなげいていたのを覚えている。

ところが、私のいないあいだに劇場は人手に渡り、ザ・パレスという演芸館になっていた。このことはわれわれイギリス人の趣味をそれなりに表わしている。だが、ダン・レノ、アルバート・シュヴァリエ、ロティ・コリンズ、エイダ・リーヴ、ヴェスタ・ティリー、チャールズ・コバーンらの直観的で不条理な芸が、サー・ウォルター・スコットがアーサー・サリヴァンと一体になって一生懸命考え抜いた末の芸よりも好きだという者を、だれが責められようか？

大英帝国の中心たるピカデリー・サーカスでは、目新しく楽しいものを目にした。私のいないあい

ケンブリッジ・サーカスのロイヤル・イングリッシュ・オペラ劇場。私が国外に出る少し前に、リチャード・ドイリー・カートが自国の作品を公演するために開業した。サリヴァンの『アイヴァンホー』の評価はさまざまだったが、それからいくらも作品を上演しないうちに、演芸館〝ザ・パレス〟になってしまった。

だ、一八九三年に、世界一大きいというふれこみのアルミニウム像と合体した噴水がそびえていたのだ。裸で羽根がはえ、兜をかぶった少年が虹を放ち、救援に飛んでいく博愛を表わしている像だ。この像は以来、エロス像として世界中の人々に親しまれている。

この彫刻は、一八八五年に死去した最も高潔な慈善家、シャフツベリー卿を記念してサー・アルフレッド・ギルバートが作ったものだが、像が衣服をまとっていないことは数々の物議をかもした。良識ある家族づれは、ピカデリー・サーカスを通りたがらなかったり、その場所から目をそらしたりしたと聞く。

ベイカー街を歩いてみたい気持ちには、あらがいがたかった。しかし、なつかしい建物に入っていってハドスン夫人に涙ながらに出迎えられ、なじみの雑多なものに囲まれて暖炉のそばのいすで一時間ばかり至福の時を過ごし、ワトスンについて、彼の亡くなった奥さんのことや彼の健康や精神状態や消息について、善良な婦人が話してくれそうなことならなんでも聞き出す――それは何にも増して強い誘惑だったが、また何よりも固く避けねばならないことでもあった。私は自分自身に、その方面へ行くことを禁じた。

二日のあいだだけ自由にすごしたあと、私はホテルで手紙を受け取った。差出人を見るとロンドン図書館からの手紙ということになっていたが、それはディオゲネス・クラブへの呼び出しだった。マイクロフト本人がロビーで私を出迎え、陰気なボーイにとやかく言わせず私を案内していった。

委員会室のドアに鍵をかけて振り向いたマイクロフトの表情は、深刻だった。

「問題があるようだね」私は腰をおろしてつけ髭をなでつけた。「彼の発見を理解してもらえなかったのかい？」

「とんでもない」彼は陰気に答えて、水差しからふたり分のコーヒーをついだ。「明快さのお手本だ――まれに見るすばらしさだということだよ」

「それで？　わからないことがあるというんじゃないんだね？」

「いや。純粋に数学的な見地からは、論文に非の打ちどころはない。彼はドイツ人が究明しようとしていたことの論理的基礎を、あますところなく明らかにしている。それ以上のところにまで進んでもいるよ」

「彼もその先があると言っていた」

「ドイツ人たちはこの目的にかなう電波の波長は一メートルかそこらだろうと考えていたが、装置の性格からして電波はそれよりも相当波長の長いものになってしまい、結果として微弱な信号になるということを、彼はつきとめた。モリアーティの考えでは、波長のきわめて短い電波を使った、連続した短いパルスのほうが必要なのだという――メートルではなく、ミリメートルかセンチメートル単位のだ。それによってより大きい出力を生み出すばかりでなく、標的からの反射波も連続的になり、標的の方向と動いている速度を示してくれるだろうという。すると、標的がどんなに進路を変更しようとも、方向探知用の発信機で追うことができる。サーチライトでめいっぱい照らしたと同様に標的をキャッチでき、しかもそれを相手には気づかれない。反射波の方向に沿って銃や魚雷を発射すれば、狙いははずれないし簡単だ。方向指示電波は海中でも有効なので、海にもぐった潜水艦の位置も正確に示せるという脚注まであったよ。水中でも、暗闇や霧の中、晴れた空と同じように働くだろう」

私は置かれた状況を忘れて口笛を吹いてしまいそうになった。

「ということは、防御と攻撃の両面で最強の武器じゃないか」

「そのとおりだ」そう言いながらも、マイクロフトは悲しそうな、弁解がましい目つきで私をじっと見た。「だが問題は、その理論が役に立たないということなのだ」

「役に立たない⁉」

「というよりは、立てられないと言ったほうがいいだろう。さっきも言ったが、モリアーティの理論はすばらしく、理論そのものにまったく無理はない。だがそれは、数式の上だけのことなのだ。実用的なものにするために必要な技術と装置が、今は存在しない。装置がなくては、この概念は無意味なのだ」

「無意味だって！」

私はマイクロフトの言葉の意味するところを、なんとかくみ取ろうとした。「このぼくの大事な三年間を――モリアーティ教授もそうだろう――捧げてきた結果が、まったくのむだ骨だというのかい？」

「大げさに考え過ぎだよ、シャーロック」マイクロフトはたしなめるように言った。「あらゆる知的な業務は、『知るべき必要性』というものを根幹にしているものだ。気を静めて状況を考え直してみれば、いささか消極的な意味ではあるが、満足のいくものだったとわかるはずだ。少なくとも、ドイツその他の国々に対してある種の力を持つことができた。理論に関するかぎり、電磁波がどのようにして対象を探知するか、そして、それをどう使えば敵の船を破壊できるかということが、すべてわかったわけだ。これまでのところ、われわれのライバルがそこまで到達したという情報はない。彼らはまだ、数式と格闘している最中だからな。ただ、理論を現実のシステムに変換できないという点は、たしかに残念だ。実践できる装置がないということはな」

「この国ではということかい？　それとも、どこの国でも？」

「どこの国でもだ。満足すべき状況だと言ったのは、そのためだよ。完全な理論を把握しているわれわれでさえできないのだから、ほかの国ができるはずはない。大英帝国はけっして好戦的な国ではなく、何よりも平和を望んでいる。敵意を持たれていると思われる相手に遅れをとっているどころか、むしろ先んじているということを知っているかぎり、われわれは安心していられるのだ」

「そいつはややひとりよがりに聞こえるね、マイクロフト。そんなふうに考え続けるとしたら、そのうち後悔することになるよ」

「どんなふうに?」

「ドイツ、フランス、どこでもいいが、どこかの国がこの理論に達して、軍事的なシステムをぼくらよりも先に作れば、不意討ちをくわされることもありうる。モリアーティがあの方程式をたずさえてそうした国に亡命する可能性だってあるんだ」

「そうなったとしても変わりはない。いいか、完全な理論ができたところで、それをもとにした実用的な技術ができるには三〇年、四〇年、五〇年とかかるのだ。今の技術では、電気信号を増幅することはできない。システムに必要な短波長の放射をする装置も存在しない。画像や反射したインパルスを受け取る機器は今のところ写真乾板しかないが、それでは役に立たないのだ」

「完全な理論ができたことで、開発がすぐ進むんじゃないだろうか」

「いや、無理だよ。モリアーティのような数学の天才でも、技術革新の期間を短くすることはできない。レオナルド・ダ・ヴィンチの飛行理論のことを考えてみたまえ。人間はまだ、あの理論を現実にできていないではないか」

私は委員会室のテーブルの前でアップライトチェアに深く沈みこんだ。ドアにはカギがかかっているが、あえて入ってこようとする者がいるはずもなかった。私はディオゲネス・クラブの委員会がどんなものかを思い描いた。お互いをまったく知らないメンバーがどんなことを議論しようというのか、それを考えたら想像力もしぼんでしまう。今の私たちといえば、国際間の安全保障の問題、ひいては支配関係までを議論しているわけだが、たいして変わりがあるとは思えなかった。

そのとき、私はあることを思いついた。

「で、これからどうするんだい、マイクロフト?」

「当然、科学者たちがこの問題について研究を続けることになる。努力すべき目標がはっきりしていることで、非常にいい効果が生まれるはずだ」

「そして、彼らが研究しているあいだにスパイや裏切り者や買収された役人が方程式を手に入れて、ぼくらが目標に達したときは、ほかの国がすでに追いついている、というわけか」

「その心配は無用だよ、シャーロック。わが国の保安体制がどこよりもすぐれていることは、知れわたっている」

「それを脅かす例を示すこともできるよ」

「なんだね?」

「モリアーティだ」

「モリアーティ? 彼が何をするというんだ?」

「今回のことは、彼の頭脳の産物と言っていい。それがむだになったと聞かされたら彼がどんな反応をするか、考えたことがあるかい?」

　顔つきからすると、マイクロフトはその問題を考えもしなかったようだった。

「彼は……彼は理解してくれるはずだ」マイクロフトは口ごもった。その口調は、確信があるというにはほど遠い。

「いいや、彼は納得しないよ。兄さんが再三ぼくに言ってきたように、モリアーティは理論家だ。彼は、ある物事が実現できるのを証明する仕事をしてきた。今になって彼は、実現するための装置がないとか、作る才能を持った人間がいないとか、装置のための材料がないと言われるのかい? 彼の気質からすれば、どんな反応をするかはよくわかるよ」

「どうなると?」

「爆発だ。逆上するのさ」

「まあ、残念なことではある――彼でなく、われわれ自身にとってね。だが、どうすることもできないのだ」

「でも、何かをすべきだ。事態は深刻なんだから。彼の立場に立ってみてほしい。合法的な経歴はまったく無に帰して、ぼくらが社会的に抹殺したも同じことだ。彼は偽物のアイデンティティで生きていくしかなく、過去の業績については何も言う権利がない。今後、二項定理や小惑星の力学の分野で新たな才能をもった理論家が出現したらどうなるか? 当然、その理論家は故ジェイムズ・モリアーティ教授の仕事など見落とすか、認めるのを拒否して、自分の構想にもとづいた理論を組み立てることだろう。モリアーティは、自分が否定した賞賛をその新人が一心にあびるのを指をくわえてながめながら、人知れぬ生活を送らなければならないんだ」

「たしかに不快なことだろう。だがね、前にも言ったとおり、小惑星に関する彼の仕事は欠陥のあるものだった。彼は自分が望んだ結論に到達するために、本来なら除くことのできない障害をよけてしまっているのだ。だから、彼は抗議のできる筋合いではない」

「モリアーティにとっては意味のない問題だよ。彼にとっては、自分が確信しているということだけが問題なんだ。彼が正しいということを認めない者はすべて無能か、悪くすれば敵ということになる。今回ぼくらは、彼が正しいと認めるわけだが、その発見を利用することができないと言わざるをえない。それが彼にとってどれほどのいらだちになるか、わかるかい?」

マイクロフトは、あきらめたように肩をすくめた。「彼には真実を話して納得してもらうしかない。長いことわれわれのために働いてもらったことは認めるが、実際の技術開発が進むまでは何もできないのもたしかなのだ」

私は頭を横に振った。「ぼくには彼のことがわかっている。モリアーティはぼくらの科学者が無能だと判断するか、それとも自分のよく知っているたぐいの策略を練っていると考えるだろう。ぼくらは彼の理論を手に入れ、それを利用するチャンスも十分に持っている。なのにぼくらは、彼を認めたがらないんだ」

「だが、なぜそうしなければならない? この仕事は極秘のものだ。公表される性質の研究ではないのだから、公的に認められるかどうかという点は問題外だろう。それに、エサリッジにせよほかの名前にせよ、彼は今後の人生でモリアーティ以外の名を使っていくわけで、いずれにせよ認められることに意味はない」

「マイクロフト、あなたはモリアーティの精神状態のせいにするかもしれないけれど――偏執狂《パラノイア》だとね――ぼくの考えでは、彼は自分の発見を持ってドイツに行くと思うよ」

「ドイツへだと！」

「それが彼にとって最も理にかなった行動だからだ。彼はぼくらのために働き、それによって大発見をした。ところが、不誠実なせいか適性がないためか、ぼくらはそれについて何もしようとしない。『よくやった、教授。じゃあ、さようなら』とでも言うようなものだ。そんな冷たいあしらいをされたら、どこへ行けばいい？」

「ひとつだけはっきりしているのは」マイクロフトはけわしい顔つきになった。「彼はドイツにだけは行かないということだ」

「じゃあフランスか、ロシアかもしれない。今回の彼は、何かを欲しいという気持ちに頼らずに、欠陥のない理論を打ち立てた。もう彼も若くはない。残る唯一の野心は、偽名にせよ、自分自身がその理論の所有者になることだ。長い目で見れば、彼が持ち続けているかぎり、だれが認めているかということは問題ではなくなると思う」

「わかったよシャーロック、もうたくさんだ」マイクロフトはぼやくように言うと、巨体を椅子に沈めた。「すでに何もかもきちんとおさまってしまっているんだ」

「ぼくも偏執狂になったって言うんじゃないだろうね。とにかく、これから教授のことをどうするつもりなんだい？」

マイクロフトはまたそわそわしたようすになり、そっとうかがうような表情を見せた。

「それは、まあ、まだ完全に決めたわけではない。いろいろと問題があってね」

「もちろんそうだろうとも。たとえば、彼の住むところは？　兄さんが前にも言ったように、イギリスは無理だ。家の中に引きこもって余生を送るなどということは、彼にはできないだろう」

「自由な生活のためにも、われわれの利益のためにも、外国に住んだほうが彼にとって幸せだろうということは、考えてきた」

「外国に住む？　あの秘密を持って？　どの国にせよ、彼にしかるべき地位を与え、その名を科学の世界に発表してくれることだろうさ。彼の本当の名をね。ライヘンバッハの滝で本当は何があったのか、そしてイギリス政府がどうやって彼を脅し、どういう結果になったかを、フランスやドイツが公にしたとしたら、いったいどんなことになるだろうね」

「やめろ、シャーロック！　得意になるんじゃない！　きみがそんなふうに気軽に批判する問題で、私がどれほど頭を悩ましているか、わからないのか？　モリアーティ教授の将来については、私も自分なりに非常に心配しているのだ」

私は兄の顔をじっと覗きこんだ。内密の仕事にかかわるときの彼がどれほど冷酷になれるか、私はよく知っている。彼はもともと無情でも残酷でもない。良心のとがめや体面について、認めるべきときは認める人間だ。だが、それが障害になったり危機を招いたりする状況に直面すれば、そうしたことを無視するのもためらわないのである。

どうやら、モリアーティの件で私は彼を悩ませてしまったらしい。彼を議論で追いつめるのは私の楽しみのひとつだったが、それは、彼がどうやって切り抜けるかを見ることができるからにほかならなかった。互いに知的な格闘を楽しんでいたわけだ。ところが今回は、その楽しみがまったくなかった。マイクロフトを追いつめたのは、私ではない。彼はすでに状況によって追いつめられ、気のきいた逃げ道はすべてふさがれているのだ。あとは思い切った冷酷な手に出るしかない。私の目を見返した兄の顔にやどる絶望的な、申し訳なさそうな表情が、すべてを語っていた。

「それはだめだよ、マイクロフト」

そう言った私を、彼はきびしい目つきで見た。「彼を破滅させるためならどんなことでもする、ときみが言ったのは、そう昔のことではないと思うが」

「三年前だった。あのあとぼくは、わかったんだ。彼を気に入ったなどというわけではないけれど、置かれた状況が変わってみて、お互いが実はどんな人間だったのかを理解するにはどうしたらいいかということを知ったんだと思う」

「シャーロック、私が現在置かれているのは——いや、私は自分のためでなく、女王陛下の政府のために話しているのだが——ひとりの優秀な頭を持った、しかし情緒不安定で極度の犯罪的傾向のある男をあつかっているという状況だ。彼は自国の国家機密となるような発見をしたが、それがすぐに利用されることはなく、いつかは現実のものになるとしても、それは自分が死んだあとの時代になると知らされる運命にある。きみが指摘したように、彼がそれを事実として受け入れるとはとても考えられない。その結果、野心的で気短で異常なほど利己的な人物としては当然、われわれができないか、または拒否している理論の実践をできるような相手を、見つけようとするだろう。彼の抱える機密の性格上、われわれはそんなことを黙認するわけにはいかない。彼をどこかに閉じこめてカギを捨ててしまうなどという方法以外に——それ以外に唯一残る手だてについては、口に出したくもないが——このジレンマを解決する手だてがあったら、ぜひとも教えてくれんかね」

「わかった」と私は答えた。「ひとつあるよ」

海軍の祭典

ドーセット州ポートランドにある帝国刑務所の看守長は、その日一日の戸外での集団作業をすべてとりやめにするよう命じていた。ふと私は、囚人たちは新鮮な空気と運動をとりあげられても残念には思わないだろうと思った。最近の作業内容は、セメントの石切り場で石灰岩を砕くというものだったのだ。岩だらけの半島に吹きすさぶ十二月の風は突き刺すようで、身体がまっぷたつに切られてしまいそうな感じがする。

看守長は内務省から何の説明も受けておらず、ただウェイマス湾で海軍の軍事実習が内密に行なわれることになっている、ヘンリー八世の古城の見晴らしのよい場所から軍の高官たちほかが視察することになるだろう、と聞かされているだけだった。予防措置が徹底していたのかもしれない。白い石板のあいだで強制労働をしているなかに、モリアーティ教授に気づいた者はいなかった。彼のせいでここに入れられた者たちですら、その姿に気づかなかったのだ。

しかし、そのなかにはシャーロック・ホームズらしき人影にだったら目をこらすかもしれない、古参の服役囚が数人いた。私は帝国海軍の中佐の制服を着て、堂々とりっぱな海軍ふうの髭をはやしていたため、本来の風貌を思わせるものはないはずだったが、そういう囚人たちは用心して外へ出さないようにするのが賢明だろうと考えられた。

モリアーティには変装を試みなかった。変装などできそうになかったのだ。彼は黒い中折れ帽をかぶり、つばを目深に引きおろして、さらにコートの黒い毛皮の衿を顎のあたりまで引き上げ、寒さから身を守ると同時に顔も隠していた。

自分の性癖に逆らって、マイクロフトは自分も立ち合わなければならないとしぶしぶながら承知した。われわれ小集団のその他のメンバーは、海軍の将校たちと、科学者のふりをしたホワイトホールの文官たちだった。正真正銘の科学者は、ひとりでもモリアーティを知っている者がいるといけないので、メンバーからはずされていた。

広大で水深の深いポートランド港の防波堤は、当時まだ囚人たちが建設している最中で、そこだけでなかば島と同じ地域になろうとしていた。港には、スクリュー駆動の新型装甲艦から、急速に時代遅れになってきている外輪船の軍艦や、蒸気と帆走の両用船や帆船まで、形も大きさもさまざまな船舶がひしめいていた。ウェイマス湾のさらに沖に、私たちが用意してきた望遠鏡で、三隻だけ軍艦が見えた。巡洋戦艦のほか、かなり浅い流れの水位の低いところにいるのが沿岸警備巡視船、そしていちばん小さいのが機雷の砲艦だと、私たち門外漢に説明があった。

最も高い岩山のひとつの陰にある木造の小屋に、私たちは案内された。窓からは、ウェイマス湾がはるか東のセント・アルデルム岬まで見晴らせた。よく晴れた明るい日で、ドーセットの海岸線がきらめいている。印象的な眺めだった。だが、私たちはすぐに気分を引き締めて、その小屋の中に集めたものに神経を集中した。海兵隊の歩哨をひとり残して、外をくまなく見張らせるようにしておいた。

ドーセット州ポートランドの石灰岩の石切り場では、主に刑務所の服役囚たちが働いていた。海軍の重要な基地とウェイマス湾を見晴らすこの荒涼とした場所が、軍艦の位置を電波で探知する実演の場に選ばれ、その実演は予期せぬ劇的なクライマックスを迎えることになった。

カールスルーエの例の研究所でわずかに目にした記憶から、これはそこをまるまる再現したものだとわかった。家具らしきものはほとんどなく、ベンチがいくつかとテーブルがひとつだけあって、テーブルの上には私たちの目の前にある湾が描かれたキャンヴァス地の海図が広げてあった。外にいる三隻の海軍船をかたどった小さな木製の模型が、テーブルの上の海図のそばに置いてある。

窓の下は海岸で、新たに考案された小型の部材がいくつか据えつけられ、その後ろに壁と水平に黒い盤があり、さまざまなサイズのダイヤルがついている。目立ってたくさんある配線が、ベンチの下にある箱やライデン瓶の中に入っていったり、上にのぼって小屋の屋根を通り、見えなくなっている。前もって見ていた屋根の上では、金属の棒のてっぺんにある風向計に似た装置一式につながっていた。その装置は風が吹いたくらいでは振れもせず、しっかり固定してあって、この不毛の地を吹き荒れる突風が強く吹きつけたときだけ震えるくらいだ。

有能さを示す数々のバッジをつけた曹長が、制御盤の前の自分の席で堅苦しく気をつけの姿勢をとっている。その他の者は、屋根の上の計器を回転させるらしい操舵輪のそばに立っている。

金モール、帽子には葉の記章、何列ものメダルに大英帝国勲章の星と、ほかの者よりひときわきらびやかなひとりの将校が、軍曹以外の私たち全員に座るように勧めた。彼が私たちに演説しているあいだ、軍曹たちはそのうしろで休めの姿勢で堅苦しく立っていた。

「みなさん、このたびの実演について手短に紹介させていただきましょう。この目的についてはすでにご承知の通りです。エサリッジ教授が導かれた原理に従って組み立てられた、電磁波による方向探知の計器を、研究室の外で初めてテストするということであります。教授も今日のメンバーに入って

ポートランド海軍基地の堤防は、実演をしたときには囚人たちの手でまだ建設中だった。巡洋艦、巡視船、機雷の砲撃船が、クラーク・マクスウェル、ヘルツ、そして〝エサリッジ〟の理論から導き出された電磁波方向探知装置の〝ターゲット〟だった。

おられる。はなはだ簡単に言うと、実習の目標はウェイマス湾にいる三隻の船の位置を、この小屋の屋根に置いたアンテナから発する方向探知電波とそれに対応する反射波によって順々につきとめること。すべて順調に運べば、目標物から戻ってきた反射波を受信することができるというわけです」

「そんなものなくともこの目で見えているがね」軍属のひとりがものうげに言って、くすりと笑った。

進行を預かっている将校が笑みを浮かべて、盤の前にいる曹長に軽く指示を与えた。曹長はきびきびと回れ右をして、黒いキャンヴァス地の日よけに手を伸ばして引きおろし、窓を覆った。と同時に、たくさんあるスイッチのうちのひとつを押した。部屋はたったひとつの電球で照らされた。

「まだ見える」さきほどの軍属が言い張った。「つまり、海岸線の特徴と考え合わせて、記憶をもとに船の位置を指摘できるということだが」

「そういう異議が唱えられるだろうと予測していましたよ、ジョージ卿」将校はこともなげに言った。それから、知らぬ間に私たちについてきてドアに背を向けて立っていたひとりの水兵に向き直った。

「通信手」

「は!」その男はさっと気をつけの姿勢をとった。

「外に出て、船を走り始めるようにさせろ」

「アイアイサー」

男は外に出て、ドアを閉めた。将校は話を再開した。

「艦長たちは、ここから送られる日光反射信号機の信号を待って発進します。この湾内のどこでも彼らのために特別に進路をあけてあるから、どこでも好きなところに行けるのです。持ち時間は三十分

ハインリヒ・ヘルツの発振器。誘導コイル（左下）の両端末が蓄電器（コンデンサー）A、Bに接続され、ふたつの真鍮の玉a、bのあいだにスパークが走って、発振される。

で、その時間のたったときには広い範囲に散らばっていて、われわれのうちのだれも各艦がどこにいるのか言い当てることはできません。そのときに初めてテストが開始されます」

一分一分がのろのろと過ぎていった。計器に対して数々の質問が出されたが、将校は大まかな原理をくりかえすだけで、細かいことには立ち入ろうとしなかった。

「申し訳ないが、みなさん、技術的な詳細は、エサリッジ教授の論理的発見にもとづいて、必死に働いてこの計器を作りあげた三人の紳士を除いては、だれにも秘密にしておかなければならないと了解していただけますな。教授のすばらしい洞察力と恐るべき数学的処理能力――最初に私の理解力はまったくおよばないと白状しておく――それなくしてはこの中のどれひとつとしてありえなかったことでしょう。しかしながら、教授ご自身もわれわれといっしょに、理論を実践に移した科学者たちの技術に賛辞を送りたく思っておられると、私は確信します。私にはわかるのですが――それが教授に対する私の賞賛の気持ちを千倍にも深めるとあえて申し上げましょう――考えたとおりに動かすために不可欠な装置の性質についての知識などなくても、数学上で完全な結果を導き出されたのです」

ここで、ひとしきり温かい拍手と賞賛のつぶやき声があがった。モリアーティは青白い顔を亀のようなぐあいにのぞかせ、右に左に弱々しく笑顔を見せて、再び立てた衿の中にひきこもった。

「幸運なことに」将校は続けた。「装置のほとんどは既存のものを使うか、またはほかのものに修正を加えて作ることができました。ただ、計器に使われた部品の多くは特別に開発しなければならなかったので、独自のものといえます。みなさんには、今日ここで起こったことを何ひとつ外にもらさないようにしていただかねばなりません。科学者のみなさんは、公式にであれ非公式にであれ、質問に答えてはならないと厳に言い渡されています。またエサリッジ教授も、実験の結果がどう出ても、ひとことも言ってはならないことになっています」

制服を着たかなり年配の将校が、せきばらいをして発言した。

「大佐、始まる前にひとつだけうかがっておきたいことがある。ぜひとも明確な返答を求めるとまでは申さぬが」

「おっしゃってください、大将」相手は油断ない顔つきで答えた。

「つまりだな、そういうものを放射されて、船や乗組員たちにわずかなりとも害がおよぶことはないかということなのだが」

案内役の将校は目に見えてほっとしていた。

「はっきりと保証しますよ、大将」と彼は答えた。「科学者のみなさんも確認してくださいますな?」

私服姿で並んで座っていた比較的若い三人が、黙ったままそろってうなずいた。

「ありがとう」大将はそう言って、また黙りこんだ。

今度は曹長が発言した。

「お許しを得たいのですが。三十分きっかり経過いたしました」

「結構だ、曹長。スイッチを入れろ」

「アイアイサー」

曹長は私たちには背中を向けて盤の前に座り、三つのスイッチを押した。たちまち部屋じゅうに電気的な低いうなりが満ちた。彼の前の盤上にある計器の羅針が生きているようにはね、あちこちにちらちら動き始めた。私たちは一体となっていすから身を乗り出し、制御盤にはりついている男を注視していた。刺青をした片手でレバーをつかんでいたが、そのレバーは長さ十二インチほどの水平な溝をどちらにもずれていくことができるようだった。もう片方の手は盤の反対側にある同じようなレバーを握っていた。こちらは溝の中で垂直に上下運動をするようだった。

彼が顔を動かさずに指示を伝えた。

「アンテナ待機」

「はい、曹長」軍曹のひとりがそう言って、今度は彼が私たちの注目の的となった。彼は自分に任された操舵輪を握っている。

「とりかじいっぱい」と、曹長。

「とりかじいっぱい」操舵手が操舵輪をきびきびと左に、ぎりぎりのところまで回した。「とりかじいっぱいです、曹長」

「旋回始め」

「旋回します」

だれもが息を殺していた。操舵輪が一度に何分の一インチかずつ右回りに戻っていく。ゆっくりと、だがなめらかに止まることなく操舵輪が動き、その間曹長は、水平、垂直両方向のレバーを操作して、見たところ、屋根の上でゆっくりと回転しているアンテナからの電波が湾の中にいる戦艦のうちの一隻に当たり、鉄の船体に反射して戻ってくるところと一致する地点を探っているようだ。

羅針がちらちら動き、電気の低いうなりが響き、スパークしている発振器がどこか見えないところでパチパチ音をたてている。何分間かは何ごとも起こらなかった。そのとき不意に、制御盤の中から鋭くピーンという音がして、私たちは全員飛び上がった。

「目標の位置を特定しました！」曹長が叫んだ。

「そのまま船の動きを探れ！」大佐が興奮した声で命じた。

操舵手は復唱して、回転を止めた。今や、制御卓のふたつのレバーが装置のかなめだった。オペレーターはレバーを動かして、ふたつの可能な組み合わせを徐々に網羅していった。

再びピーンという音が聞こえた。間をおいて何度か音がした。しばらくすると音がありありと弱まっていき、まったく静かになってしまった。

「とりかじ！」曹長が操舵手にむかって指示した。任されたものから手を離さずにいた操舵手は、集中のあまり首をどっと伝い落ちる汗さえぬぐっていなかった。

彼は前回と同じようにゆっくりとりかじにし、曹長は制御盤をそのままにしてただ待っていた。一、二拍の間をおいたと思うと、彼は命令を撤回した。「おもかじ。おもかじだ！」

彼の部下は操舵輪を、わずかばかり素早く反対に戻した。数秒のうちにもう一度かすかにピーンという音がして、彼はむくわれた。さらにおもかじをとっていると、続いてはっきりとした音が聞こえた。

「続けろ、ジャック！」曹長が儀礼を忘れて命令した。操舵手はおもかじをとり続け、制御卓から音が鳴り続けるようにした。

場をしきっていた大佐が私たち全員のほうを向いた。「聞こえましたな、みなさん！　電波で対象物の位置を特定したのです。音がまた聞こえなくなったのは、船が電波の通り道からそれたときです。オペレーターが最初に左舷方向に電波を掃射したのは、船が逃げた方向がどちらか確かめるためです。数秒のうちに反射波を拾えなかったので間違っていたとわかり、すばやく右舷方向に切り替えて再度船を発見したというわけです。お聞きのとおり、目標物は依然、電波の範囲内にいて、電波は船を追跡しています。信号手」

「は？」

「全戦艦にいかりを下ろさせろ」

「アイアイサー」

信号手は急いでまた外に出た。大佐は聴衆に向き直り、威厳もことの重要さも忘れて破顔一笑、こう言った。「これで実演の第一段階は終わりであります。戦艦のうち一隻の位置は電磁波によって特定できました。まもなく電波の通り道をはずれて見失ったものの、一分とたたないうちに回転するアンテナにとらえられました。お聞きのとおり、信号はしっかりと船に固定されているし、正確に狙いは定まっています。お望みとあらば、船に発砲を開始することもできるのです」

大きな興奮が広がり、喝采まで起こった。そのうしろでは単調な間を置いてピーンという音が繰り返し鳴り響いていた。大佐はオペレーターに、また話をするあいだスイッチを切るように合図した。

「三隻の船は今いかりを下ろしています。もう少しアンテナを動かして、残る二隻の位置も特定しようではありませんか。計器で確認した全艦の位置を地図上に示して、のちに従来の視距儀を使って目で読み取ったものとくらべてみましょう。確認する追加の材料として、船の艦長にはいかりを下ろしたそれぞれの位置を記録しておくように言ってあります。三つの記録を全部つきあわせたときには、それぞれが一致していると明らかになると思います」

曹長は紙きれを手にして、操作によって読み取った最終的な位置を書きこんだ。大佐がテーブルの上の海図に歩み寄った。

「こんなに遠くで発見されたのはどの船かな。私の勝手で巡洋艦を、この最初に示された地点に置かせてもらいましょう。停泊中の船に対してテストは続けましょう。まず残る二隻の位置を確定して、それから反射信号の強さを比べて、どこにどの船がいるのか確かめてみることにしよう。続けてくれ、曹長」

「アイアイサー」

制御盤が再び動きだした。操舵輪を制御してアンテナをインチ刻みで回すと、あと二件についてもさっきと同じピーンという音が鳴った。残る二隻の船の停泊位置も示されたのだ。三種類の反射波の強さにははっきりとわかる違いがあり、大佐はそれぞれの戦艦の模型をそれぞれの方位に置くことができた。海軍と文官のあいだに興奮が高まり、私たちはあわてて小屋の外に出ると、それぞれがいるだろうと言ったまさにその場所に船が散らばっているのを確認した。

お祝いの言葉が飛びかい、数人がモリアーティに駆け寄って握手を求めた。彼は青い顔をしてあとずさり、ありがとうと口ごもりながら言っただけで、いっさいの会話に引きこまれることを固辞した。

気がつくと私は、彼と並んでとり残されていた。彼は頭を揺すりながら私のほうを向き、しばらくそのままでいたが、やがて白っぽい地面をゆっくり歩き出し、急な傾斜にさしかかった。私は彼のあとをついていった。ほかの者たちのうれしそうな声が、吹きすさぶ風に乗って私たちのところまで聞こえてくる。

モリアーティは足を止め、振り返って私を見た。

「こんなことをしても何にもならんよ、ホームズ君」

「え……なんだって、教授？」

「いや、むろん、きみの兄さんに言うべきだな——彼が黒幕であるのはまちがいないのだから。きみはずっと秘密にしてきたつもりなんだろうがね」

「秘密だって？　この数か月というもの、ぼくはきみといっしょにマイリンゲンで計器が開発されるのを待っていたじゃないか。きみが受け取った以上の情報は、ぼくだって受けていない」

これは文字どおりほんとうだった。私はマイクロフトと打ち合わせをしたあとでマイリンゲンに戻り、彼からはただちに研究にとりかかるので、実験室段階でのテストがうまくいったという知らせがくるまではこれまでどおり安全に処遇されることになるという確約を、モリアーティにもたらしたのだ。次に知らせがあったときは、私たちは危険を冒してイギリスに行き、海軍省と帝国海軍の代表者たちに混じって実際にこの目で実演を見るときなのだ。

モリアーティの鋭い目が私の目をとらえると、彼の目の奥で怒りが燃えているのが見えた。それとともに、彼の声の調子が鋭くなった。

「私のために脚色した、こんなみえすいた芝居をほんとうに信じているのだとしたら、あそこにいる彼らと同じ大ばかものだ。ばか者どもだよ、全員が私をおとしいれる陰謀の加担者でないとしたらな。

きみの兄さんが一枚かんでいるのはまちがいないが、昔ながらの本能から、きみの考えたことだとわかったのだ」

もちろん、まったく彼の言うとおりだった。何もかも私の思いつきだった。だが私は、事態のなりゆきに夢中になっていた。準備の次第や実行の手順を前もって知っていたわけではないが、すべてはマイクロフトの能力であやつれる範囲内におさまる大がかりな芝居だったということもつい忘れて、気づいたら、自己欺瞞に身を固めて彼らの弁護に回っていたのだった。

「この期におよんでどうしたっていうんだ、教授。きみをおとしいれる？　どうしてきみをおとしいれなくちゃならない？　きみという人間を祝福し賞賛したいと思わないやつは、今ここにはいないんだ。きみさえその気になればね。この仕組みが完全なものになって実戦にとりいれられれば、きみの名が冠されることになる——エサリッジとしてという意味だが。きみはみごとにむくいられた。祖国の防衛に貢献したということで、政府からも讃えられることになると思う……」

「ほう、そうか。それは何もかも——理由は？　私を確実に黙らせておくためにだ。私を舞台からおろせば、私の考えたことはおろかなやつらが便宜上どこかの棚に載せておくのだろう。そいつらには私の考えたことが現実とは思えない。それとも、もっとありそうな話は、ためしてみようなどとこれっぽっちも思わないということだ。やつらにとっては、ドイツ人がやっていることを探るのに私を利用しただけで十分なのだ。あそこでそれを発見したからには、残る問題は私の始末というわけだな。暴力に訴えるのはイギリス人らしくない。さりとて何の任務もなく生かしておくのでは、私には信用が置けない。そこで、きみの以前の経歴が考慮される。私の番犬として世間から隠し続けるわけににはいかず、きみは生者の地になんとか奇跡的に戻ってきて中断していた仕事を続けられるようにしなくてはならない。一方私は、日陰者の人生を送る運命にある」

彼が歯にきぬ着せぬもの言いで、自分の運命を認識しているので、彼を信頼してある程度までほんとうのことを打ち明けなくてはならないような気がした。

「教授、今日の見せ物は大がかりな芝居だと白状するよ。あれは、きみの考えた仕組みが開発の結果どんなことができるようになるかを、あそこにいる役人たちに見せるためのものだったとも言えるだろう——彼らに開発を進めるための資金と設備を提供させるように、説得する手段なんだ。致命的なのは技術的な知識がまだ存在しないためあれを実用化できないことだというぼくの言葉を、信じてくれなくちゃいけない。きみが今言ったように、こいつを推し進める意志はないんだなどと思いこませる危険なまねをするよりも、ほかの人たちと同じくらい満足してもらえるかもしれないという希望をもって、きみに出席してもらうほうがよさそうに思えたんだ」

「あんなへたくそな芝居を打って！」

「絶対に説得力があると思ったんだ！」

モリアーティがふんと鼻を鳴らした。「私のことをただの理論屋だと思ってるな——きみにはわからないような記号と数式をあやつる手品師だとでも。歴史上二度と匹敵するものが現われないかもしれないような犯罪帝国を、私は黒板に何やらチョークで書きつけているような人間ばかりで築き上げたわけじゃない。洞察力と理解力と、狡猾さによってつくりあげたのだ。私だってのろまな見物人をだましてきた。まあ、きみと違って、どこで一線を画すべきかはわかっていたがね。ごまかしの限界、ばかばかしさが露見する一線を知っていた。この実演はあるところまでは十分効果的だったよ——船の位置を探査して、ベルが鳴ってスイッチやダイヤルで船の位置を特定するいんちきをやり、正確にその位置にいることを確認するところまでは。あそこでやめていれば、私だって信じたかもしれない。だが、さまざまな船のサイズまで、反射波が強いか弱いかだけで見分けられると信じてくれというのはどうもね——とんでもないよ、ホームズ君、まったく！　金属の物体から反射してきた波は、それ以上の何ものでもないのだ。物体の大きさが信号の強さに相関するなど、見当違いもはなはだしい」

彼の目にあった怒りはうすれていた。その代わりにそこにあったのは、非難の色と迷いからの覚醒のしるしだった。私にも彼が正しいとわかって、情けない気持ちだった。熱心に準備しすぎてしまって、いとも簡単にほんとうのことを見破られてしまった。

「目標物の大きさが電波でわかるというのは、きみの理論にもあったじゃないか」私は彼に念を押した。

「そうだ——時間でね。だが、この理論に必要なシステムの開発が、新しい装置をまったく使わずにできようとは、私も思っていなかった——仕組みと機能がどんなものになるかは想像できなかったし、数年でできるとは思えなかった。私は理論家なんだよ、ホームズ君。未来に視点を合わせているのだ。機械工や職人に、私に追いついてきてもらうのだ。私の考えた仕組みについて、きみにもうひとつ先見の明を披露しようか。まだ公式化してもいないんだがね。それというのも、現代の物理学の知識からは想像もできないようなことで……」

彼の言葉はそれ以上続かなかった。突然、彼の顔に驚愕の表情が浮かび、私を押しのけてよろよろと前に進み出た。止めようとしたが、間に合わなかった。彼は私の胴体と脚をすべり落ちて、足もとにくずおれて動かなくなった。

一瞬私は、彼が卒中の発作に襲われたのかと思った。モリアーティが倒れるのを目撃したまわりのひとりが、ほかの連中にむかって叫び声をあげると、みんなが駆け寄ってきた。彼らがそばに寄ってくる前に、私はモリアーティが銃に撃たれたということを知った。

銃声はしなかった。弾は彼の背中を、左の肩こう骨の下あたりにまっすぐくいこんで小さなくっきりした穴をあけており、かなり遠い距離から高速で飛んできたことを示していた。胸まで貫通してはいない。おそらく弾頭が柔らかくできている弾丸で、身体の中でつぶれて広がることで、傷を致命的にするようにできているのだろう。

弾頭の柔らかい弾丸、高速、無音、被害者はモリアーティ……私はマイクロフトの腕をつかんでしゃがませ、耳元に口を近づけた。「銃だ。モランにちがいない。軍の連中に捜させてくれ――名前は言わずに」

彼はうなずくと、大佐のもとに急いだ。大佐の命令で、銃剣をつけたライフルで武装した衛兵たちが四方に散っていった。

集まった人間のなかに、医師の資格を持っている者はいなかった。モリアーティのようすと傷の状態からして、もう一、二分ともたないのではないか、と私は判断した。数百ヤード離れた道に待たせてある馬車に運ぶのも、むだなことだろう。馬車に乗せる前にこと切れるにちがいないのだ。

彼はうめき声をあげた。私は彼の上にかがみこんで、頭をおさえた。この期におよんでも彼の頭の揺れはつづいていたが、それも苦痛にあえぎながらで、口元からは血がしたたっていた。

彼は目を細めると、私の顔を認めた。何か言おうとしているのに気づいた私は、マイクロフトにむかって身振りでみんなを遠ざけさせた。新鮮な空気を与えるという理由に見せかけたが、実は、まわりに聞かれてはまずいことを彼が口走るのではないかと思ったからだ。

「私は……撃たれたのか？」彼はあえぎながら言った。

「教授」私はすぐさま答えた。「誓って言うが、われわれの手の者ではない。信じてくれ。モランのしわざにちがいない」

彼はうなずこうとしてかすかに動いた。

「女王と……国への誓いは、守ったぞ。フィ……フィッシャー君」

「ぼくがあいつを捕まえる。約束するよ。なんとしてでも見つけてみせる」

彼はまたかすかにうなずいた。私はハンカチで彼の唇をぬぐったが、血はどんどんしたたり落ちてくる。彼は息をしようとして苦しそうにむせた。

「教授。もうひとつの予測と言ったね。それは重要なことなのか？　何を言おうとしていたんだ？」

彼はしゃべろうとして口を開いたが、声にならなかった。もう話は聞けないのかもしれない、と私は思った。だが、ぜいぜいというあえぎの合間に、ため息のような声で彼はしゃべり始めた。「地平の……むこう。電波。検出が……地平を越えて……可能に……なるはずだ。彼らに……研究を……つづけさせろ……」

声が消えていった。血がほとばしり、彼は息絶えた。

そこから先は、マイクロフトの活躍する番だった。彼の動きはだれにもわからなかったが、その力は広い方面におよんだ。ポートランドでの銃撃事件はいっさいどの新聞にも載らなかったし、その場に居合わせた者は、水兵にいたるまでだれもが完全に口をつぐんでいたのだ。

モランの足どりについては、まったく手がかりがなかった。警察には通告されなかったし、検屍もされなかった。マイクロフトによれば、〝エサリッジ教授〟には親類縁者がなく、海軍省と海軍の公務中に死んだのだから、女王陛下の軍艦のひとつから水葬にふされる名誉を認められるべきだとのことだった。

私は海軍の軍服のまま、ウェイマス湾を臨む質素な葬式に列席した。軍の葬式の中でもとくに海での水葬は、陰鬱な墓地の棺におさめられるのではなく永遠に生きる清い水の中へ葬られる点からして、感動的なものがある。

駆逐艦の船尾に立って従軍牧師の言葉の美しい響きを耳にしたあと、らっぱの澄んだ音に送られながら帆布におおわれた棺が海中にすべりこんでいく光景を見ていると、私と彼との関係は、対立するものであれ協調するものであれ、緊密なものだったのだとしみじみ思えた。人間の性格はさまざまなものが奇妙に混ざり合っていて、恐喝者であろうと破滅的生活者であろうと、殺人の扇動家であろうと、その一番の敵対者の心の中にさえ、優しい気持ちを起こさせることができるのだ。私は彼の複雑な性格の中に潜在的な善の部分を見つけ、正義と法による判決というかたちでなく、悪党の復讐というかたちで罪の報いを得るのを目撃した。そのとき私は、ジェイムズ・モリアーティ教授の死を心から悼むことができたのだった。

さらに私は、本来の仕事を再開する前に彼との約束を果たそうと心に誓った。それがあれほど待ち望んだ元の生活への復帰を延期させるものになろうとも、セバスチャン・モラン大佐を見つけ、懲らしめなければならないのだ。


私も同席した検屍解剖で回収した弾丸の破片を組み立ててみると、やはりそれは弾頭を柔らかくしたリヴォルヴァーの弾だった。モランの空気銃は、そうした弾丸を音もなく発射できるように作られている。射撃の名手であるモランにとっては、岩場のあたりに隠れて一発撃つだけで十分なのだ。多少の音をたてても、距離があるから居場所を知られることはない。衛兵が捜しに来る前に、土手道にそって本土に逃げることができるだろう。

もうひとつはっきりしているのは――慰めになるわけではないが――モランが私の存在に気づかなかったということだ。そうでなければ、銃撃は二回行なわれ、マイクロフトの手の者が二名死ぬことになっていただろう。だがマイクロフトにとっては、弟の死という悲しみは別として、それほど問題を増やすことにはならない。モリアーティも私も、公的には三年前に死んでしまった人間だからである。

あの日海軍将校の変装をしていたことが、私に幸いしたのだった。モランはモリアーティとの仕事を通じて私の顔は知っていたはずだ。モリアーティはずっと、自分が生きているとモランが疑っていて、あとを追っているのではないかとおびえていた。だが、彼の言葉からすれば、モランが私も生きていると疑っているようすはなかった。むしろ、ライヘンバッハの滝で私を殺したモリアーティが、そのまま姿を消すのが得策と考え、ロンドンにいるモランをはじめとした腹心の部下を見殺しにしたと考えるほうが自然だろう。

となると、私にとっての謎はふたつ。モランは今どこにいるのか？ そして、どうやって彼はモリアーティの足どりをつかんだのか？ ということだ。

私は逆の道すじをたどってみることにした。モランがどこにいようと、彼を見つけるのはわらの山から針を探すようなものだ。彼は私が生きていることを知らないし、だれにも見られず疑われずにポートランドへ来て、去っていった。とすれば、どこかに姿を隠そうという用心も特にしないだろう。ただ、訓練をつんだ犯罪者である彼は、しばらくじっとして、新聞に事件の記事が載っていないかと探すはずだ。彼の思うようにさせ、自信をつけさせれば、以前のようにまったく警戒しない生活に戻させることができるだろう。

もうひとつの点については、貴重な手がかりがひとつあった。モリアーティの死体は馬車に乗せられてポートランド基地の死体仮置場に運ばれたわけだが、あの銀の飾りのついた杖はあとに残されていた。それは私の手元に保管され、一週間後には、ヴィクトリア駅のホームを臨港列車の一等車にむかって意気揚々と歩く英国紳士の手に握られていた。白髪に口髭をたくわえ、ツイードの服を来たその紳士にとって、その列車がミュンヘンへの旅の第一歩なのだった。もし車内のだれかが、社交辞令にせよ好奇心にせよ、そこへ何をしに行くのかと訊ねたら、彼は自分が音楽学者で、バイエルン国立古文書館にこもって何日か調べものをするのだと答えたことだろう。だが、結局だれもそのような質問はしなかったし、私の見たところでは、その杖を必要以上にながめていた者もいなかった。

ミュンヘンに到着した私は、さっそくバイエルン国立古文書館に近いホテルに部屋をとった。夕方近く、さっそうとした足どりで外に出た私は、フォン・ヘルダーの店がある小さな通りに直行した。しばらくあたりを見回したが、だれも来ないようなので、私はドアを開けて中に入った。以前と同様、盲目の老人はひとりでライフルの青黒い銃身を磨いていた。

彼は客を迎えようと、ちっぽけなカウンターに近づいてきた。私はしばらく何も言わず、老人のうつろな目が自分を見つめるままにさせておいた。それから彼の片方の手をつかんだ。手の甲は老人らしくしわだらけで血管が浮いているが、てのひらは絹のようになめらかだった。

私はあらたまって握手をすると、その手を杖の頭に持っていった。ライオンの頭に指が触れるやいなや、老人はそれが何であるかわかったらしく、笑みをもらした。

「ヘル……エサリッジ！」彼は大きな声を出したあと、ごくりとつばを呑み込んだ。

「いや」と私がドイツ語で言うと、相手はびくっとした。「ヘル・エサリッジは来られないのだ。そのかわり、彼の使いのしるしとして、この杖を持たせてくれた」

老人は身動きしなかった。おそらく彼は、なんらかのトラブルが起きたときの対処のしかたを心得ているのだろう。盲目の男がひとりで作業場にいて、しかもその男の商売相手たちは必ずしも法のあかりのもとで仕事をしているのではないのだから、それも当然である。彼は身動きひとつせず、その

ミュンヘンのマーケット・スクウェア。右手にあるのはラトハウス（タウンホール）。この写真では見えないが、ラトハウスの二、三百ヤードむこうに小さな通りがあり、セバスチャン・モラン大佐の空気銃を作った盲目の銃製造者、フォン・ヘルダーの仕事場がある。

場に立ちつくしていた。

「私はヘル・エサリッジの友人として来たのだ」

「あなたは以前にも来られたことがありますね」と老人は言った。「目の見えない者は、普通の人が顔を覚えるよりもしっかりと、その声を覚えるもんです」

「いつ私が来た？」

「この杖を依頼しにヘル・エサリッジがいらした直後のことですよ。あなたはリヴォルヴァーを欲しいと言いなさったが、ここは場違いの店だった。あなたの声には偽りの響きがありますよ」

「いや、お見事、ヘル・フォン・ヘルダー。商売もみごとだが、仕事をするにはちょっと気の毒な身体のようだね」

「酸ですよ」と老人は答えた。「まだ若くて軽率なころ、ショットガンの銃身を腐食させる酸でやられたんです。ところで、ヘル……マウエルシュタインでしたかな？　今日は何をお探しで？　ご友人のヘル・シュミットはお元気ですか？」

親しげに話しかけたことで、相手の緊張が少しほぐれたような気がした。彼の皮肉に苦笑いしながら、私は軽い調子で言った。「亡くなったモリアーティ教授もここの顧客だと思ったが」

彼が何も言わなかったので、私は少しかがみこむようにして、語調を強めた。

「なぜ彼を裏切った？」

「裏切る？　なんのことです？」

「あんたはここに来た人物に彼の居所を教えた」

「ばかな！　ええ、たしかにモリアーティ教授先生《ヘル・プロフェッソール》は数年前のお客さんでした。亡くなられてから、もう三年はたつはずです。スイスで事故があったと聞きましたが」

「ヘル・フォン・ヘルダー、あんたの名人芸を披露したのは、まちがいだったね。あんたは以前一度しか聞いたことのない私の声を聞き分けた。ということは、ヘル・エサリッジがこの杖の依頼に訪れたとき、あんたはすぐ彼の正体に気づいたはずだ。目の見える私でさえ、彼の声は聞き分けることができた」

「あ……あのときは、びっくりした。たしかに、モリアーティ教授先生の声にそっくりだった。でも、彼が死んだことは知っていたから、ありえないと思ったんだ」

「彼に訊いてみなかったのか？」

「まさか！」彼は憤りを示すことで自分の立場を回復しようとした。「わしの商売は慎重さが第一だ。紳士が自分はエサリッジだと名乗れば――あるいはシュミットでもマウエルシュタインでも――それには理由があるわけで、わしはそれを尊重するんだ」

「だが、エサリッジの声がモリアーティの特徴的な声に似ていたので、びっくりしたんだろう？」

「たしかに驚いた。だが、ありえないことだ」

「ヘル・エサリッジの杖が完成したとき、あんたはカールスルーエにいる彼あての手紙を助手に書かせて、取りに来てくれるよう頼んだんだな？」

「そうだ」

「そして、店に来たのは――同じ男だったか？」

「もちろん、ヘル・エサリッジ本人だった。本人以外だったら渡すことはない」

「声もまったく同じだった」

「もちろん」

「うす気味悪いほど、死んだモリアーティに似ていた」

「そうだ。でも、さっきも言ったように、それはありえないとわかっていた」

「とはいえ、二回の訪問のあいだに、あんたはそのことをいろいろと考えていたにちがいない。一回目に会ったあと、あんたは『モリアーティ教授がスイスで事故死したと聞いていなかったら、この新しい仕込み杖を注文したのは彼にちがいないと誓えるところだ。彼の親しげな話し方からして、以前にも来たことがあるはずだ。商売のやりかたなども知っていたし。でも、そんなはずはない。モリアーティは死んだんだ』と思ったはずだ。そんなことはまったく考えなかったとでも?」

「ああ、たぶん考えたと思う」

「そして、エサリッジが二度目に来たとき、彼の声を一心に聞いて、彼が故モリアーティ教授であるわけがないという確信を得ようとしたが、声はあまりにも似ていた」

「そう、たぶんあんたの言うとおりだろう。でも、いったいなんだってそんなことを訊くんだね?あんたはヘル・エサリッジの杖を持ってやってきたが、用向きは説明しようとしない。亡くなったモリアーティ教授先生のことを訊いて……」

「ああ、フォン・ヘルダー、モリアーティ教授は死んだ。あんたが数年前に彼のために作った空気銃によって、数日前に撃たれて死んだんだ」

老人の目は無表情のままだったが、顔には驚きと不可解さの混じった表情が浮かんだ。

「だったら……なぜ……わしには理解できん」

「モリアーティ教授が数年前に特別製の空気銃を注文したとき、彼はそれを自分で使うつもりではなかった。射撃の名手ではないからな。注文したのは仲間のためで、その男の名前はあんたも知っているはずだ」

「いや、わしは……」

「考えるんだ」私は脅すような口調で言うと、杖についたライオンの頭をひねった。中に仕込まれた仕掛けがカチリと音をたてた。フォン・ヘルダーにとって、その音が何を意味するかは明らかだったようだ。

「モラン大佐だ」老人はあわてて答えた。「彼は教授先生といっしょに来て、銃の平衡点を自分で調整した」

「そして、彼は最近もう一度ここへ来た。そうだな、フォン・ヘルダー」

「そう、そうだ。ミュンヘンを通り抜けようとして、銃のオーバーホールを思いついたということだった。特注品の購入客には、ときどき寄るようにすすめているのだ」

「いつ彼は来た？」

「ヘル・エサリッジが、今あんたの持っている杖を受け取りに来て、しばらくしてからだ。二、三週間あとだったと思う」

「偶然に立ち寄ったのはたしかなのか？」

「まちがいない。彼は一年ほどアフリカに行っていたため、気候のせいで装置に影響があるといけないと心配したのだ。彼が待っているあいだにチェックはすんだが、何も悪いところは見つからなかった」

「そして、彼が待っているあいだに、あんたはおしゃべりをした」

「いつものことだ」

「故モリアーティ教授のことを」

「もちろん、彼の死が惜しまれるという話はした」

「そして、面白いことにモリアーティの声にそっくりの客が、最近仕込み銃を注文したとモランに話したんだな」

「そう、そんなところだ。彼が実はヘル・プロフェッソール本人だったんじゃないかと疑ったことは言わなかったが」

「だが、あんたはそのことを疑っていた」

「わしは……わしにはほぼ確信があった。目が見えなくなってからずいぶんとたつが、わしの耳は微妙な声の調子まで正確にわかるんだ」

「だったら、その話を聞いたモランの反応も、声の調子でわかったんだな?」

「彼は私の話に対する好奇心を隠さなかった。彼は今のあんたのように熱心に質問したよ」

「そして、その客の名前と住所を知りたがった」

「だが、わしは断わった。客の情報をばらすのはわしの原則に反するということを、理解しなけりゃならないとね」

「そうしたら?」

「彼が帳簿をめくる音が聞こえたが、もちろん多くの名前があるから、それだけでは無意味だ。そこで彼は……彼はわしに近づいてくると、わき腹にリヴォルヴァーをつきつけて、情報を教えなければ引き金を引くと言った。わしは抵抗しようとしたんだ、ヘル……ヘル・マウエルシュタイン。だが彼は三つ数えると言って……」

「それであんたは、エサリッジの名前と、帳簿にある彼の住所を教えた」

「だから、裏切りなんていうことじゃない。今思えば、声が似ているということをもらしたのは馬鹿だった――だが、あのときはわかるわけがない。時間つぶしのたんなる噂話だったんだから」

私が仕込み銃の仕掛けをカチリともどすと、その音を聞いてほっとしたらしく、老人のやせ細った肩ががくりと下がった。

「いったい、本当のところはどうなんです、ヘル・マウエルシュタイン? わしは何を信じればいいんですか?」

「真実はこうだ。あんたのところへ来たヘル・エサリッジは、実はモリアーティ教授だった。彼がスイスで死んだというのは、嘘だ。だが、さっき私が言ったように、彼は最近本当に死んだ。私は警察の捜査官で、彼が殺された事件を追っている。教授を殺したのは、弾頭を柔らかくした弾を、リヴォルヴァーでは届かないほどの距離から高速で撃つことのできる銃だ。銃声もしていない。結論は明白だ。使われた武器は、あんたがモリアーティの注文によって彼の犯罪仲間であるモランのために作った空気銃にちがいない。モリアーティがスイスでの事故死を装ったのは、モランから逃れるためなのだ。もしモランが二年もたってここへ来なかったら、教授が死んでいないことをあんたから聞かなかったら、モリアーティはまだ生きていたかもしれない」

「ここでのことは、説明したとおりです。ふたりが友人だということは知っていました。モランが追いかけていることを知っていたら、わしは教授が来たことなどいっさい言わなかったでしょう」

「皮肉なのは、モランが教授のあとを追ってここに来たわけではないということだ。彼は教授が死んでしまったものと思っていた。彼が疑いを持ったのは、あんたが噂話をしたことがきっかけだったんだ」

老人は困惑したように頭をかいた。

「わしは長いあいだに、目が見えない状態に慣れることを学んできました。だが、今あんたの話を聞いて、見えないのは目だけではなかったことがわかりましたよ」

「いや、あまり自分を責めないように。あんたが教授を裏切ったと言ったのは、ショックを与えて本当のことを聞き出すためだ。それはもうすんだようだ」

「誓って本当のことですよ」

「私がここへ来たことは、モラン大佐に言ってないね?」

「ええ、一言も。あんたとヘル・エサリッジを結びつける理由がありませんでしたからね――モリアーティを」

「よろしい。帳簿にあるモラン大佐の記載を見ると、彼はモリアーティ教授がカールスルーエを去って二週間ほどあとにここへ来たようだ。でなければ、彼はここですぐに教授を襲っているだろうからな。だが、あんたの情報で、私は正しい人物を追っていることと確認できた。私がここへ来たのは、そのためなのだ。ヘル・フォン・ヘルダー、注意しておくが、もしモラン大佐がここへ戻ってきても、私がここへ来たことは絶対に言ってはならない。私が今話したこともだ。もしそんなことをしたとわかれば、あんたは殺人に使われた武器を製造販売したことで有罪になることだろう」

「神かけて誓います。客として尊重すべきなのはモリアーティ教授先生であって、モラン大佐ではありません」

「良心にしたがうことだな。だが、あんたの商売の本質について、みんなが同じことを言っているわけではない。あらゆる人は自分の商売をもち、自分の良心にしたがうわけだが」

「それでは、ヘル……マウエルシュタイン」

私は変装をしたまま、ミュンヘンからカールスルーエを回った。こまめに調べた結果、あのときは気づかなかった古い宿に、英国人が泊まっていたことがわかった。名前は明かさなかったが、外見はまさにモラン大佐で、ヘル・エサリッジを探していたらしい。だがそのころには、エサリッジは次の住所を知らせずに去っている。

したがって、この時点までのモランの足どりは確実となった。今度は私を追って来るにちがいない。私にできるのは、ロンドンに帰ってじっとしながら、彼の現われるのを待つことだけだ。

だが、私は急に思いついてフランスのグルノーブルへ回ると、そこで古くからの知り合いであるオスカル・ムニエを訪ねた。アウグスト・フォン・ヘルダーが銃作りの名人なら、彼は蠟人形作りの巨匠なのだ。

死と復活

その後のてんまつについては、そのほとんどをワトスンが〈空き家の冒険〉という話の中で書いている。私が〝生還〟したというこの知らせは、彼の読者をいたく喜ばせたわけだが、はからずも彼らに嘘を教える結果にもなったのだった。

私の一生を通じて、ワトスンほど正直でごまかしのない人間にあったことはない。そのためか、彼の書くものに見られる謙虚な自画像と、半分人間で半分機械のようだと彼の主張する私の肖像画を楽しそうに比べる読者から、ワトスン自身がかなり影響されていることに、私は気づいていた。一方、ワトスンほど読者に嘘の内容をつかませてきた伝記作家もいないだろう。なのに彼は、あらゆる責めをまぬがれてきたのだった。ライヘンバッハの滝で私とモリアーティのあいだにあったことを記録し、のちにその記録を訂正することで、彼自身が二重のごまかしの犠牲者になってしまったのだ。彼のストーリーはいわばあやつられて語った内容であるわけだが、秘密を隠すということなどできないとみなされた自分が、最初から最後まであざむかれていたなどとは、これっぽっちも疑わなかった。

私としては、事の真相をついに語ってしまった以上、最後の締めくくりをしておいたほうがいいだろう。とはいえ、ワトスンの書いた話は多くの点で真実を含んでいる。彼が誤った状態に陥るのは、ある種の付帯的な詳細事項についてか、省略を行なうときであり、彼自身の落ち度や画策によるものではないのだ。

私はグルノーブルに一週間滞在した。私のヴェルネの家系とつながりがある旧友ムニエは、居間で二人きりになったとき、変装をとった私の顔を見ても、気絶するようなことはなかった（このしばらくあと、ロンドンで再会したワトスンは気を失うのだ）。だが、脳卒中の発作に襲われそうになったことで、しばらく私を責めていた。彼が元気をとりもどしてから、私はいかにして死をまぬがれ、三年間どうしていたかということについて、手短な作りごとを話して聞かせた。それから、使用人たちに正体を気づかれないようにして、しばらく泊めてもらえないかと頼んでみた。私の等身大の胸像を彼に作ってもらうには、多少の時間がかかるからだ。

彼は喜んで承知してくれ、私たちは愉快な一週間を過ごした。彼は仕事をし、私はおしゃべりをし、赤ワインを大いに飲んだ。彼自身はそんなつもりもなかっただろうが、彼はさかんに私に質問を浴びせないではいられなかった。おかげで私は、自分の放浪生活について屈託のない嘘を系統だてて述べることができるようになり、矛盾がいろいろあることにその後気づいたとはいえ、その話をワトスンに〝公式記録〟としてつかませることができた。

私は再び変装し、荷物にはムニエの大傑作を入れて、ロンドンに旅だった。その像は今、この居間の隅で低い台座の上に立っている。私の考えでは、自分の肖像画を家にかけておくようなやからには賛成しかねるのだが、このろうの胸像は、私の個人的な習慣上唯一の特例なのだ。うぬぼれなどからここに置いているのではない。でなければ、銃弾が頭部を貫通してそこなわれたところは、そのあと

フランス南東部に位置するグルノーブルの一部。私はここに住む旧友オスカル・ムニエのもとに１週間滞在し、彼に等身大の胸像を作ってもらった。そして、その像を使ってモラン大佐をおびき出したのだった。

でムニエに修理してもらっていただろう。目に触れるところに置いておくことを正当化できるのは、壊された状態のままにしてあるからという一点においてのみなのだ。

今回、マイクロフトはペルメル街の自分の部屋に私を迎えて、私の計画に耳を傾けた。

「たいしたものだ、シャーロック」聞き終えて彼は言った。「ここに隠れていればいい。私の部下も警察も、モランを捜し出すよう厳戒体制を続けている。いまだに姿を現わしていないが、時間の問題だな。きみが実はまだ生きていてロンドンに戻ってきたと、モランが偶然知るように画策することは問題ではないだろう。では、そのあとのことがきみの意図したとおりに運ぶように願うこととしようじゃないか」

この件のかたをつける前に、もうひとつ人命が失われてしまったことは、悔やみきれないこととして常に頭をはなれることがない。若きオナラブル・ロナルド・アデアが一八九四年三月三十日の晩、バガテル・カード・クラブで運悪くホイストのゲームに巻き込まれ、セバスチャン・モラン大佐を含む四人のメンバーのひとりとなったいきさつについては、ワトスンが詳しく書いている。モランがどうやって、そこで彼を警戒していた警部の目をかすめてクラブに入ってきたのか、私はいまだにわからない。しかし、警部といってもいろいろで、これまでも常にそうだったし、これからもそうだろう。その男を公正に評することにすれば、おそらくモランはクラブの敷地内で寝泊りしていたのだろう。それにしても、あの晩遅くモランがクラブを出ていったときには、少なくとも彼を発見する絶好の機会を逸してしまったことになる。彼は、アデアが母親と妹とともに暮らしていた、パーク・レーン四二七番地の屋敷まで若きアデアのあとをつけていき、屋敷では高いところにある彼の部屋の開いていた窓から狙撃した。

　この殺人事件についての詳細はこうだ――弾頭のやわらかいリヴォルヴァーの銃弾がその若者の頭部をめちゃめちゃにしたのだが、銃声を聞いたという報告はひとつもなかった。それにあらゆる形跡が指し示しているのは、リヴォルヴァーではそこまで正確に狙えるはずのない距離と角度から発射されているということだった。こういったことを読むやいなや、モランがやったのだと私は知った。実際、アデアがその晩一緒にトランプをやった相手のひとりとして、彼の名前も挙がっていた。新聞記者の取材に彼はこう答えたと書かれている。「卑劣な行ないだ。彼はクラブに、勝ってもおごらないというすばらしい精神を残してくれた。大英帝国はあんなすばらしい若者を失うわけにはいかないはずなのに」

「なんたる悲劇だ！」マイクロフトは言った。「当然あら捜しをしているところだろうが、彼は非の打ちどころのない、汚れのない生きかたをしてきているようだな。あっぱれなやつだよ」

「モランにしてはあっぱれすぎるんだろうさ」私は言った。「あのアデアという若者が、彼がまたいかさまをしているのを見抜いて、札を開くようにどやしつけたという見込みは？　軍隊でそうなったように、クラブでもおしまいになるかもしれない。おそらく彼は、モランに二十四時間かそこら猶予を与えて、自発的にやめるようにさせたんだろう。もしそうだとしたら、殺してくれっていう歌を歌ったのと同じことだ」

「ふむ、モランは頭に血がのぼっているだろうな。行動開始の準備は？」

「ぬかりはない。あなたにレストレードをここに連れてきてもらいたいんだがね、マイクロフト。そ

ロンドンで最も瀟洒な大通りのひとつ、パーク・レーン。1894年3月、この427番地に母親が借りていた屋敷の、開いた窓から、オナラブル・ロナルド・アデアは頭部を撃たれた。セバスチャン・モラン大佐は、向かいのハイド・パーク内の道から狙撃したのだった。

うだな、五時に。ショックに対して心構えをさせてやったほうがいい。もう少ししたらベイカー街まで行って、あの人のいいハドスン夫人にぼくはヒステリーを起こさせてしまうだろうな」

私は背中が曲がってしおれた顔に白髪の頬髭をはやした、みすぼらしい本屋になりすました。よれよれのスーツを着ると、いかにもそれらしくなった。マイクロフトの家から足をひきずって出てきたときに、片手には古い本を何冊か持っていた。もう片方の手には年代もののグラッドストーン（真ん中から両側に開く旅行かばん）をさげていたが、その中にはムニエ作の私の胸像が入っていた。

玄関先で私を追い払おうとするハドスン夫人の憤然とした態度は、昔と変わりないものだった。私が地声で彼女の名前を呼んでいるのに、通りの騒音がうるさすぎて彼女の耳に届かないのだ。人目につかず、人に聞かれもしないように、私はあわてて彼女を家の中に押しこむと、時間をかけて、私がひからびた死体でも幽霊でもなく、変装して彼女の助けを必要としている私以外の何者でもないと説いた。

私が覚えているままの状態の、幸福な思い出のにおいがする居間で、私は窓ガラスをきれいにすると、回転盆《レイジー・ベティ》を据えた。かつてその盆の上には、ワトスンと私のために骨つき肉が切り分けて置かれたものだった。それを窓の下の低いテーブルに置いて、上に胸像を立て、道をはさんだ空き家からまさに人影に見えるようにした。モランのような熟練者なら、自然とその空き家を射撃地点に選ぶだろうと確信していたのだ。

「ランプをつける時刻まで待ってくださいよ、ハドスンさん。まずブラインドをおろして、それから胸像を置き、最後にランプをつける。この順序です。わかりましたか？」

「ええ、ホームズさん」

「そうだ、あかりをつける前に、ぼくの古い化粧着《ドレッシングガウン》を胸像にまとわせてやってください。通りから見張っているやつから、胸像に手を出しているあなたが見えないように。ブラインドにはぼくの輪郭だけが映るようにするんです」

「どのくらいの時間をおいて回せばいいのかしら?」

「ときどきでかまいません。座って本を読んでいるように見せかけるんですから。ぼくはあまり身体を動かさない質《たち》だけれど、本を読んでいるときはときどき身体の位置を変えるものでしょう。回転盆を回すときは、手と膝で這っていってください」

「私の影は映らないように注意しますとも」

「それだけじゃなくて、気をつけてください。銃撃があれば、弾は人形の頭を貫通するはずだし、窓ガラスも割れますからね。ここに戻ってくることが実現しそうだと初めてわかったときから、あなたに危害が加わるようなことがあってはならないと思い続けてきたんですから」

「まあ、からかっちゃいやですわ、ホームズさん! ドクターだって、帰ってらっしゃるんでしょう?」

「そうなるといいですね。この三年間でぼくが学んだことがあるとすれば、人は自分が居心地のいい環境にいるときはそれを認めるべきだということと、自分の本当の友人がだれなのかを認識しなければならないということでしょう。今後ぼくが不平を言うようなことがあれば、遠慮なく叱ってください」

グルノーブルのオスカル・ムニエが製作した、私のろう人形。1894年4月5日の晩、セバスチャン・モラン大佐が、この胸像の頭に弾丸を撃ち込んだ。彼は私をねらったのだが、それは私がしむけたことでもあった。事件の詳細は〈空き家の冒険〉に記されている。

「ま！　あなたはいつだって不平を言いますよ。特に、退屈なときはね。でもそれをまた聞けるのはうれしいですわ、ホームズさん」

すぐにでもまたここに住める日が来ることを願いながら、私は下宿をあとにした。相変わらずやせこけてネズミのような顔をしたレストレード警部が、マイクロフトのところで待ち受けていた。

「また私の人生をみじめにしようと思って、帰ってきたんでしょう、ホームズさん？」彼はにたりと笑うと、私の手を握って上下に揺り動かした。「あんたに捜査をくつがえされずに何もかもスムーズにいっていると思っていたのに」

「例のアデア殺しをきみのために解決しようってだけさ、レストレード。ついでながら教えておくが、今夜のちょっとした捕り物は、もしうまくいけば、モリアーティ一味にとって本当の最期になるんだ」

「なんですって？　とっくに全員逮捕したと思いましたが」

「最も凶悪な悪党が残っていたんだ。だが、今夜捕まえる――必ずだ！」

そして、ワトスンが物語るように、私たちは彼を捕まえることになる。マイクロフトは例によって謎の手を使い、シャーロック・ホームズが生きてロンドンに帰ってきて、家族の要請によりアデア殺人事件を個人的に調べているという噂をクラブの仲間経由でモランに伝えた。それを聞いてベイカー街の空き家にまんまとおびき寄せられたモランは、窓のブラインド越しに見える私の影を認め、ハドスン夫人が回転盆をときどき動かすせいで実物だと思い込んだのだった。私が予測したとおり、彼は空気銃で胸像の頭を撃って貫通させた。そのろう人形はいまでは私の若き日の記念品となっている。

私たちのまちぶせは功を奏し、彼を逮捕することができたのだった。

本来なら、セバスチャン・モラン大佐は絞首台に送られてしかるべきなのだが、結局はまぬがれることになった。一八九四年当時では、まだ弾道学が発達していなかったのが、その理由である。モランが私のろう人形の頭を貫通させた弾丸と、あわれなアデア青年の頭の中ではじけた弾丸の破片を比較する技術は、まだ見つかっていなかった。アデアの一件については多くの疑わしい点があるものの、彼が射殺したという証明は難しい。私に対する襲撃にしても、すでに死んでいるとみなされている人間の問題だけに、複雑だった。しかもモランが私自身でなくろう人形をねらって撃ったことも、事態を難しくしていた。モランのことに関連して私の名前が出るのはまずかったし、モリアーティ殺しについて言及するのも不可能だった。裁判所でも新聞記事でも、多くの問題が噴出するだろうというのが、当局の予想だった。

そこでマイクロフトは、モランと取り引きをして、過去の犯罪のひとつについて罪を認めれば刑はひとつにするという交渉をした。モランの唯一の取り柄は愛国心が強いことで、モリアーティがライヘンバッハの滝で生き残った点についても、世間にあばいてやるなどということは言わなかった。結局、彼がどのようにしてモリアーティのあとを追ってポートランドまで来たのかは、わからなかった。また、彼が比較的軽い刑ですんでしまったことにより、私の心にはモリアーティの復讐が完全には達成できなかったという不満が残ることとなった。もちろん、アデア青年のことについてもだ。

こうしたことに対する慰めとなったのが、ワトスンとの再会だった。モラン大佐を捕まえる直前に、私は彼と会うことにしたのだ。このときのことは、ワトスン自身がいつになくありありと書いている。

彼は道端で初老の古書収集家にぶつかって相手の本を落としてしまい、拾い上げてやる。その後老人はお礼と称してワトスンの家を訪ねるのだが、老人の話に気をそらされるうち、ふと本棚を振り返ってから……

私が顔をもどすと、なんとシャーロック・ホームズがテーブルのむこうに立って笑いかけていた。私は思わず立ち上がり、呆然と彼を見つめていたのだが、しばらくして、わが生涯で最初にして最後の経験をしたらしかった。どうやら、気絶してしまったらしいのだ。目の前で灰色のもやのような渦巻が起こり、それが消えて気がついてみると、シャツのカラーはゆるめられ、ブランデーのぴりっとする後味が唇に残っていた。ホームズが酒瓶を手にして、椅子の上からかがみこんでいた。

「やあ、ワトスン君」と懐かしい声がした。「申し訳ないことをしたね。まさかこれほど驚くとは、思わなかったんだ」

私は彼の腕をぐいとつかんだ。

「ホームズ！　ほんとうにきみなのか？　生きていたなんて！　まさか、あの恐ろしい滝壺から這い上がってきたなんてことがあるのかい？(1)」

ここで〝大いなる空白《グレイト・ハイアタス》〟の時代は終わりをつげ、〝大いなる嘘《グレイト・ライ》〟が始まるのである。

（1）〈空き家の冒険〉（《帰還》所収）より。

解説【マイケル・ハードウィックの人生と著作】

マイケル・ハードウィックは、英国の第一級シャーロッキアン（シャーロック・ホームズ研究家）である。「ベイカー・ストリート・イレギュラーズ」（最も歴史が長く、最も権威ある米国のシャーロッキアン団体）からは、由緒ある「ザ・サイン・オブ・ザ・フォア（四つの署名）」の称号を授かっている。

一九二五年に英国ヨークシャー州のリーズに生まれる。（ワトスン博士のように）世界各地を遍歴。新聞社員、映画人、劇場職員、BBCのドラマ・ディレクターなど様々な職業を経験し、映画やラジオ向けに数百ものシナリオを執筆。英国の人気テレビドラマ『アップステアーズ・ダウンステアーズ』などのノヴェライゼーション作家も務めた。

一九五〇年代から六〇年代にかけてBBCラジオで放送されたシャーロック・ホームズのドラマでは脚色を行った。またドラキュラ映画でも有名なピーター・カッシングをシャーロック・ホームズ役としたBBC製作のテレビドラマ・シリーズ（一九六八年）では夫人のモーリー・ハードウィックとともにアドバイザーを務め、「踊る人形」「四つの署名」の回では脚本も担当。夫婦共作でドラマ化した正典は、オーディオ・ソフト化されているし、何度も舞台にかけられている上、ノルウェイでもラジオ放送されている。

著作は非常に多いが、そのうちシャーロッキアーナ（ホームズ関係書）は、研究書、パスティーシュ、脚本、正典の編集と幅広く、そのいずれもがシャーロッキアンから高く評価されている。

一九九一年、前立腺がんのために英国のケント州の病院にて死去。享年六十六歳。

晩年は、コナン・ドイルの末娘デイム・ジーン・コナン・ドイルと、著作にホームズのキャラクターを使用することに関連してもめた結果、シャーロッキアーナを書くのをやめてしまっていた。和解することがあれば、また新たなホームズ・パロディを書いてくれたかもしれなかったが、早すぎる死のためにそれも叶わなかった。この大物シャーロッキアンの死は「タイムズ」紙で報道されたし、日本でも大手新聞数紙に死亡記事が掲載された。

我が国では、本書以前に著作が二冊翻訳されている。『シャーロック・ホームズの優雅な生活』（榎林哲訳／創元推理文庫／一九七四年）は、ビリー・ワイルダー監督の映画（邦題は『シャーロック・ホームズの冒険』）を、夫人と共同で小説化したもの。この映画は、我が国でもようやくDVD化されたので、ご覧になった方も多いことと思う。奇怪な出来事の数々がネス湖の怪物にまでつながってしまう、実に出来のいい物語だ。

もう一冊は『新・シャーロック・ホームズ　魔犬の復讐』（中田耕治訳／二見文庫／一九八九年）。タイトルからもお分かりの通り、『バスカヴィル家の犬』の再来ともいうべき事件がロンドン近郊で発生するという物語。ヴィクトリア女王の死後、延期されていたエドワード七世の戴冠式を間近に控えて発生する様々な事件が、最後に一本につながっていく。シャーロッキアン的くすぐりも多く、ホームズ好きならニヤリとするシーンが続出する。
彼の全著作は膨大なため、ここではホームズ関係著書一覧を掲げておく。

1. Prisoner of the Devil (1979)〔パスティーシュ〕
2. The Private Life of Dr. Watson (1983)〔パスティーシュ〕
3. Sherlock Holmes: My Life and Crimes (1984)〔パスティーシュ〕(本書)
4. The Complete Guide to Sherlock Holmes (1986)〔研究書〕
5. The Revenge of the Hound (1987)〔パスティーシュ〕(新・シャーロック・ホームズ　魔犬の復讐)

【以下は夫人との合作】
A. The Sherlock Holmes Companion (1962)〔研究書〕
B. Sherlock Holmes Investigates (1963)〔編著〕
C. The Man who was Sherlock Holmes (1964)〔ドイル評伝〕
D. Four Sherlock Holmes Plays: One Act Plays (1964)〔脚本〕
E. The Game's Afoot: Sherlock Holmes Plays (1969)〔脚本〕
F. The Private Life of Sherlock Holmes (1970)〔パスティーシュ〕(シャーロック・ホームズの優雅な生活)

G．Four More Sherlock Holmes Plays（1973）〔脚本〕
H．The Hound of the Baskervilles and Other Sherlock Holmes Plays（1982）〔脚本〕

ホームズ関係以外ではディケンズなどの文芸研究から怪奇実話集まで様々である。日本語で読めるものとしては共著書『未解決事件19の謎』（ジョン・カニング編／喜多元子訳／現代教養文庫／一九八九年）がある。同書中「ボンベイ港の大爆発」「落ちた赤ワシ」「メイン号の爆沈」の項を担当している。また夫婦共作の短篇「ブラック乳母」が怪奇アンソロジー『恐怖通信』（中田耕治編／河出文庫／一九八五年）に収録されている。

リストに挙げた未訳のホームズ・パスティーシュのうち、1はドレフュス事件をホームズが解決するというもの。2はワトスン博士による自伝で、本書と対をなすとも言える。

これら未訳パスティーシュや研究書の類が、今後我が国でも翻訳されていくことを望んでやまない。

（北原尚彦）

訳者あとがき

本書はひとくちに言うならば〝ホームズの回想録（自伝）〟のかたちをとったホームズ・パスティーシュ（パロディ）である。ただし、生い立ちから隠退までの半生記ではなく、いわゆる〝大空白時代〟の三年間が中心となっていて、〝わが人生最大の犯罪〟の暴露ものとでもいうべき記録だ。

ご存知のように、アーサー・コナン・ドイルは『冒険』『回想』という二短編集分のホームズ譚を雑誌に連載しているうち、ホームズものを書くのに嫌気がさしてしまった。そこで短篇「最後の事件」を書いてモリアーティともどもホームズを殺してしまったのだが、愛読者たちのごうごうたる非難と莫大な原稿料の魅力に負けて、「空き家の冒険」でホームズを〝生還〟させたのだった。ドイルが本当に書きたかったのは、原書房で既刊の『白衣の騎士団』を始めとする歴史小説であったことも、有名な話だ。

その失踪期間が〝大空白時代〟と呼ばれるわけで、想像力たくましいホームズ研究家たちの格好のネタになっていることは、本書の「ライヘンバッハの滝の決闘」という章にあるホームズ自身の嘆きを見てもわかる。分類上はホームズ・パロディ／パスティーシュである本書だが、ひとつのユニークな説を提供する研究書とも考えられるだろう。もっとも、ニコラス・メイヤーの『シャーロック・ホームズ氏の素敵な冒険』がホームズとコカインの関係やモリアーティの正体に対する解釈として優れていたように、多くのパロディは研究書としても通用するのである。

本書と同じく一人称によるホームズ回想録の形態をとったパロディとしては、数々のホームズ研究書で知られるマイケル・ハリスンによる"I, Sherlock Holmes"(一九七七年、未訳)がある。こちらは本書とは逆に、一八八一年から一八九一年までの十年間が中心で、オリジナルのホームズ物語中の出来事には関係ないエピソードが大部分となっている。一九一五年にホームズ自身が書いて大英博物館に預けられていた回想録を、六〇年後にハリスンが編集して発表したという設定だ。

また、〝自伝〟でなく〝伝記〟のかたちをとった作品としては、古典的名作であるウィリアム・ベアリング゠グールド著『シャーロック・ホームズ　ガス燈に浮かぶその生涯』(小林司・東山あかね訳、河出文庫)があるし、短篇ホームズ・パスティーシュのシリーズで知られるジューン・トムスンも『ホームズとワトスン　友情の研究』(押田由起訳、創元推理文庫)を書いている。後者は伝記形式の研究書として出されているが、トムスンのミステリ作家としての資質により、読者を引きつける魅力的な読み物になっている。

このほか、いわゆるホームズの〝年代学〟を扱った本は数多いのだが、いずれも研究書であり、パロディ／パスティーシュとして読めるものはあまりない。H・R・F・キーティング著『シャーロック・ホームズ——世紀末とその生涯』(小林司、東山あかね、加藤祐子監訳、東京図書)も、著者自身は伝記と呼んでいるようだが、むしろ、正典の事件を追いながらホームズが活躍した当時の背景(社会・政治状況や技術的発展)を説明する年代記・研究書的色合いが濃い。

以上の〝伝記〟は、いずれも名うてのホームズ研究家かミステリ作家による作品だが、そうでない著者によるものが、未訳ながら一作ある。二〇〇五年に刊行された Nick Rennison の“Sherlock Holmes: The Unauthorized Biography”だ。こちらの書き方はトムスンのものに近いが、ホームズだけの伝記であり、正典にない類推部分がトムスンより多い。一方、ホームズの生没の年月日がはっきり示されるなど、類推部分が具体的である点は、ベアリング＝グールドの書き方に近い。また、トムスンのものではホームズ研究家たちとその説が引き合いに出されているが、こちらにはそれがあまり出てこない。

本書の話に戻ろう。この“Sherlock Holmes: My Life and Crimes” by Michael Hardwick（1984）は、一九九五年に『シャーロック・ホームズの謎』という邦題で原書房から刊行された。今回のものはその新装改訂版である。再刊にあたり、原題に近い『シャーロック・ホームズ　わが人生と犯罪』という題名に変えさせていただいた。内容的には確かに〝謎〟なのだが、一時期ブームになったいわゆる〝謎本〟との混同を避けるためでもあるので、ご了解いただければと思う。また、『謎』の初版からは訳文を一部改訂しているほか、北原による著者ハードウィックについての解説も改訂した。

ご存知のように、原書房からは本書旧版の発行後、一九九八年から、海外作家書き下ろしホームズ・パスティーシュ・アンソロジーの刊行が始まった。『シャーロック・ホームズ　クリスマスの依頼人』、『シャーロック・ホームズ　四人目の賢者』、『シャーロック・ホームズ　ベイカー街の殺人』、『シャーロック・ホームズ　ワトスンの災厄』、『シャーロック・ホームズ　ベイカー街の幽霊』の五冊で、今年二〇〇九年には同じ編者による最新刊“Sherlock Holmes in America”がアメリカで出ている。一方、シリーズ外のパスティーシュ・アンソロジーとしては、『シャーロック・ホームズの失われた事件簿』と、本書新装版とともに出される『シャーロック・ホームズの大冒険』が、原書房にはある。

こうしてみると、本書だけが長篇であり、ほかのパスティーシュとは趣を異にしているわけだが、オーソドックスなパスティーシュにはない設定を楽しんでいただければ、幸いである。

本書の訳出は、北原と日暮がほぼ半分ずつを担当し、日暮が訳文の統一を行なうという形式をとっている。したがって誤訳・悪訳・事実誤認などがあれば、すべては私の責任である。

二〇〇九年六月

訳者を代表して　日暮雅通

※本書は1995年に刊行された『シャーロック・ホームズの謎』を
改題したものです。

訳者略歴

日暮雅通（ひぐらし・まさみち）
1954年生まれ。青山学院大学卒業。英米文芸、ノンフィクションの翻訳家。日本文藝家協会、日本推理作家協会会員。訳書はホックほか『シャーロック・ホームズの大冒険』、バンソン『シャーロック・ホームズ百科事典』（以上原書房）、ドイル『新訳シャーロック・ホームズ全集』（光文社文庫）、ミエヴィル『ペルディード・ストリート・ステーション』（早川書房）ほか多数。

北原尚彦（きたはら・なおひこ）
1962年生まれ。青山学院大学卒業。日本推理作家協会、日本ＳＦ作家クラブ会員。作家・翻訳家。訳書は『シャーロック・ホームズの栄冠』（北原尚彦編／論創社）、『ドイル傑作集全五巻』（共編訳／創元推理文庫）ほか。著書は小説『首吊少女亭』（出版芸術社）、エッセイ『シャーロック・ホームズ万華鏡』（本の雑誌社）ほか。

シャーロック・ホームズ
わが人生《じんせい》と犯罪《はんざい》

●

2009年7月29日　第1刷

著者……………マイケル・ハードウィック
訳者……………日暮雅通《ひぐらしまさみち》・北原尚彦《きたはらなおひこ》
装幀……………松木美紀
発行者……………成瀬雅人
発行所……………株式会社原書房
〒160-0022 東京都新宿区新宿1-25-13
電話・代表03(3354)0685
http://www.harashobo.co.jp
振替・00150-6-151594
印刷・製本……………中央精版印刷株式会社
ISBN978-4-562-04506-8 ©2009, Printed in Japan